Muriel Spark
Las voces

Título original: *The Comforters*

© del texto: © Copyright Administration Limited, 1957
© del prólogo: Ali Smith, 2019. Permiso cedido por
The Wylie Agency (UK) Limited
© de la traducción: Laura Ibáñez, 2021
© de la edición: Blackie Books S.L.
Calle Església, 4-10
08024 Barcelona
www.blackiebooks.org
info@blackiebooks.org

Diseño de cubierta: Sergi Puyol
Maquetación: David Anglès
Impresión: Liberdúplex
Impreso en España

Primera edición en esta colección: enero de 2026
ISBN: 979-13-87748-20-3
Depósito legal: B 19881-2025

Prólogo

En 1957, el año de la publicación de *Las voces*, los *angry young men* causaban furor en la Gran Bretaña literaria. Escritores como John Wain, Colin Wilson, John Braine o John Osborne perfeccionaban un arte documental y realista que con su fusión de realismo social, furia y costumbrismo se proclamaba auténtico. Imagina, pues, lo que supuso la irrupción de una novela como esta en la fiesta del utilitarismo purista de posguerra; una novela que, cuando lleva un tercio transcurrida, anuncia algo que es en esencia más «verdadero» si cabe que cualquier realismo literario: que, de hecho, es una *novela*; que «en este momento del relato, vale la pena puntualizar que todos los personajes de esta novela son ficticios, y que en ningún caso se inspiran en ninguna persona viva».

Las voces fue la primera de las veintidós novelas que Muriel Spark escribiría a lo largo de casi cincuenta años (murió en 2006); la primera de lo que acabaría convirtiéndose en un reconocible pero inimitable corpus novelístico integrado por unas obras de ficción escuetas, inteligentes, irreverentes, de estética sofisticada y a veces lobreguez *hitchcockiana*; siempre dotadas de un poderosísimo componente filosófico. Cada una de ellas —cuya paradójica ligereza y sensación encontrada de resolución e inconclusión deja a sus lectores sin que se den cuenta satisfechos y turbados a la vez— pondría contra las cuerdas su propia contemporaneidad y plantearía preguntas profundas sobre el arte, la vida y la creencia. Esta primera novela fue directa al origen de la metáfora metaficcional; al origen de la forma misma de la novela. «Antes de poder encajar en mi conciencia literaria la escritura de una novela tenía que idear un proceso de escritura de novela propio, y llevar a cabo este acto con la misma novela que me proponía escribir», recordaría mucho más tarde en el único volumen autobiográfico que escribiría, *Curriculum Vitae.* «Sentía, además, que la novela como forma artística era en esencia una variación del poema. Estaba convencida de que cualquier buena novela —o, de hecho, cualquier composición que exigiera de una construcción— era en esencia una expresión de la poesía.»[1]

En un poema titulado «Authors' Ghosts» («Los fantasmas de los autores»), escrito tres años antes de su muerte, celebraba el alboroto, el misterio, la vitalidad contenida entre las cubiertas de un libro, incluso en aquellos que el lector juzga conocer bien, imaginando que «los fantasmas de los autores regresan a hurtadillas» por la noche a las casas, van a las estanterías y alteran los inamovibles textos:

Estos autores dan pinceladas finales, casi definitivas,
a veces cambian párrafos enteros.

Se añaden, reescriben y revisan páginas enteras...

Cómo si no
explicar que, tal vez pasados los años, el lector
acuda al libro y diga: Pero ¿esto pasaba?

1. Muriel Spark, *Curriculum Vitae* (Londres, Constable, 1992), pág. 206.

Si no lo recuerdo...

¿A santo de qué este final?[2]

De regreso a principios de los años cincuenta, la carrera literaria de Spark acaba de arrancar tras ganar un concurso de cuentos convocado por el periódico *Observer* con «The Seraph and the Zambesi» («El serafín y el Zambeze»). La obra trata de lo que acontece cuando se produce una colisión entre lo natural y lo sobrenatural; se habla de un ángel «real» que adopta una forma compleja y extraña, paradójicamente estática pero viviente, y que irrumpe en la representación de la Natividad de una escuela para reivindicar su papel ante los quisquillosos organizadores de la obra.

> Era un cuerpo viviente. Lo más destacable era su consistencia; no parecía atenerse a las leyes de la perspectiva, sino que seguía teniendo el mismo tamaño tanto cuando me acercaba a él como cuando me alejaba. Y, al contrario de lo que pasa con otras formas vivientes, parecía completo. Ninguna parte experimentaba proceso alguno; el contorno carecía de los indicios de confusión y agitación que suelen indicar la presencia de criaturas vivientes, y esa era también la razón de su belleza.[3]

«Siempre he intentado hacer de lo sobrenatural parte de la historia natural», dijo Spark en una entrevista de 1997 a la revista *Artforum*. Desde el inicio mismo de su carrera como escritora de ficción hasta el final de su vida le fascinaron las disciplinas y anarquías asociadas que constituyen la vida del arte y los canales que comunican el arte, la espiritualidad y la realidad. *Las*

2. Muriel Spark, «Authors' Ghosts», *All the Poems* (Manchester, Carcanet, 2004), pág. 13.

3. Muriel Spark, «The Seraph and the Zambesi», *The Stories of Muriel Spark* (Londres, Bodley Head, 1985), pág. 81.

voces fue su primera incursión plena en lo que más tarde se convertiría en inimitable territorio *sparkiano*.

«La ficción, para mí, es una especie de parábola», dijo Spark a principios de los años sesenta. «Tienes que convencerte de que no es verdad. Hay una parte de verdad que emerge de ella.»[4] Desde sus párrafos introductorios, *Las voces* versa sobre el acto de construir cosas, y también personas, y sobre el cómo y el porqué de hacer narrativa, así como sobre la «clase de verdad» que emerge de la ficción. El libro arranca con Louisa Jepp, el encantador personaje de abuela *sparkiana* que es una «eterna sorpresa», contándole cosas sobre su nieto, Laurence, al panadero. El joven las oye y las desmiente. «Ahora le ha dado por no probar el pan blanco. Ya ve, una de sus manías.» El encantador Laurence muestra su disconformidad a voz en grito y con tono bromista.

Hasta aquí, todo muy realista y corriente. Pero en *Las voces* todo hecho trivial tiene su razón de ser. Todo significa algo, cosa que a veces es un fastidio, como bien apunta quejumbrosa su heroína, Caroline, cuando le lee la cartilla al «autor»: «Es como si alguien me observara muy de cerca y fuera capaz de leerme la mente; como si esperara para abalanzarse sobre algún pensamiento o acto insignificante y así darle un significado extravagante y distorsionado».

Caroline se convierte al catolicismo y se siente aislada en su convicción. Además, los demás conversos a los que conoce le parecen exasperadamente serviles y simples o —como la horrible señora Hogg, cuya religiosidad es puramente material— repulsivos. Entretanto, parece que esa hogaza de pan realista y de

4. Muriel Spark, «My Conversion», *Twentieth Century* (otoño de 1961), pág. 63.

lo más corriente oculta tesoros, y Laurence se dedica a recabar pistas para probar una historia de lo más inverosímil sobre su adorable abuela, que sería la cabecilla de una banda de criminales... «quizá espías comunistas». Pero cuando Laurence empieza a hacer demasiadas preguntas sobre los caballeros (en apariencia inofensivos) que visitan a su abuela, a estos, sospechosamente, les preocupa que luego pregunte: «¿Quiénes somos? ¿Qué hacemos aquí?».

¿Quiénes somos? ¿Qué hacemos aquí? La heroína de la novela vive de alquiler en un piso de Kensington en el que los demás inquilinos golpean la pared si hace demasiado ruido; en otras palabras, su vida no es distinta a la de muchas heroínas de la ficción literaria realista británica. Sin embargo, Caroline, que está escribiendo un libro sobre la novela del siglo xx, *La forma en la novela moderna* («El capítulo sobre el realismo se me ha atravesado un poco»), va a vivir en sus carnes el misterio de la realidad cuando empiecen a atormentarla las constantes visitas de un ser invisible al que llama «el espíritu de las teclas». Este espíritu la interrumpe con sonidos que solo Caroline oye, con el golpeteo de las teclas de una máquina de escribir y una voz que es tanto singular como plural, «como una persona que hablara con distintos tonos a la vez». La voz insiste en la naturaleza ficcional de Caroline y de todos a quienes esta conoce. «Hablan en pasado. Se burlan de mí.» A Caroline, como es comprensible, le duele que le digan que su vida en tiempo presente cuenta ya con una conclusión inevitable, y que ella no es real.

Y la voz, ¿es real? ¿Es acaso una versión literaria del Espíritu Santo? ¿O, como le insisten sus amigos, en teoría con intención de ayudar, se está «imaginando cosas», está sufriendo «un trastorno nervioso leve»? Oír voces, desde tiempos inmemoriales, es señal de santidad o de locura. Caroline no es ajena a la locura; ella misma, casualmente, se recupera de una crisis: está «dando forma a esas palabras en la mente y evitando así la aglomeración de otras palabras; otros pensamientos (...) Había ideado aquella técnica hacía casi un año en la sala de lectura del Museo Británico, en una época en que tenía los sesos como la noche de la conspiración de la pólvora; con las ideas chisporroteándole en todas direcciones y unas siniestras figuras embrutecidas que saltaban en torno a un montón de cachivaches en llamas». Sin embargo nosotros, como lectores, sabemos la respuesta, porque hemos recabado las pruebas y porque el espíritu de las teclas (pues esto es una novela al fin y al cabo) es tan «real» como la propia Caroline, y ha perturbado a la manera de Brecht nuestra habitual conformidad con los requisitos de la forma. Sabemos que Caroline, como personaje, ha dado en el clavo. Lo sabemos en particular por el modo en que reta al aterrador no-personaje, la señora Hogg (el primero de los sagrados demonios de Spark, cuyo nombre, orgullo egoísta y vileza son sin duda deslumbrantes referencias a la fábula escocesa del siglo XIX de James Hogg *Memorias privadas y confesiones de un pecador justificado*, que narra la historia de un calvinista que se cree elegido por Dios). *Las voces* es, en cualquier caso, un libro sobre la formación del personaje (valga la literalidad), y qué propio del personaje de Caroline el resistirse al «intento de organizar nuestras vidas en torno a una trama hábil y conveniente», el discutir «acaloradamente» con el espíritu de las teclas. «Es una cuestión de ejercer el libre albedrío.»

Y todo sucede con tanta despreocupación y tanta jovialidad... Sin embargo, estos dos misterios que discurren en paralelo (el primero, burdo, centrado en el contrabando y el segundo, en el catolicismo), este reto pícaro y alegre al realismo literario británico, esta parodia descarada de las conspiraciones y la paranoia contemporáneas a la guerra fría se convierte, al final, en una lucha a vida o muerte.

Spark, la novelista europea e internacional era, «sin duda, una escritora de formación escocesa», como dijo ella misma.[5] De educación judía y también presbiteriana edimburguesa, pasó su infancia en una elegante casa de vecindad de la capital escocesa que, bien podría decirse, la obsequió con una objetividad necesaria, un «exilio constitutivo». Edimburgo fue donde «se imbuyó de todo, si bien no a través de ningún mentor concreto, sino simplemente respirando el aire informado del lugar, su anarquismo orgulloso y remoto».[6]

Abordar la obra de Spark desde una perspectiva autobiográfica no suele ser de gran ayuda, pero a veces puede sacar a la luz alguna que otra anécdota interesante. Ella aclaró que la voz del narrador de *Las voces* no era la suya. «Es un personaje».[7] Lo dijo en un artículo titulado «My Conversion» («Mi conversión»), una de sus primeras reflexiones sobre su conversión al catolicismo a los treinta y tantos, en paralelo a lo que podría considerarse a la vez su conversión de poeta y crítica a novelista.

Es interesante, sin embargo, que fuera puramente objetiva desde el principio, y que concibiera la novela como una forma inferior al compararla con la precisión de la poesía; como interesante es también que en la veintena, cuando trabajaba para el Ministerio de Asuntos Exteriores en los últimos años de la Segunda Guerra Mundial, se dedicara «a la oscura actividad de la propaganda negra o guerra psicológica», donde formaba parte de un equipo que confeccionaba y divulgaba una mezcla de «verdades detalladas y mentiras creíbles» a los oyentes alemanes y donde (de modo bastante surrealista), el equipo recababa gran parte de la información que necesitaba empleando como

5. Cita de Spark en *Muriel Spark by Alan Bold* (Londres, Methuen 1986), pág. 26.
6. Muriel Spark, «What Images Return», *Memoirs of a Modern Scotland*, ed. Karl Miller (Londres, Faber, 1970), pág. 153.
7. Muriel Spark, «My Conversion», pág. 62.

método de vigilancia la inclusión de micrófonos en los árboles que bordeaban los caminos por los que paseaban y charlaban los prisioneros de guerra alemanes.[8]

Según la propia Spark, la idea del espíritu de las teclas surge de las alucinaciones que padeció involuntariamente a mediados de los años cincuenta cuando tomaba Dexedrina, un inhibidor del apetito; una época de trabajo intenso, conversión al catolicismo, pobreza y grave malnutrición para la autora. Como explica en *Curriculum Vitae*, estaba trabajando en un libro sobre T. S. Eliot cuando, una noche, el texto empezó de repente a bailarle ante los ojos y las palabras, a mezclarse: «Formaron anagramas y crucigramas. Durante el tiempo que me duró esta sensación, yo sabía que eran alucinaciones. Pero no las relacioné con la Dexadrina». Se dijo que los libros que estaba leyendo debían de esconder un código; las alucinaciones duraron tres o cuatro meses hasta que, al final, cesaron sin más cuando dejó de tomar Dexadrina. «Es difícil expresar lo extraordinariamente fascinante que era aquel juego de palabras involuntario.»[9]

Esa mezcla de extraño ensimismamiento descifrador y de posterior objetividad originaría la metáfora central de *Las voces*: «Yo veía que crear un personaje que padecía alucinaciones auditivas en la página impresa era una torpeza. De modo que hice que mi protagonista "oyera" una máquina de escribir y voces que estuvieran componiendo la propia novela».[10]

«Entonces ¿es el mundo un manicomio? ¿Somos todos unos chalados con buenos modales que discretamente se muestran comprensivos con la perturbación ajena?», le pregunta Caroline a su amigo el barón, uno de los que la «consuelan». La novela le debe su título original, *The Comforters* (*Los que consuelan*),

8. Muriel Spark, *Curriculum Vitae*, págs. 147-149.
9. *Ibid.*, pág. 204.
10. *Ibid.*, págs. 206-207.

a los inútiles amigos que consuelan a Job en el largo poema bíblico que aborda las cuestiones del sufrimiento humano y de la paciencia, *El libro de Job*, un texto que Spark estudió y sobre el que escribió en los años cincuenta y al que regresaría en sus ficciones posteriores (en especial en la novela sobre terrorismo y moralidad *The Only Problem* [*El único problema*], de 1984). Los personajes que consuelan a Caroline en su sufrimiento, como los que hacen lo propio con Job, solo son capaces de ver su propia virtud: Laurence está obsesionado con la burda trama del contrabando y el barón ve demonios del mismo modo absurdo que Georgina Hogg «oye» la voz de la Virgen María diciéndole qué empleo elegir.

El aspecto formal que define *El libro de Job*, no obstante, es el diálogo, que permite que humanos y Dios se comuniquen. *Las voces* también es un diálogo; un razonamiento rabioso y vibrante sostenido en un marco perfectamente disciplinado que, a resultas, entrevera subjetividad y objetividad casi hasta lo imposible. Es probable que la sutileza formal más emocionante de la novela, ejecutada con gran ingenio por Spark, sea el modo en que Caroline y el espíritu de las teclas superan sus posiciones encontradas en un diálogo entre personaje y forma misma y llegan a aceptar que existe algo mucho más fluido; llegan a algo que podríamos calificar de acuerdo, incluso de interacción.

La parte inicial y central de la novela revelan que Caroline se siente dolida porque el espíritu de las teclas esté escribiendo su realidad, y que el espíritu de las teclas, a su vez, se siente dolido por las críticas de Caroline a su falta de talento narrativo. Cuando Caroline pone a prueba el poder de la autoría del espíritu y decide seguir su propio camino, sin tener en cuenta la trama, hiere el orgullo del espíritu de las teclas. «Estaba muy bien que Caroline luchara por lo que quería y lo que no quería en lo referente a la trama de una novela. Bien por decidir retrasar la acción. Qué fácil le resultaba criticarlo todo.» El espíritu, molesto, hace que el vehículo en el que viaja Caroline derrape, se salga de la carretera y ella se rompa la pierna (con lo que, efectivamente, se detiene la trama e incluso se parte el libro en dos). Solo Spark sería capaz de forzar la forma con tanta astucia y tanta gracia como para tener en una página a su protagonista criticando al autor por su falta de imaginación a la hora de describir un hospital y en la siguiente, una descripción completa y totalmente innecesaria de un hospital. Si es verdad que Caroline oye voces, entonces también lo es que la voz oye a Caroline. Su trabajo conjunto es el triunfo creativo de la novela, además de la revelación de su benevolencia final.

Por encima de todo lo demás, el poder del narrador es su capacidad para hacer hincapié en el tiempo y revelar la insignificancia de los eventos mismos al ubicarlos en un contexto temporal más amplio: «Ciento treinta años después de este acontecimiento, Louisa se sentaba a la mesa del desayuno con Laurence». Además, de principio a fin llama la atención sobre su propio artificio; hace que el lector sea consciente de la banalidad del texto, de las estructuras que se repiten. «Su madre le decía mil veces: "Te he dicho mil veces que no entres en los cuartos de las criadas"». Cuando al fin llegamos al espíritu de las teclas, que se manifiesta ante Caroline por medio de sus repeticiones literales, el estilo ya ha arraigado en la novela: el narrador, por muchos motivos, es una broma, y la narración, una burla del mal estilo literario. Y al final acabamos descubriendo que desde un principio ha sido el narrador el que se ha estado riendo; pero no de nosotros, sino con nosotros.

Las voces es en gran parte un libro que habla de la función que tienen los libros, del lenguaje y de cómo lo usamos. Está en desacuerdo con la cháchara vacua de los medios de comunicación y la sociedad, critica los tópicos insustanciales del inglés, aguza el oído moral a las respuestas sociales codificadas y a sus verdades y vergüenzas subyacentes, a aquello indecible que queda oculto bajo lo que se dice en voz alta. Con la objetividad, el contexto gana en moralidad. Lo que los críticos han llamado la «estética del desapego» de Spark es en realidad un modo de conexión brechtiano.

En el discurso que dio para la Academia Estadounidense de las Artes y las Letras a principios de los años setenta, Muriel Spark habló de la importancia de lo que definió como «la desegregación del arte»: «El arte y la literatura del sentimiento y la emoción, por muy bella que sea por sí misma y por muy impresionante que sea su descripción de la actualidad, debe desaparecer. Nos hace creer en una suerte de participación en la vida y en la sociedad, cuando en realidad se trata de una actividad segregada. Por eso, en su lugar, yo abogo por las artes de la sátira y el ridículo».[11] «El arte del ridículo», dice, «puede penetrar en lo más profundo», mientras que la «patética descripción» no hace más que separar a quienes la experimentan de cualquier comprensión real. Ella imagina primero una obra en la que se transmiten las nociones de sufrimiento y violencia por medio de la emoción, y luego ve a los espectadores del público, con «sus responsabilidades morales lo suficientemente satisfechas por las emociones que se les ha inducido a sentir. Puede que un hombre se acueste sintiéndose menos culpable después de ver una obra así. Ha experimentado en sus carnes lo que es la pena (...) Lágrimas saladas le han recorrido las mejillas. Ha cenado bien. Es absuelto, duerme bien». Spark quiere que sus lectores piensen en vez de sentir. *Las voces*, una obra consciente de tensión superficial estética, nos implica a nosotros, lectores, al revelarnos la mecánica de nuestra participación en la novela. Trata la locura y el mal con una ligereza disciplinada y liberadora, de forma muy parecida a cómo Spark, a lo largo de su carrera, libe-

11. Muriel Spark, *The Desegregation of Art* (American Academy of Arts and Letters, Nueva York, 1971), pág. 24.

raría a sus lectores de las vicisitudes de la historia y de la realidad sencillamente redefiniendo, cada vez, los términos de dicha «realidad».

Vale la pena recordar la influencia que tiene en su obra la forma poética de la balada escocesa fronteriza, en la que se narran hechos terribles con un desapasionamiento que raya en lo alegre; el desapasionamiento sparkiano, igual que el humor sparkiano, es siempre un recurso liberador, y prácticamente toda la ficción posterior de Spark tendrá algo de la «curiosa alegría» de esta novela.

Que esta proeza delicada, ingeniosa y alegre fuera una primera novela es asombroso. Sin embargo, no sería más que el inicio del estudio que llevaría a cabo Spark sobre la autoría y la autoridad, así como de sus exploraciones dialógicas sobre la relación entre el arte, la fe y la vida. Acaba con su propia génesis, hábilmente, como un buen chiste. Trastorna y encandila a sus lectores por su combinación de agudeza, precisión, inteligencia y comicidad. Tan vibrante como siempre, más de cincuenta años después de su primera aparición, sigue sacándole los colores a la tradición realista, y probablemente siempre lo hará.

ALI SMITH, 2009

Introducción

Muriel Spark nació en Edimburgo el 1 de febrero de 1918. Fue la segunda hija de Cissy y Bernard Camberg, un ingeniero de origen judío lituano. Su infancia se evoca con todo detalle y de modo entrañable en su autobiografía *Curriculum Vitae*, publicada en 1992. Creció en un ambiente trabajador, pero aunque el dinero escaseaba nunca pasó necesidad. Su madre tenía un carácter sociable y extrovertido; se pasaba el día cantando y narrando historias, y llevaba unas prendas que la hacían destacar entre otras mujeres que vestían de modo más corriente en el vecindario de Bruntsfield.

A los cinco años, Spark inició su etapa escolar en el instituto femenino James Gillespie, donde estudió hasta los dieciséis años. Fue una época que recordaría con mucho cariño. Fue nombrada «Poeta y soñadora» de la escuela y muchos de sus versos más tempranos aparecerían en su revista. En 1929 conoció a una profesora que la inspiraría, una mujer soltera llamada Christina Kay, que tendría un gran peso formativo en su vida. Fue la señorita Kay, por ejemplo, quien se la llevaba junto con sus amigas —«la *crème de la crème*»— a dar largos paseos por el casco antiguo de la ciudad, a exposiciones, conciertos y recitales de poesía; y quien insistía en que debía convertirse en escritora. «Yo sentí que no tenía mucho que decir al respecto», escribiría Spark más tarde. En su sexta y más famosa novela, *The Prime of Miss Jean Brodie* (*La plenitud de la señorita Brodie*), el personaje principal se inspira muy de cerca (si no totalmente) en la señorita Kay. La señorita Kay, igual que la poco ortodoxa señorita Brodie, era italianófila y una incauta admiradora de Mussolini, cuya fotografía había clavado con chinchetas en la pared junto con obras de maestros renacentistas.

Al terminar la escuela, Spark se inscribió en un curso de resumen de textos en la universidad de Heriot-Watt. Después encontró trabajo como secretaria del dueño de unos grandes almacenes de Princes Street, la calle principal de la capital escocesa. Conoció en un baile al judío no practicante Sydney Oswald Spark, cuyas iniciales, a toro pasado, entendió que le advertían que debía de haberse alejado de él. Igual que los progenitores de su padre, «SOS» había nacido en Lituania. Ella tenía diecinueve años, él treinta y dos. Él quería irse a enseñar a África y Muriel, deseosa de marcharse de Edimburgo y de que su vida empezara de verdad, estuvo de acuerdo en que se comprometieran. En agosto de 1937 se fue con él a Rodesia del Sur (la actual Zimbabue) y al mes se casaron. Su hijo, Robin, nació en 1938. Poco después se separarían.

El estallido de la guerra al año siguiente impidió que Spark pudiera regresar a casa como deseaba y no tuvo otra opción que quedarse en África. Sin embargo, en 1944 consiguió el divorcio y volvió a Gran Bretaña en un transporte de tropas. Tras dejar a su hijo al cuidado de sus padres, se marchó a Londres, donde los estragos del *Blitz* eran evidentes en todas partes. Se hospedó en el Helena Club —en el que se basa el May of Teck de *The Girls of Slender Means* (*Las señoritas de escasos medios*)— y encontró trabajo en el Departamento de información política del Ministerio de Asuntos Exteriores, cuya razón de ser era difundir propaganda antinazi entre la población alemana.

En los años inmediatamente posteriores a la guerra intentó ganarse la vida como escritora. En 1947 fue nombrada Secretaria General de la Sociedad de Poesía y editora de su revista, *Poetry Review*, pero tuvo problemas con los tradicionalistas, entre los que estaba Marie Stopes, figura pionera del control de la natalidad. Fue una lástima, observó Spark, «que su madre y no ella no hubiera pensado en el control de la natalidad». Escribió su primer libro, *A Tribute to Wordsworth*, conjuntamente con Derek Stanford, su amante por aquel entonces, y lo publicó en 1949. Dos años después ganó el concurso de cuentos convocado por el periódico *Observer* con «*The Seraph and the Zambesi*» (El serafín y el Zambeze). En 1952 publicó su primera obra poética, *The Fanfarlo and Other Verse*.

Su conversión al catolicismo en 1954 coincidió con el inicio de la escritura de su primera novela, *Las voces*, que finalmente se publicaría en 1957. La obra, que recibió los elogios de Graham Greene y de Evelyn Waugh entre otros, hizo posible que Spark pudiera dejar su trabajo de secretaria a media jornada y dedicarse plenamente a la escritura. Cuatro novelas más —*Robinson, Memento Mori, The Ballad of Peckham Rye y The Bachelors* (*Los solteros*)— y la antología de cuentos *The Go-Away Bird* le seguirían en rápida sucesión y la harían célebre por su originalidad e ingenio.

Fue, sin embargo, con la publicación en 1961 de *La plenitud de la señorita Brodie* cuando Spark se convertiría en un éxito de ventas internacional. Se hizo una obra de teatro y una película de la obra, y por ella Maggie Smith, que interpretó el papel de la epónima profesora, ganó el Óscar a la mejor actriz. Spark comentó que Smith quedó tan asociada al personaje que muchos lectores dieron por sentado que ella era quien lo había creado. La novela, de la que Spark le gustaba decir que era su «vaca lechera», fue un éxito de crítica y también comercial, y siguió vendiéndose bien durante toda la larga carrera de su autora. En Estados Unidos se publicó por primera vez en *The New Yorker*. Su editor, William Shawn, le dio a Spark una oficina en la que trabajar. Allí la autora escribiría sus dos siguientes novelas, *Las señoritas de escasos medios* y *The Mandelbaum Gate*, que ganaría el Premio James Tait Black.

En 1967, cansada del estrépito y de la claustrofobia de la vida en Nueva York, se mudó a Italia y a Roma. Ese mismo año recibió la Orden del Imperio Británico, y también se publicó una colección que reunía por primera vez todos sus cuentos y poemas. Las novelas siguieron sucediéndose a intervalos regulares. En 1968 se publicó *The Public Image* (*La imagen pública*), que fue nominada al Premio Booker. *The Driver's Seat* (*El asiento del conductor*), que para Spark era su mejor obra, se publicó en 1970. En 1974 vio la luz *The Abbess of Crewe* (*La abadesa de Crewe*), una inspirada sátira del escándalo Watergate ambientada en un convento.

A mediados de los años setenta, Spark cambió Roma por la Toscana y se estableció en un venerable caserón en plena naturaleza propiedad de su amiga artista Penelope Jardine. Rodeada de viñedos y olivos, pudo trabajar sin temor a que la interrumpieran. *The Takeover, Territorial Rights and Loitering with Intent* (*La entrometida*) —también nominada al Premio Booker—, fueron de las primeras novelas que escribió en el lugar que se convertiría en su hogar definitivo. Entre los muchos galardones que recibió figuran el Premio TS Eliot de la Fundación Ingersoll, el Premio del Consejo Escocés de las Artes por *Reality and Dreams*, el Premio Boccaccio de Literatura Europea, el Premio David Cohen de Literatura Británica por el conjunto de su obra, y el Premio Gold Pen de la asociación mundial de escritores PEN International. En 1993 recibió el título de dama del Imperio Británico.

A pesar de que sus últimos años estarían marcados por la enfermedad, nunca dejó de escribir. Era su cometido y lo llevó a cabo con una dedicación infatigable. Siempre tenía un poema a medio hacer y jamás le faltaron ideas para sus novelas, relatos y obras. Entre sus últimas novelas figuran *Far Cry from Kensington* (*Muy lejos de Kensington*), *Symposium*, *Reality and Dreams* y *Aiding and Abetting*. Se despidió con la novela *The Finishing School*, cuyos personajes son en su mayoría aspirantes a escritores, publicada en 2004. Spark murió dos años después, a los ochenta y ocho años de edad, y está enterrada en el cementerio amurallado del pueblo de Oliveto, en el Valle de Chiana. En su lápida se la nombra en italiano con una sola palabra: *poeta*.

Primera parte

I

El primer día de sus vacaciones, Laurence Manders se despertó y oyó la voz de su abuela en el piso de abajo.

—Me quedaré una integral grande. Tengo esta semana en casa a mi nieto, que trabaja en la BBC. Es el crío de mi hija, lady Manders. Ahora le ha dado por no probar el pan blanco. Ya ve, una de sus manías.

Laurence gritó desde la ventana:

—¡Pero abuela, si a mí me encanta el pan blanco y no tengo manías!

La mujer arrugó el gesto y sonrió radiante a su nieto.

—Mire que gritar así desde la ventana... —le dijo al panadero.

—Es que me has despertado —replicó Laurence.

—Qué cosas tiene mi nieto —le dijo al panadero—. Una hogaza integral grande, pues. Y no se olvide de venir el miércoles.

Laurence se miró en el cristal.

—Tengo que levantarme —se dijo metiéndose de nuevo en la cama. Se concedió siete minutos.

Siguió los movimientos de su abuela a partir de los sonidos que se colaban con claridad por el desgastado entablado de la casita. A sus setenta y ocho años, Louisa Jepp lo hacía todo muy despacio pero con suma atención, como hacen algunos cuando saben que están un poquito achispados. Laurence oyó un tintineo y un silencio, un repiqueteo y un silencio; estaba poniendo la mesa del desayuno. Al desplazarse entre la trascocina y la humeante cocinita, la anciana marcaba con los pies el tictac de un reloj al que parece que se le esté acabando la cuerda. Se negaba a arrastrarlos.

Cuando estaba a medio vestir, Laurence abrió el cajoncillo de arriba de la anticuada y alta cómoda. Dentro había algunas cosas de su abuela, ya que esta le había cedido su habitación. Contó tres horquillas de pelo y ocho bolas de naftalina; encontró una pequeña tira de terciopelo negro bordado con unas cuentas azabache que ahora bailaban, sueltas, en el hilo. Calculó que aquel retazo mediría unos seis centímetros y medio por tres y medio. En otro cajón encontró un peine con algunos pelos de su abuela y le llamó la atención que el objeto no estuviera demasiado pulcro. Le produjo cierto agrado haber dado con esta información: tres horquillas, ocho bolas de naftalina, un peine no demasiado pulcro, todo propiedad de su abuela; aquí, en su casa de Sussex; ahora, en el tiempo presente. Así era Laurence.

—Es enfermizo —le había dicho su madre hacía poco—. La única rareza que tienes es que te fijas en los detalles más disparatados. Es un verdadero disparate.

—Es que yo soy así —dijo Laurence.

Como era habitual, ella sabía que estaba en un callejón sin salida, pero aun así siguió:

—Bueno, pues no me parece normal, porque a veces ves cosas que no tendrías que ver.

—¿Como qué?

No contestó a su pregunta, pero sabía que su hijo había estado en su dormitorio, fisgoneando en su desordenado cajón del maquillaje, dándoles toquecitos a los frascos como si fuera un gato y poniéndoles nombres. Le resultaba imposible convencerlo de que lo que hacía estaba mal. Era, a fin de cuentas, una intromisión en su intimidad.

Muchas veces Laurence le decía:

—Si lo hicieras tú, estaría mal; pero como lo hago yo, pues no.

Y entonces Helena Manders, su madre, le contestaba siempre: «pues yo no lo veo así» o «pues yo no estoy de acuerdo», aunque en cierto modo sí lo estaba.

De niño había aterrorizado a la familia con sus verdades lanzadas a bocajarro.

«El tío Ernest se pone crema de mujer, se la frota en los codos cada noche para que le queden suaves»... «Eileen está con los dolores»... «A Georgina Hogg le salen tres pelos en la barbilla si no se los arranca. Su primo le ha mandado una carta y yo la he leído».

Eran frases antológicas. Luego soltaba cosas de carrerilla como «Hay una tela de araña en el descansillo del tercer piso desde hace dos semanas, cuatro días y quince horas; sin contar el tiempo de fabricación», que eran recibidas con júbilo o indiferencia según el estado de ánimo, y luego olvidadas.

Su madre le decía mil veces: «Te he dicho mil veces que no entres en los cuartos de las criadas. A fin de cuentas, tienen derecho a su intimidad.

A medida que se hacía mayor aprendió a ocultar la parte más sensacionalista de sus averiguaciones, y solo contaba lo necesario para afianzar su reputación de ser muy observador. Por entonces, su padre podía decir, esgrimiendo su boletín de evaluación: «Ya sabía yo que Laurence acabaría superando esa fase tan morbosa».

«Esperemos que sí», le había respondido Helena Manders. Los padres cambian. En esa época, Laurence sabía que su madre sospechaba que practicaba alguna perversión sexual imprecisa que ella no podía nombrar, se negaba a imaginar y que en cualquier caso él no practicaba. Y entonces, casi para tranquilizarla; para asegurarle que seguía siendo el mismo Laurence de siempre, fue cuando dijo durante las vacaciones del último semestre: «Eileen va a tener un bebé».

—Pero si es una buena católica —protestó Helena. Ella misma lo era desde su matrimonio. Pese a ello, tras abordar a Eileen en la cocina, resultó que era verdad. Además, se negó en redondo a decir quién era el padre. Laurence sí pudo aportar esta información.

—Siempre estoy al día de la correspondencia de Eileen —explicó—. Me ameniza las vacaciones escolares.

—¿Has estado en el cuarto de esa pobre chica, leyendo sus cartas a escondidas? ¡Será posible!

—¿Quieres que te cuente lo que le escribió su novio o no? —dijo un despótico Laurence.

—Me has dejado de piedra, como imaginarás —respondió sabiendo que lo que le decía le importaba bien poco—. Cómo puede ser que tú, que eres un buen católico... Pero es que, aparte de eso, leer cartas ajenas a mí me parece que es ilegal —dijo, derrotada.

Solo por darle la última palabra, puntualizó:

—Bueno, madre querida, pero al final los has casado. En una boda católica como Dios manda. Ese es el feliz resultado de mi escandaloso escrutinio de las cartas de Eileen.

—El fin no justifica los medios.

Catapum, el desenlace que esperaba. Tenía una respuesta para todo. Aun así, incidentes como este la ayudaron a mitigar la decepción de saber que Laurence estaba abandonando, y al final había abandonado, la religión.

Louisa Jepp estaba sentada a la mesa rellenando sus quinielas mientras esperaba a Laurence.

—¡Baja ya! —le dijo al techo—. Y deja el fisgoneo por hoy, cielo.

En cuanto apareció, le dijo:

—Si el Manchester City hubiera ganado la semana pasada, ahora yo tendría treinta mil libras.

Louisa dobló el boleto y lo puso debajo del reloj. Le prestó plena atención a Laurence y a su desayuno.

Era medio gitana. La más joven y la de piel más oscura de una nutrida familia de pelirrojos que, cuando ella nació, le debía su prosperidad al éxito del padre como comerciante de grano. El éxito se debió en primer lugar a la buena fortuna, al que se escapara de la cárcel mientras esperaba para presentarse ante el juez y jamás regresara a su tribu gitana. Ciento treinta años después de este acontecimiento, Louisa se sentaba a la mesa del desayuno con Laurence.

El pelo de Louisa sigue siendo negro, aunque no le quede demasiado. Es baja y su contorno, en especial visto de perfil, recuerda al de una patata doble recién arrancada de la tierra, con su cabeza pequeña y redonda y su cuerpo del que penden unas raíces que son las dos piernecillas que asoman por debajo de su voluminosa falda marrón. Su rostro, visto de frente, es cuadrado, y retrocede en planos como un prisma. Las principales arrugas de la cara están muy marcadas; deben de haber ido apareciendo gradualmente desde los treinta, parecen talladas en el hueso. Las arruguitas, sin embargo, son superficiales, rozan la superficie de la piel y vienen y se van como innumerables estrellas cuando frunce los labios en una sonrisa o revela una expresión de sorpresa. Tiene los ojos hundidos y negros. Las manos y los pies, muy pequeños. Lleva gafas sin montura. Sigue viva; no ha cambiado demasiado desde el día en que Laurence bajara a desayunar. Llevaba un vestido marrón, una rebeca de lana marrón con botones dorados y unos pendientes de diamantes incrustados en las orejas.

Tras estudiarla detenidamente, como siempre hacía Lauren-ce con todo el mundo, sumergió el tenedor en un bote y sacó algo largo, blanco y encurtido.

—¿Y esto qué es?

—Menudillos —respondió—. Están riquísimos.

Estaba acostumbrado a la comida de Louisa: buccinos, ca-racoles de mar, lecha y huevas, menudillos y mollejas, vísceras, sesos y las tripas de animales rumiantes. Louisa los preparaba sin prisa, mediante variados procesos de afusión, difusión e in-mersión para los que necesitaba muchas ollas de salmuera, mu-chas depuraciones y cocciones pausadas, mucho adobo y en-dulce lento. Rara vez compraba una pieza o un corte normal, y mantenía que la gente que iba por la vida sin saber nada de los órganos vitales internos de los moluscos y las bestias no sabía lo que se perdía.

—Si ganaras treinta mil libras en la quiniela, ¿qué harías? —preguntó Laurence.

—Comprarme una barca —contestó.

—Y yo remaría para llevarte río arriba y río abajo —dijo Laurence—. Una barcaza estaría muy bien. ¿Te acuerdas de las dos semanas que estuvimos en una, cuando tenía ocho años?

—Yo me refería a una barca para cruzar el mar. Sí, nos lo pasamos de maravilla; ya me acuerdo, ya.

—¿Un yate? ¡Magnífico!

—Bueno, una barca de buen tamaño —dijo Luisa—. Eso es lo que me compraría. Una con la que pudiera cruzar el Canal de la Mancha.

—Una lancha motora —sugirió Laurence.

—Algo así —respondió ella.

—¡Magnífico!

No le contestó, porque aquel «¡Magnífico!» ya era demasiado.

—Podríamos surcar el Mediterráneo —dijo él.

—¡Magnífico! —contestó ella.

—¿Y no sería más divertido comprarse una casa? —Laurence acababa de recordar la súplica de su madre: «Si tienes la oportunidad, intenta convencerla de que acepte algo de nuestro dinero para que pueda vivir sin estrecheces en su propia casa».

—No —respondió—, pero si ganara una cantidad menor, me compraría esta casita. Seguro que el señor Webster me la vendería.

—Me encanta la idea de que pudieras tener la casita para ti sola. Puerto Franco es una cabañita tan querida. —Mientras hablaba, Laurence se daba cuenta de que expresiones como «para ti sola» o «una cabañita tan querida» daban a entender adónde quería llegar; no eran del estilo de su abuela.

—Ya sé adónde quieres llegar —dijo Louisa—. Coge un cigarrillo si te apetece.

—Ya llevo los míos. ¿Por qué no dejas que papá te compre la casita? Puede permitírselo.

—Me las apaño muy bien —dijo Louisa—. Fúmate uno de estos: son búlgaros.

—¡Magnífico! —Sin embargo añadió—: Pero mira que eres lista. ¿De dónde los has sacado?

—De Bulgaria. Creo que pasan por Tánger.

Laurence observó el cigarrillo. Su abuela, una eterna sorpresa. Alquilaba la casita, y allí hacía su vida de jubilada.

Su hija Helena solía decir: «Dios sabrá cómo se las apaña, aunque parece que siempre tiene de todo».

Helena les decía a sus amistades:

—Mi madre no acepta ni un penique. Es de lo más independiente; son las virtudes protestantes, ya se sabe. Dios sabrá cómo se las apaña. Claro que es medio gitana, lleva en la sangre lo de ingeniárselas para encontrar la manera.

—¿De verdad? ¿Entonces tú tienes sangre gitana, Helena? Y con la piel tan pálida que tienes, qué romántico. Uno nunca adivinaría que tú...

—Bueno, a veces tengo algún arrebato —solía contestar Helena.

Había sido en los últimos cuatro años, desde la muerte de su marido, en la ruina, cuando Louisa había revelado, con pequeñas muestras paulatinas, un gran talento para la adquisición de lujos ajenos imposibles.

Los Higos en almíbar Manders, con su marca registrada de setenta años de antigüedad —una mujer oriental adelantando anhelante el cuerpo, cubriéndoselo y al parecer venerando una higuera— era el único producto proveniente de su hija que Louisa estaba dispuesta a aceptar. Louisa distribuía los botes sellados marrones de esta golosina entre sus conocidos; les recordaba la verdad que subyacía bajo su acostumbrado comentario: «La hija de la señora Jepp era una gran belleza, emparentó con los Higos en almíbar Manders».

—Dile a tu padre —dijo Louisa— que no le he escrito para darle las gracias porque está demasiado ocupado para leer cartas. Le gustarán los cigarrillos búlgaros. Son muy exóticos. ¿Le gustaron mis higos?

—Ah, sí, le divirtieron mucho.

—Eso me dijo tu madre cuando me escribió la última vez. ¿Le gustaron, entonces?

—Le encantaron, estoy seguro. Pero sobre todo nos hicieron muchísima gracia.

Louisa, con su pasión de encurtir y conservar, está al corriente de los métodos más novedosos. Algunos alimentos se meten en frascos, otros van en botes que ella cierra con su selladora de latas casera. Cuando los higos en almíbar hechos por la propia Louisa —dos latas etiquetadas pulcramente a lápiz— llegaron a nombre de sir Edwin Manders, a Helena le dio mala espina.

—¿Nos está tomando el pelo, Edwin?

—Pues claro que sí.

Helena no estaba segura de cómo tomarse la broma. Escribió a Louisa para decirle que les había parecido una ocurrencia muy simpática.

—¿Le gustaron los higos? —apremió Louisa a Laurence.

—Sí, estaban riquísimos.

—Son tan buenos como los de Manders, cielo; pero no le digas a tu padre que te lo he dicho.

—Mejores que los de Manders —dijo Laurence.

—¿Entonces los probaste?

—La verdad es que no, pero sé que eran una delicia; lo dijo mamá. —(Helena no dijo eso).

—Bueno, pues por eso mismo los envié. Para que os deleitarais. Luego los probarás. No sé qué quiere decir con eso de que «le divirtieron mucho». Dile a tu padre que le daré los cigarrillos para que se los fume a mi salud. Dile eso, cielo.

Laurence se fumaba en ese momento un búlgaro.

—Caray, qué fuerte —dijo—. Ya sabes que mamá se molesta cuando les mandas regalos caros. Sabe que tienes que sacrificarte y...

Estuvo a punto de decir «privarte y racanear», usando las lastimeras palabras de su madre, pero eso habría soliviantado a la anciana. Además, la frase no tenía nada de verdadera; su abuela estaba bien protegida por un manto de suficiencia debajo del cual revoloteaba la sospecha del lujo discreto. Incluso la elección de aquellos curiosos platos parecía fruto de una expansiva economía de espíritu más que de cualquier consideración por su coste monetario.

—Helena es una muchacha muy dulce, pero se engaña. No necesito nada, como ella misma comprobaría si se tomara la molestia. No hay ninguna necesidad de que Helena se aflija por mí.

Laurence estuvo fuera todo el día, con las largas piernas metidas en su coche pequeño y veloz, explorando sin rumbo la campiña y la costa que tan familiares le resultaban; yendo a visitar amigos de su misma clase y educación a los que a veces se llevaba a casa para mostrarles con orgullo a su divertidísima y encantadora abuela. Louisa Jepp hizo muchas cosas ese día. Dio de comer a las palomas y descansó. Con bastante solemnidad, fue a por una hogaza de pan blanco, le cortó la corteza de un extremo, escudriñó la hogaza, cortó otra rebanada y volvió a mirar. A la tercera rebanada cambió de extremo y rebanó la otra costra, observando detenidamente la hogaza hasta que, a la cuarta rebanada, sonrió al ver algo y, colocando las rebanadas de nuevo en su lugar, metió la hogaza otra vez en el bote que decía «pan».

A las nueve regresó Laurence. La sala de estar con vistas al pueblo tenía una forma marcadamente oblonga. Allí encontró a su abuela con unas visitas, tres hombres. Habían estado jugando a cartas, pero ahora se estaban tomando un refrigerio que les había servido Louisa, cada uno sentado a un lado de la sala. Uno de ellos iba en silla de ruedas; era un hombre joven que no tendría más de veinticuatro años.

—Señor Hogarth, este es mi nieto; cielo, te presento al señor Webster y a Hogarth hijo. Mi nieto está en la BBC; es el crío de mi hija, lady Manders. Le habrán oído ustedes comentar el fútbol y las carreras, se llama Laurence Manders.

—Le oí el sábado pasado. —Quien hablaba era el señor Webster, el invitado de más edad, casi tan anciano como Louisa.

—Yo le vi esta mañana —dijo Laurence.

El señor Webster pareció azorarse.

—Con la furgoneta del pan —añadió Laurence.

—Laurence es muy observador; tiene que serlo por su trabajo —dijo Louisa.

Laurence, que se había tomado un par de copas y estaba

pletórico, soltó la trivialidad amable «Nunca se me olvida una cara» y, volviéndose hacia Hogarth padre, dijo:

—Por ejemplo, estoy seguro de que he visto su cara antes en alguna parte. —Sin embargo, en ese momento Laurence empezó a dar muestras de no estar tan seguro—. O, cuando menos, se parece usted a alguien que conozco aunque ahora no sé a quién.

Hogarth padre miró desesperanzado a Louisa mientras su hijo, el muchacho que estaba en la silla de ruedas, decía:

—Se parece a mí. ¿Me había visto usted antes?

Laurence lo miró.

—No —respondió—. Nunca he visto a nadie que se parezca en nada a usted.

Y a continuación, por si había hecho un comentario inapropiado, ya que el joven era inválido, Laurence siguió con la cháchara.

—Puede que un día de estos me haga detective. Creo que encajaría muy bien conmigo.

—Ay, no; jamás serías un buen detective, Laurence —dijo Louisa, muy seria.

—¿Y por qué no?

—Porque para ser detective tienes que ser astuto. En el Departamento de Investigación Criminal son muy maliciosos, y los detectives privados están dispuestos a rebajarse para conseguir lo que buscan. Y tú no tienes ni un pelo de malicioso, cielo.

—Yo me doy cuenta de cosas extraordinarias —presumió Laurence como quien no quiere la cosa mientras apoyaba la cabeza castaña en el respaldo del sofá—. Cosas que la gente cree que son secretas. ¿A que es terrible ser así?

Laurence tenía la sensación de que no les caía bien, de que sospechaban de él. Se puso nervioso y parecía que no era capaz de decir nada a derechas. La antipatía que despertaba en ellos parecía crecer más y más mientras él seguía hablando sin parar de lo bien que le iría como investigador. Y durante todo ese rato que estuvo dándole a la lengua, en realidad los observaba, a la manera de un detective.

La presencia de aquellos tipos en la casa de su abuela era insólita y sorprendente; y precisamente por eso no le sorprendió. Louisa está sirviendo té. Llama al joven Hogarth «Andrew». Su padre, para ella, es «Mervyn» y Webster, «señor Webster».

Al señor Webster, con su cabello blanco, su bigote blanco y su chaqueta marinera, cuesta verle el parecido con su versión matutina: la de comerciante con su guardapolvo marrón tierra que aparece para traer el pan. Laurence estaba complacido consigo mismo por haber reconocido al señor Webster, que llevaba zapatos marrones de ante (del número 43, según el criterio de Laurence), que debía de estar por cumplir los setenta y cinco y quien, a juzgar por el acento, era natural de Sussex.

Mervyn Hogarth era flaco y menudo. Tenía la piel de un tono pardusco apagado. Louisa le había preparado una fina rebanada de pan integral con mantequilla.

—Mervyn tiene que ir picando algo a menudo por sus problemas gástricos —explicó Louisa. A juzgar por el modo de hablar del hombre, Hogarth padre es un avezado hijo de la urbe. A saber qué estaría haciendo en casa de Louisa y a qué se debía tanta familiaridad como para permitirse el tuteo y las confidencias gástricas. Pero a Laurence lo de reflexionar no le duraba mucho. Observó que Hogarth padre llevaba pantalones de franela sin planchar y una vieja chaqueta rojiza de *tweed* con el aire de quien puede permitirse ir descuidado. El hijo, Andrew, de carnosos labios rojos, tenía el rostro cuadrado y grande y llevaba gafas. Tenía parálisis en las piernas.

Cuando Louisa le preguntó a Laurence «¿Qué tal ha ido tu paseo de la mañana, cielo?», Andrew le guiñó un ojo.

A Laurence le sentó mal, aquello era una injusticia hacia

su abuela. Se negaba a hacer camarilla con Andrew para tratar a la anciana con condescendencia; él tenía motivos para estar de vacaciones, relacionados con un asunto amoroso, y quería cambiar de aires para no ser partícipe de las complicaciones de pertenecer a un grupo social elegante. La abuela era un soplo de aire fresco, y nadie podía hacer ningún guiño a su costa. Así que Laurence sonrió a Andrew, como diciendo: «Acuso recibo de tu guiño. No sé qué quieres decir con este gesto. Supongo que algo agradable».

Andrew se puso a inspeccionar la sala; tenía la sensación de que había pasado por alto algo que debería estar allí. Reparó al fin en la caja de cigarrillos búlgaros que había sobre el aparador de Louisa; alargó el brazo, la abrió y cogió uno. El señor Webster intentó intercambiar una mirada desaprobatoria con Louisa para reprobar los modales de su invitado, pero ella no entró en el juego. Se puso en pie y le pasó la caja a Laurence.

Andrew le dijo:

—Son búlgaros.

—Sí, ya lo sé. Tienen un sabor peculiar, ¿no cree?

—A mí ahora me empiezan a gustar más —observó Andrew.

—¡Conque búlgaros! —exclamó su padre—. ¡Tengo que probarlos!

Louisa le pasó los cigarrillos en silencio. Inclinó con modestia la cabeza hacia Laurence, reconociendo una verdad innegable: que en el cenicero que había junto a la silla de Mervyn Hogarth ya había tres gruesas colillas búlgaras apagadas.

Louisa se sentó para ser espectadora pasiva de la actuación de Hogarth, que en ese momento fingía saborear una marca de cigarrillos hasta entonces desconocida.

—Mi querida Louisa, ¡qué exóticos! Creo que no podría fumarme muchos de estos. Son tan fuertes y tan... ¿cómo expresarlo?

—Penetrantes —dijo Louisa con la paciencia de alguien que le ha oído decir antes la misma palabra al mismo hombre en el mismo lugar.

—«Penetrantes» —repitió Mervyn como si la mujer acabara de utilizar la única palabra exacta para definirlos.

—Saben a los Balcanes, tienen un regusto a..., a... —siguió diciendo.

Louisa volvió a echarle una mano.

—A leche de cabra.

—¡Eso, eso! A leche de cabra.

Los botones negros brillantes que tenía Louisa por ojos se abrieron de par en par sobre Laurence, que en ese momento observaba el rostro del hombre. Acto seguido dirigió una mirada al cenicero, con la prueba del embuste, y después volvió a mirar a Mervyn. A Louisa se le escapó una risita inaudible, como si estuviera agitando con delicadeza un frasco de jarabe para la tos dentro de sí misma. El señor Webster captó el movimiento con el rabillo del ojo. Desde donde estaba sentado —y como tenía el cuello tieso— tuvo que girar el cuerpo de cintura para arriba para ver mejor a Louisa. Ante esa señal, la mujer frunció los labios, pero recuperó con apremio la compostura como una alumna aplicada.

Laurence le preguntó a Andrew:

—¿Viven por aquí?

Padre e hijo respondieron a la vez.

—No —dijo Mervyn.

—Sí —dijo Andrew.

El regocijo de Louisa pudo más que ella y, aunque tenía los labios bien apretados, relinchó por la nariz como si fuera un poni. El señor Webster encajó la taza en el platillo como si acabara de oír hablar a las paredes.

Los Hogarth intentaron arreglar de inmediato su error garrafal. Los dos volvieron a la carga. Mervyn:

—Bueno, casi siempre estamos en Londres...

Andrew:

—Quiero decir que casi siempre estamos aquí... —El padre decidió dejar que siguiera Andrew—. Y a veces nos vamos al extranjero —concluyó sin demasiado fuelle.

Laurence miró su reloj y le dijo precipitadamente a Andrew:

—¿Le apetece venirse al pub? Todavía faltan unos quince minutos para que cierre. —Y entonces cayó en que había metido la pata. Por un momento el chico le había parecido bastante normal, y para nada un inválido.

—Esta noche no, gracias. En otra ocasión, si está usted por aquí —dijo Andrew sin sorprenderse.

—Se quedará hasta finales de semana —dijo Louisa.

Laurence salió a toda prisa. Se oyeron sus pasos cruzando la tranquila carretera y después bajando por la calle del pueblo en dirección al Rose and Crown.

—Qué muchacho tan encantador —dijo el señor Webster.

—Sí, y muy listo —apuntó Louisa.

—Un chaval interesante —dijo Mervyn.

—Me estaba preguntando si... —dijo Andrew.

—¿El qué, querido? —le preguntó Louisa.

—¿No sería mejor que desapareciéramos hasta la semana que viene?

El señor Webster se volvió para mirar a la anciana.

—Señora Jepp —dijo—, no pensaba que fuera usted a permitir que su nieto nos conociera. Tenía entendido que iba a pasar la tarde fuera. Espero que no lo hayamos molestado.

—¡Atiza! —dijo Louisa, toda amabilidad—. Pues claro que no se habrá molestado, señor Webster. Los jóvenes de hoy en día son muy democráticos.

Eso no era lo que se había querido decir. Mervyn fue el siguiente en hablar.

Tengo la impresión de que preguntará cosas. Al fin y al

cabo es natural, Louisa, ¿no le parece? —Se encendió uno de los cigarrillos búlgaros.

—¿Qué clase de preguntas?

—Pues supongo que acabará preguntándose... —dijo Andrew.

—Acabará preguntándose quiénes somos y qué hacemos aquí —dijo Mervyn.

El señor Webster miró apenado a Mervyn, dolido por la crudeza de las palabras del otro.

—¡Atiza! —dijo Louisa—. Pues claro que Laurence querrá saberlo todo de ustedes. ¿Les apetece jugar otra partida, señores?

Mervyn miró el reloj.

Andrew dijo:

—Volverá cuando cierre el pub, ¿verdad?

El señor Webster le dedicó una sonrisa paternal a Louisa.

—El asunto que nos ocupa no es urgente —dijo—. Podemos posponer nuestro negocio hasta finales de semana, si sabe de una tarde en que su nieto esté fuera.

—Podemos hablar perfectamente delante de Laurence —dijo—. Laurence es muy buen chico.

—Por supuesto —dijo Mervyn.

—Por eso lo decimos —intervino Andrew—. Este buen chico no tendría que verse en situación de preguntarse...

Louisa parecía impacientarse. Algo empezaba a vencerla.

—Tenía la esperanza de que pudiéramos evitar hacer ningún tipo de diferencia entre Laurence y nosotros —dijo—. Les aseguro que podemos hablar con discreción de lo que queramos en presencia de Laurence. No es una persona desconfiada.

—Ay, la discreción —dijo el señor Webster—; mi querida señora Jepp, la discreción es algo siempre deseable.

Louisa le dedicó una sonrisa sincera, como se sonríe a quien más cerca ha estado de comprenderla.

Intervino Mervyn.

—La entiendo, Louisa. No puede soportar formar parte de dos mundos distintos. Su instinto la lleva a la unidad, a coordinar los elementos contradictorios de la experiencia; le apasiona tomar los fenómenos deslavazados de la vida y encajarlos. Ese es su ideal, y solía ser el mío también. La realidad, sin embargo, se niega a hacerle un hueco al idealista. A su edad cuesta comprender algo a lo que jamás ha tenido que enfrentarse, pero...

—No entiendo lo que quiere decir —dijo Louisa—. Y no creo que lo entendiera a ninguna edad.

—Por supuesto.

—Divaga usted demasiado —dijo, aunque al momento se animó—. Ahora bien, Mervyn, si usted cree que mi modo de obrar está demasiado chapado a la antigua, lo entenderé. Siempre puede retirarse de nuestros acuerdos.

Mervyn, que justo se levantaba, volvió a sentarse. Andrew soltó una risotada seria que sorprendió a Louisa.

—Habló de hacerse detective. Y parece que las caza al vuelo —respondió Andrew.

A Laurence le va muy bien en las ondas. Jamás se haría detective; es muy poca cosa para él.

—Sería un buen informante —dijo Andrew, y desde el privilegio de su silla de ruedas la miró de frente.

—¡Atiza! No tienes por qué seguir con nosotros, querido Andrew, si hay algo que te preocupe. En ese caso, por supuesto, deberíamos pisar el freno, ¿no creen? —Miró a Mervyn y al señor Webster, que no le contestaron. Al momento se levantaron para marcharse. Al tomarle la mano, el señor Webster dijo:

—Verá, señora Jepp, su nieto del alma tiene unas dotes de observación excepcionales. Esa es la única razón por la que puse en duda la conveniencia del asunto.

Louisa se rio.

—Ay, sí: a él nunca se le escapa nada. Jamás he conocido a nadie capaz de captar tantos detalles; pero ¿sabe usted? El chico no sabe atar cabos.

—¿Quiere usted decir que carece de capacidad de reflexión? —dijo Mervyn.

—Quiero decir —respondió la abuela de Laurence— que en cierta manera podría ser más inteligente de lo que es. Pero es lo suficientemente listo para apañárselas en la vida, y muy dulce, y eso es lo que importa.

—Y si hace cualquier pregunta... —dijo Andrew.

—Vaya que si hará preguntas —le respondió Louisa.

Aquella mujer era imposible.

—Señora Jepp, será usted discreta, ¿verdad? Estoy seguro de que sí —dijo el señor Webster.

—Mi nieto no es capaz de atar cabos... si no sabría ni atar un simple cordel. —Parecía que se estuviera divirtiendo con intención de incomodarlos.

—¿Se marchará el viernes? —preguntó Mervyn.

—Me temo que sí.

—¿Lo dejamos pues para el viernes por la tarde? —dijo Mervyn.

—Sí —respondió la mujer con melancolía.

—Hasta el viernes —dijo Andrew.

—Señora Jepp, muchas gracias por una tarde tan agradable —dijo el señor Webster.

Como Laurence había empezado a escribir una carta colocando la hoja sobre un libro que tenía apoyado en la rodilla, Louisa despejó parte de la mesa para él, diciéndole:

—Ven, cielo, siéntate a la mesa, que estarás más cómodo.

—No, si siempre escribo así.

Louisa extendió un paño blanco en la esquina reservada para Laurence.

—Pon siempre un paño blanco debajo del papel cuando vayas a escribir una carta. Es bueno para la vista porque te refleja la luz. Vamos, cielo, siéntate a la mesa.

Laurence se trasladó a la mesa y siguió escribiendo. A los pocos minutos, dijo:

—Qué diferencia con el paño blanco. Es mucho más agradable escribir así.

Louisa, que se había tumbado cuan larga era en el sofá que estaba junto al ventanuco trasero, donde descansaba por las tardes hasta la hora del té, contestó adormilada:

—Cuando le expliqué ese truquito a Mervyn Hogarth, empezó a barruntar si sería eficaz o no y a hablar de rayos de luz y de óptica. «Pruébalo, Mervyn —le dije—. Pruébalo y verás que tengo razón».

—Pues claro —reflexionó, ausente, Laurence—. Será algo psicológico.

—Vaya que si lo es —fue la sorprendente e imprevisible respuesta de Louisa. Después cerró los ojos.

Los abrió a los pocos segundos para decir:

—Si le estás escribiendo a tu madre, dale muchos recuerdos.

—La verdad es que estoy escribiendo a Caroline.

—Pues dale muchos recuerdos y dile que espero que se encuentre mejor que en Pascua. ¿Cómo está últimamente?

—Mal. Se ha marchado a un sitio religioso del norte para descansar un poco.

—No sé yo si podrá descansar demasiado en un sitio religioso.

—Eso mismo pensé yo, pero es una de las ideas de mamá. Se reúne con sus curas, construyen sus edificios y luego se los dedican a un santo. Y después mamá envía allí a sus amigos a pasar temporadas.

—Pero Caroline no es católica.

—Acaba de convertirse.

—Ya decía yo que la veía delgada. ¿Y eso a ti cómo te afecta, cielo?

—Bueno, supongo que en cierto modo Caroline me ha dejado. O por lo menos se ha ido a vivir a otra parte.

—¡Pero eso está muy bien! —dijo la anciana.

—Puede que un día nos casemos.

—Ah, ¿y si no? —Lo miraba con asombro contenido mientras añadía—: ¿Sabe Caroline lo que hace? El único modo seguro que tiene una mujer de retener a un hombre es abandonarlo por la religión. Lo sé de buena tinta. Puede que el hombre se vaya con otra muchacha, pero nunca más será feliz con nadie si una chica lo ha dejado por motivos religiosos. Así le echará el lazo para siempre.

—¿Es eso cierto? —dijo Laurence—. Qué divertido. Tengo que contárselo a Caroline.

—En fin, cielo; no hay mal que por bien no venga. Espero que puedas casarte con ella pronto. No te obligarán a hacerte católico; solo tienes que prometer que vuestros hijos lo serán. Y a fin de cuentas, los críos de hoy en día toman sus propias decisiones cuando crecen. Y no hay nada malo en ser católico si es lo que uno quiere.

—Es un poco complicado —dijo Laurence—. La pobre Caroline no está bien.

—Pobrecita. Fíjate lo que hace la religión. Dale un abrazo de mi parte y dile que se venga para aquí. Yo la alimentaré, y me atrevo a decir que todo saldrá bien.

«La abuela se ha vuelto a quedar frita —escribió Laurence— después de levantar la vista para preguntar por ti. La noticia de tu conversión le dibujó una expresión seria en el rostro. Parecía una de esas viejas de Rembrandt, pero pronto recobró su cara de Louisa. Quiere que vengas, darte cosas de comer.»

«No me gustó nada ver partir tu tren de Euston y deambulé triste con la idea de seguirte en el de la tarde. Me encontré con el barón en la parada de metro de Piccadilly y al volver con él hacia la librería caí bajo su embrujo y cambié de opinión. Alegó que "la presencia de un no creyente en una institución católica molesta si el descreído no muestra interés en abrazar su fe. Esta clase de sitios siempre anuncia que los impíos son bienvenidos. Sin embargo, si vas solo con la intención de buscar a Caroline, se molestarán; no serás bienvenido. Además, la tomarán con Caroline por ser más deseable para ti que su fe". Teniendo todo esto en cuenta, decidí que irrumpir de esa manera sería una torpeza, e hice bien en no ir como al final se demostró.»

«No me veía capaz de volver al apartamento, así que me fui a Hampstead. Papá estaba en casa; mamá había salido. Dejó caer algo que me preocupa bastante. Parece ser que hay una tal señora Hogg en el grupo en el que estás. Es encargada, o algo por el estilo. Mamá le consiguió el empleo, a saber por qué. Todos la detestamos, yo creo que por eso siempre nos hemos esforzado tanto con ella. Es la Georgina Hogg de la que creo que te he hablado, la que nos hizo de niñera y ama de llaves antes de que empezáramos a ir al colegio. Se casó pero el marido la dejó. Pobre desgraciado, no me extraña. Nos daba pena. La mujer sufre de rectitud crónica, es una especie de chantajista de la moral. Mamá se siente culpable —por odiarla tanto, quiero decir—; le tiene un miedo atroz, pero se niega a admitirlo. Papá se refiere a ella como "la mortificación de los Manders". Claro que en realidad es inofensiva si no dejas que te saque de quicio. Yo creo que sé manejarla; o por lo menos antes sabía cómo. Pero es mejor evitarla, cariño. Espero que no te topes con ella. Me he enfrentado a mamá por su redomada insensatez de mandarte al mismo lugar donde está Georgina en un momento en que estás floja. Parecía que se sentía un poco mal, pero me dijo: "Seguro que Caroline pondrá a Georgina en su sitio". Espero que así sea. Si te molesta, sal de allí inmediatamente y vente para que te tratemos como una reina. ¡Aquí pasan tantas cosas emocionantes!»

«Llegué el domingo por la noche. Mi abuelita es una mujer sensacional, como siempre sospeché. ¡He descubierto unas cosas! Resulta que es la cabecilla de una banda. Desconozco por completo qué tipo de banda es, me parece que espías comunistas. Son tres hombres. Un padre y un hijo. El hijo está tullido, pobre muchacho. El padre tiene todo el aire de ser un fracasado. El tercer gánster es bastante entrañable, parece un marino mercante jubilado, es bastante viejito. Trata con cariño a la abuela. Es el dueño de la panadería y entrega el pan en persona.»

«No sé hasta dónde está metida la abuela en el ajo, pero no me cabe duda de que lleva la voz cantante. Y que de fondos va más que sobrada. Creo que solo saca el dinero de la pensión para no levantar sospechas. ¿Sabes dónde guarda su fortuna? En el pan. Mete los diamantes ahí. Te aseguro que no exagero: me encontré una hogaza con los corruscos muy mal cortados, y en uno de ellos había diamantes; de los auténticos. En un primer momento me pregunté qué demonios era aquello, y cogí una de las gemas con muchísimo cuidado. Cuando no están engastados en joyas, los diamantes tienen un aspecto muy distinto. Al ver lo que era, volví a dejar la piedra preciosa en su sitio. La abuela no tiene ni idea de que le sigo la pista, claro. ¿No es una maravilla de mujer? Me pregunto qué clase de chanchullo tendrán montado. No creo de verdad que sean espías, claro; pero sí delincuentes de algún tipo. La cosa está en que no están utilizando a la abuela, sino que ella es la jefa del cotarro. Lo más importante ahora mismo es que mamá no se entere de nada, así que, cariño mío, tienes que ir con cuidado con lo que dices.»

«Pretendo enterarme de todo, aunque tenga que quedarme una semana más y las Navidades se vayan al traste. He empezado a recopilar notas en un expediente.»

«Si se te ocurre alguna idea al respecto, házmelo saber. Para mí que la abuela se lo está pasando bomba, pero la cosa podría torcerse si detienen a los hombres. No tengo ni la más remota idea de en qué podrían pillarlos; quizá sean ladrones de joyas, aunque no me cuadra con la personalidad afable y marina del ancianito. Con la abuela me cuadra cualquier cosa.»

«La abuela dice sin rodeos que son "su banda", tan garbosa como una finolis del Soho. Dice que vienen a jugar a cartas. Me los encontré en casa la otra noche, y desde entonces me he dedicado a husmear. Ojalá pudieras venirte unos días y ayudarme a "atar cabos", como dice la abuela. Espero que no te entren los temores en Santa Filomena. Hazme caso, tienes que elegir bien con qué católicos te juntas en Inglaterra; si te equivocas de gente, te pueden volver tarumba. Mamá sabe que ha hecho mal en enviarte allí. Su pasión por fundar "centros" y poblarlos es superior a ella. Papá está seguro de que acabará causando un cisma.»

«Espero carta tuya mañana. Ansío saber que tienes a la señora Hogg bajo control. En cierto modo sería divertido que te las hubieras con ella. Me gustaría estar presente si eso pasara. Presente pero escondido.»

Louisa abrió los ojos y dijo:

—Pon la tetera, cielo.

Laurence dejó el bolígrafo. Le preguntó a su abuela:

—¿A que no sabes quién está a cargo del sitio religioso al que ha ido Caroline?

—¿Quién, cielo?

—La señora Hogg.

—¿Cómo puede ser que esté a cargo ella? Pero ¿no era un convento?

—No, no es más que un centro. Georgina es el ama de llaves o algo por el estilo.

—¿Y tu madre lo sabe?

—Sí, fue ella la que le dio el trabajo.

—Creo que Helena no tiene la cabeza en su sitio últimamente —dijo Louisa.

—¡La señora Hogg! Es que imagínatela, abuela, intentando ganarse a Caroline.

—Vaya con la señora Hogg —dijo Louisa, como si jamás hubiera oído nada parecido—. Vaya con la señora Hogg... Bueno, Caroline se encargará de ella.

Laurence se fue a la trascocina para llenar la tetera, y desde allí gritó:

—¿No la habrás visto últimamente, verdad?

Su abuela no dijo nada. Sin embargo, cuando volvió y puso la tetera en el hornillo negro de carbón, Louisa le dijo:

—No la he visto en años. Hace unos meses tu madre me escribió para proponerme que Georgina Hogg viniera aquí a vivir conmigo para hacerme compañía.

A Laurence se le escapó una risita.

—Supongo que le dijiste que ni en sueños.

—Le dije que bajo ningún concepto quería tener a esa mujer ponzoñosa en mi casa ni un instante siquiera. Una persona así te hace aborrecer a los católicos, desde luego.

Laurence volvió a coger el bolígrafo.

—Detesto a esa mujer —dijo Louisa.

«La abuela acaba de despertarse —escribió Laurence—. Me ha obsequiado con sus opiniones sobre la señora Hogg. Me ha dicho que es "ponzoñosa". Me da un poco de pena que la viejarrona de la señora Hogg sea tan desagradable. La verdad es que hay que vivirlo para entenderlo.»

—Dile a Caroline —le interrumpió Louisa— que tenga mucho cuidadito con la señora Hogg. Dile que es peligrosa.

—Ya se lo he dicho —contestó Laurence.

Terminó la carta y la volvió a leer.

Después del té, añadió:

«P. D. Olvidé hablarte del talonario de la abuela. Según los resguardos, dona la suma exacta de su pensión cada semana a la Sociedad de Ayuda a los Presidiarios.»

Selló la carta y después salió a enviarla.

2

Una tormenta, tan fuerte que retuvo a los barcos en la desembocadura del Mersey, se extendió tierra adentro de tal manera que retuvo a Caroline Rose en el interior del edificio, cuyos pasillos de color verde pálido recorría no por ejercitarse, sino para pensar. Un lugar para la reflexión con los pasillos verdes. El Centro de peregrinos de Santa Filomena.

—Haciendo ejercicio. —Así la apuntillaba la señora Hogg. No podía ser más irritante. Haciendo ejercicio. No era una pregunta, sino una afirmación.

—Buenas tardes —dijo Caroline.

—Y sintiéndose sola —dijo la señora Hogg con su amago de sonrisa. Sintiéndose sola, haciendo ejercicio. Caroline no respondió. La idea pequeña y perfecta que había estado cristalizando en su mente se volvió bruma. Muy bien, aquí me tienes. Cómeme; maldita sea, quédatelo todo. Me siento sola. Roma ha hablado.

—La próxima vez —dijo la señora Hogg— es mejor que no elija un retiro en solitario. Le convendría más venir en verano, cuando hay peregrinajes con motivo de las festividades importantes.

—¿Ah, sí? —preguntó Caroline.

—Sí —respondió la señora Hogg—. Es lo que más le convendría. Ah, y por favor, llámame Georgina. Yo te llamaré Caroline. A veces llegamos a tener ciento treinta peregrinos hospedados aquí. Eso sin olvidar a los miles que vienen a pasar el día. Sir Edwin, lady Manders y el padre Ingrid no sabían lo que ponían en marcha cuando crearon Santa Filomena. Tienes que conocer a los Manders.

—Ya los conozco —respondió Caroline.

—Anda, fíjate. ¿Eres una de sus prosélitas? Convertir a la gente es su misión.

—¿Convertirla a qué? —dijo Caroline sintiendo la imperiosa necesidad de hacerse la difícil. Se desahogaba por dentro repitiendo un versículo de creación propia: «Estás condenada. Arderás en el fuego eterno. Estás *kaputt*, prácticamente acabada; lo tienes muy negro, querida». Era mucho más expresivo y, por ende, más satisfactorio que limitarse a decirle: «Vete al cuerno», y un poquitín menos eficaz que el «¡Bang, bang, estás muerta!» que diría un crío pequeño.

—Convertirla a la Fe, por supuesto —iba diciendo la señora Hogg.

En los tres días que llevaba en Santa Filomena ya se había fijado en la señora Hogg. En su primera noche, Caroline la oyó decir:

—Aquí hay que aceptar lo que se le ofrece. A veces llegamos a tener hasta ciento treinta peregrinos. Imagine lo que pasaría si estas ciento treinta personas quisieran tomar el té sin leche...

Su víctima, un joven abogado que estaba recuperándose de su dipsomanía, le había contestado:

—Pero, oiga, si lo único que digo es que no se moleste en ponerme leche en el mío.

—No estamos hablando de lo que usted dice, sino de lo que se le ofrece.

Se sentaron más tarde en torno a una mesa de roble pulido del refectorio y cenaron en silencio unos platos saturados de grasa que daban fe de la idea que se tenía de lo monástico en Santa Filomena. Las bocas trabajaban en silencio, al compás: masticar, parar, masticar, parar, tragar, parar, masticar. Una hermana del convento vecino leía en voz alta la «santa obra» prescrita para las comidas. Caroline reconoció la Epístola de San Juan y la escuchó con los ojos fijos en la blusa blanca de la señora Hogg, a la que tenía delante. Al punto estaba pensando en la señora Hogg y en el reciente encontronazo a propósito del té. Empezó a embeberse de todas las particularidades de la mujer: el rostro anguloso, el pelo blanco y corto, la ausencia de pestañas, las gafas sin montura, la naricilla carnosa cuya punta se le contraía al comer, el delgadísimo cuello, la descomunal pechera. Caroline se dio cuenta de que llevaba un buen rato mirando de hito en hito los senos de la señora Hogg, y en ese mismo momento cayó en la cuenta de que los pezones de la mujer, oscuros y prominentes, se le transparentaban a través de la blusa de algodón. Según parecía, no llevaba nada debajo. Caroline apartó rápidamente la vista, asqueada, pues era remilgada y siempre había sido muy puntillosa con los pecados de la carne.

Eso pasó la primera noche.

Y este era su tercer día. Al llegar al final del largo pasillo, se dieron la vuelta. Caroline consultó su reloj. La señora Hogg no se iba.

—Los Manders te han convertido. Convertir a la gente es su misión.

—No, en mi caso no es así.

—Los Manders son tan amables —dijo la señora Hogg a la defensiva.

—Encantadores.

—Unas buenísimas personas —insistió la señora Hogg.

—Sí, estoy de acuerdo —dijo Caroline.

—Es imposible no estar de acuerdo. Y entonces... ¿Por qué razón te has hecho católica?

—Por muchas —respondió Caroline—. Y no son fáciles de explicar, por lo que prefiero no mencionarlas.

—Ya veo de qué pie cojeas —dijo la señora Hogg—. Me di cuenta en cuanto llegaste. Todavía tienes mucho de protestante. Tienes que quitártelo de encima. No eres de las que se mezcla con la gente. Y a los católicos se les da muy bien mezclarse con la gente. ¿Por qué no hablas de tu conversión? Si es algo maravilloso... No hablar de ello no es demasiado católico que digamos.

Aquella mujer era bastante peculiar a su manera. Un sentimiento alegre invadió a Caroline de repente. Se rio y volvió a mirar el reloj.

—Tengo que marcharme.

—Hasta las tres no empieza la bendición.

—Ya, pero es que yo he venido aquí para tener algo de paz y tranquilidad.

—Pero no estás de retiro.

—A decir verdad, sí que lo estoy. —Y entonces Caroline recordó que en los círculos religiosos, el «retiro» era un evento pautado y no el abandono solitario de las actividades habituales para ser dueño en paz del alma propia. Y añadió—: Bueno, quiero decir que me he retirado de la vida londinense y que ahora estoy aquí en busca de paz y tranquilidad.

—Pues esta mañana bien que hablabas con ese joven abogado.

Caroline, en su propia diversión neurótica, decidió ceder. Diez minutos más de señora Hogg. La lluvia bombardeaba con furia las ventanas cuando se volvió hacia la mujer con resignación y paciencia.

—Hábleme de usted, señora Hogg.

Hacía poco que habían puesto a la señora Hogg a cargo de las comidas.

—De no haber sido por la Fe, no habría sido capaz de aguantar en el puesto. Estoy en pie desde las seis hasta las dos, y luego otra vez a las tres y después tengo dos horas de descanso hasta la cena y luego ya hay que pensar en el desayuno. Y tengo muchas cruces con las que cargar. Ese joven abogado con el que te has juntado me dijo la otra noche: «El té lo tomo sin leche». ¿Lo oíste? A veces llegamos a tener hasta ciento treinta peregrinos. Imagina lo que pasaría si esas ciento treinta personas quisieran tomar el té sin leche...

—Bueno, muy difícil no sería —respondió Caroline.

—Supón que cada una quiere algo diferente.

—¿Todas a la vez? —preguntó Caroline.

Al ver la cara de la señora Hogg en ese momento, Caroline pensó: «Ahora acaba de caer en que soy una enemiga de la Fe».

La señora Hogg, no obstante, recobró la compostura; su maquinaria estaba engrasada para dar palique.

—Voy a explicarte cómo acabé yo aquí. Fue un milagro. Nuestra Señora me envió.

A Caroline, sin embargo, había vuelto a cambiarle el humor. La educada templanza se había esfumado y su lugar lo ocupaba ahora la restricción; una irritación acuciante fruto de la sensación de estar junto a algo abominable que no debe soportarse. Sintió el repentino deseo de lavarse los dientes.

—Hábleme pues de ese milagro —respondió Caroline con un tono ligeramente amenazador—. No se deje ni un detalle.

Esas mujeres atolondradas y sus milagros. Caroline se dijo: «Aborrezco a todas las mujeres y, entre todas ellas, en especial a la señora Hogg. Ya me están volviendo los nervios. Debo tener cuidado con lo que digo y hago en los siguientes minutos, que se me harán eternos. Tengo que hacer como si no fuera conmigo, guardar las apariencias como sea».

—Bueno —iba diciendo la señora Hogg—, la verdad es que me debatía entre aceptar un trabajo en Bristol con una señora que iba a dar a luz en casa... Porque tengo el título de comadrona, sabes, aunque sobre todo he sido institutriz. Fui ama de llaves de un sacerdote dos años. En Birmingham, fíjate. Lo mandaron a Canadá en 1935, y cuando nos despedimos, me dijo: «Bueno, señora Hogg...».

—¿Y qué hay del milagro? —preguntó Caroline, que para disimular su irritación añadió, exagerando—: Podría pasarme todo el día oyendo milagros.

En privado, se consolaba diciéndose: «Pequeñuela —porque así se dirigía a sí misma a veces—, mañana por la mañana te llegarán cartas del mundo civilizado».

—Pues verás —continuaba la señora Hogg—, para mí fue un milagro. No sabía si elegir el trabajo en Bristol o un puesto permanente en el norte con una señora que era sorda. Llegó una carta —era un martes por la mañana— que decía que la parturienta de Bristol había ido al hospital porque había tenido complicaciones y que el bebé nacería allí. El marido me mandó el sueldo de una semana. Después, por la tarde, recibí carta del otro lugar. No; me equivoco: me llegó a la mañana siguiente. La señora sorda había fallecido. Así que heme allí, sin trabajo. De modo que le dije a Nuestra Señora: «¿Qué voy a hacer ahora?», y Nuestra Señora me dijo: «Vete a Santa Filomena y reflexiona». Yo ya había ido a uno de los retiros más importantes de Santa Filomena...

—¿De verdad oyó una voz? —preguntó Caroline.

—¿Una voz?

—Me explico: al decir «Nuestra Señora me dijo», ¿se refiere usted a que le habló en voz alta?

—Ah, no; pero así es como siempre me habla Nuestra Señora. Yo le hago una pregunta y ella me responde.

—¿Y cómo oye la respuesta, entonces?

—Las palabras vienen a mí; claro que tú no estás familiarizada con nada de esto. Hay que tener una vida espiritual rica.

—¿Cómo sabe que es la Madre de Dios quien le habla? —le insistía Caroline sin darse por vencida. En el labio superior de la señora Hogg se dibujó una sonrisa impúdica. Caroline pensó: «Anhela el éxtasis de matarme en una interminable orgía ritual; ve que soy flaca, angulosa, perspicaz, curiosa; que me pongo imposible cuando quiero averiguar la verdad; que voy bien vestida y soy guapa. Puede que perciba mi fragilidad, que note que me repugna la carne mortal cuando la corpulencia supera a la inteligencia».

La señora Hogg siguió a lo suyo:

—Sé que fue un mensaje de Nuestra Señora por lo que pasó. Llegué a Santa Filomena y vi a lady Manders, que casualmente estaba aquí en ese momento. Cuando le expliqué mi situación, me dijo: «Verá, aquí hay trabajo para usted, si se anima a probarlo. Queremos librarnos de la encargada de las comidas; no da la talla para el puesto. Es mucho trabajo, pero cuenta con la ayuda de Nuestra Señora». Así que estuve un mes de prueba. Eso fue en otoño, y aquí estoy, encantada y disfrutando de cada segundo.

—Y ese era el milagro —dijo Caroline.

—Anda, pues vaya que si fue un milagro que yo llegara justo aquí cuando lady Manders quería cambiar de personal. Yo solo había acudido en busca de reflexión; pero, sabes, no tengo demasiada ocasión de sentarme y ponerme a pensar. Hay mucho que hacer. Y para mí el deber es siempre lo primero, por delante de todo lo demás. Y no me importa deslomarme; Nuestra Señora me ayuda. Cuando las muchachas de la cocina empiezan a rezongar, yo siempre les digo: «Nuestra Señora hará el trabajo por vosotras». Y así es.

—En ese caso, no tienen por qué hacerlo ellas —respondió Caroline.

—Escúchame bien lo que te digo, Caroline —intervino la señora Hogg—. Tienes que hablar con un sacerdote. Me da que no has entendido bien en qué consiste la fe católica. Tendrías que hablar con el padre Ingrid.

—Se equivoca —dijo Caroline—. Ya le oí hablar desde el púlpito, y con una vez tuve suficiente. Ahora debo marcharme.

La campana llamaba a la bendición.

—Por ahí no se va a la capilla —le avisó desde atrás la señora Hogg mientras Caroline avanzaba rápido por los pasillos de paredes verdes.

Caroline no contestó. Se fue a su habitación y se dispuso a hacer la maleta con tranquilidad y pulcritud. Santa Filomena era una pérdida total de tiempo, se dijo. «Quien le pida mucho a la vida siempre rechazará ciertas experiencias tan pronto como descubra cuán infructuosas son.»

Se le daba de maravilla hacer la maleta. Se dijo: «Se me da bien hacer la maleta», dando forma a esas palabras en la mente y evitando así la aglomeración de otras palabras; otros pensamientos. Los tres días transcurridos en Santa Filomena balaban a grito pelado a la espera de ser enunciados, pero ella los mantuvo a raya mientras musitaba: «Los zapatos, allí. Los libros, aquí. El neceser del cepillo en aquella esquina. Las blusas bien lisas en la cama. Pliégale las mangas. Así. Y ahora pliégala otra vez. En esta dirección, hacia allá. La bolsa de agua caliente. Que no empiece a repiquetear todo. El crucifijo bien remetido en algodón. El folleto de la Sociedad de la Verdad Católica para leer en el tren. Ahora solo estoy haciendo lo que estoy haciendo».

Así, pudo dominar lo de Santa Filomena durante media hora. Había ideado aquella técnica hacía casi un año en la sala de lectura del Museo Británico, en una época en que tenía los sesos como la noche de la conspiración de la pólvora; con las ideas chisporroteándole en todas direcciones y unas siniestras figuras embrutecidas que saltaban en torno a un montón de cachivaches en llamas.

Ya en el tren, Caroline columpió la maleta para meterla en el portaequipajes y se sentó. Sobresalía una esquina. Se levantó y la puso recta. Tenía todo el vagón para ella sola. Al cabo de un rato volvió a ponerse en pie y la desplazó hasta el centro del portaequipajes, guiándose por el espejo que había debajo de modo que quedara la misma distancia de un lado y de otro. Después se sentó en la butaca de la esquina, frente a la maleta. Se quedó sentada, totalmente quieta, mientras se le cegaban los pensamientos. De tanto en tanto, una lucidez cínica se apoderaba de una parte de su cabeza y la obligaba a comentar la furia de la otra mitad. Era doloroso. «La burlona está tomando las riendas», constató.

—Muy graciosa, muy graciosa —dijo Caroline en voz alta. Una mujer que en ese momento avanzaba por el pasillo la vio hablando sola. Caroline pensó: «Madre del amor hermoso, mi problema cada vez es más visible».

La conmoción de haber sido observada le trajo algo de consuelo. A medida que se le iba calmando el dolor mental, Caroline se puso a reflexionar. «¿Tengo justificación? Qué demonios, vaya que si la tengo.» Con suma atención y determinación, empezó a recordar cómo había sido su estancia en Santa Filomena.

En su segunda noche, cuando se había unido a los demás residentes que estaban en la sala de descanso... («Peregrinos; tengo que acordarme de que son "peregrinos"»). Ya había metido la pata llamándolos «residentes».

Bueno, el caso es que eran ocho, además de Caroline. Los evocó uno a uno mientras estaba sentada, tiesa como un poste telefónico, en el tren que la llevaba a Londres.

Esa noche apenas había mirado a los demás huéspedes, pero ahora, retractándose, se asomaban a sus ojos, repasaba de pies a cabeza su vestimenta, escudriñaba la misma piel de su rostro.

Los recordó, primero uno por uno, y después en semicírculo, en torno a la chimenea. Incluso se veía a sí misma.

Y, con el traqueteo del tren que iba hacia el sur y la memoria varada en el grupo reunido cerca del hogar, se repetía para sus adentros las palabras del rosario mientras tocaba imperceptiblemente las cuentas que llevaba en bolsillo; algo que hacía por el efecto externo que tenía en su persona, pues el automatismo de rezar el rosario evitaba que se agitara nerviosa; frenaba el impulso de hablar sola y la volvía casi invisible. El grupo congregado en torno al fuego de Santa Filomena la alteraba; al fin y al cabo, incluso en las circunstancias más favorables, era una mujer muy nerviosa.

Hacía dos noches, ese grupo contaba anécdotas sobre el tratamiento que dispensaban los no católicos a los católicos en Inglaterra. Era su tema predilecto.

—¿Se pueden creer que donde vive mi madre no dan trabajo a los católicos en el transporte público?

—Ni un solo muchacho católico consiguió una beca...

—El cuarenta por ciento eran católicos, pero ninguno...

Era bien sabido, dijo una dama rolliza y rubicunda del oeste de Irlanda, que la Universidad de Cambridge no aceptaba a católicos.

—Ah, no; eso no es verdad —dijo en el acto Caroline.

—Y hacen todo lo posible por segregar a los católicos —siguió diciendo la dama del oeste de Irlanda.

—Que yo haya visto, no —dijo Caroline.

El joven abogado estuvo de acuerdo con ella, pero su testimonio era dudoso. La dama irlandesa le dijo entre susurros a su vecino:

—Se está curando del alcohol, pobre muchacho.

El abogado siguió:

—No digo que no haya prejuicios en ciertos barrios. —Ese comentario lo congració con sus contertulianos—. Sin ir más lejos, cuando los de la biblioteca pública supieron que mi hermano era católico...

A medida que crecían y crecían las atrocidades, la mujer del oeste de Irlanda seguía haciéndole preguntas a Caroline:

—¿No le parece horrible? ¿Qué me dice?

Al fin, poniéndose en pie para marcharse, contestó:

—Me parece de lo más peculiar.

La presencia de la señora Hogg se había hecho notar de principio a fin en la reunión. También ella había aportado algunas píldoras, sabía lo que era la persecución y tenía los ojos puestos a menudo en la sospechosa Caroline.

Mientras recordaba aquel evento, Caroline recordó también una estampa parecida junto al fuego; la de la parte judía de su familia reunida con sus amigos (la había dejado atrás hacía tanto). Los veía de nuevo, saciándose en semicírculo, regodeándose en su orgía de falso sufrimiento. «Los prejuicios, ¡qué insultantes son!», pensó Caroline. Católicos y judíos, los elegidos; ambos pueblos obsesionados con una imagen trágica de sí mismos. Sí, son trágicos de tan ridículos que son. Sin embargo, pensar en aquellos mártires junto al fuego, judíos y católicos, repugnó a Caroline por su comicidad. Pensó en tirar del freno de emergencia, parar el tren, crear una distracción cegadora; e incluso mientras lo planeaba pensó que no sería capaz de hacerlo.

Pero, en su propia avaricia doliente, Caroline captó y retuvo las imágenes del mundo que había abandonado años atrás y del mundo en el que acababa de entrar. Apretó y tiró de las cuentas del rosario que llevaba en el bolsillo mientras sus pensamientos, afilados como colmillos, volvían a la carga una y otra vez presentándole congregaciones de mártires al amparo del fuego; tan incongruentes al compararlos con los verdaderos... que era un insulto.

Estando en el vagón restaurante Caroline volvió una vez más a la señora Hogg, que se le había quedado atascada en el pensamiento como un pedazo de comida atravesado en el pecho que no se mueve ni para arriba ni para abajo. De pronto Caroline se dio cuenta de que estaba engullendo el almuerzo, y le volvieron los recuerdos de las comidas en Santa Filomena, con la visión de la señora Hogg masticando al compás de la lectura melodiosa y delicada de las Sagradas Escrituras hecha por la monja: «Amados, amémonos unos a otros; porque el amor es de Dios... Si alguno dice que ama a Dios, y aborrece a su hermano, es mentiroso... El que ama a Dios, debe amar también a su hermano».

Caroline pensó: «Las exigencias del cristianismo son desorbitadas; excesivas. Los cristianos que no se den cuenta de ello desde el principio no son fieles. Son falsos; sus profesores hablan como en una ensoñación: "Amémonos unos a otros... hermanos, amados... tu hermano, vecinos, amar, amar, amar...". ¿Acaso saben lo que están diciendo?».

Había dejado de comer y tenía dos cosas en la cabeza: una terrible jaqueca y a la señora Hogg. Aquellos parlanchines tan arrebatados con el tema del amor, ¿se habrían topado alguna vez con la señora Hogg? De regreso a su vagón, Caroline pasó junto a un matrimonio que se había alojado en Santa Filomena y que en ese momento se dirigía al vagón restaurante. Habían estado en el grupo congregado junto a la chimenea. Recordó que se marchaban hoy.

—¡Anda, pero si es usted, señorita Rose! No sabía que se iba a marchar tan pronto.

La gente se arremolinaba para pasar, lo que brindó a Caroline la oportunidad de escapar.

—He tenido que volverme —respondió alejándose de ellos.

La pareja había sido acogida en el seno de la iglesia hacía dos meses; eso fue lo que contó al grupo reunido junto al hogar.

Su fe recién hallada se expresaba en un sonoro desprecio por la iglesia anglicana, donde el padre de la mujer era pastor. «Papá se puso furioso cuando abrazamos la fe cristiana. Claro que él es católico anglicano, también tienen agua bendita y santos; lo tienen todo menos la Fe: demasiado trabajo.» Era una mujer corpulenta y musculosa de unos treinta y tantos. Había frenado su desarrollo físico en su época adolescente de atlética delegada de clase. Tenía pelusilla en la cara y en el labio inferior un ligero arqueo pugilístico. De los dos, ella fue la más bulliciosa; pero su marido —con su rostro suave y fino y su piel muy rosada, se diría que jamás necesitada de afeitado— fue un buen apoyo para la mujer cuando estuvieron congregados en torno al hogar en Santa Filomena. Observó el hombre:

«Lo maravilloso de ser católico es que te lo pone todo muy fácil. Buscar la salvación es sencillo y además puedes tener una vida feliz. Todas las menudencias que detestan los protestantes, como las estatuas o las medallas, nos ayudan a tener una vida feliz.» Lo dejó ahí, como si acabara de rellenar la página del cuaderno de ejercicios que se le pedía en la escuela y ya no tuviera por qué añadir nada más. Se retrepó en el asiento, se limpió las gafas y se cruzó de piernas.

En ese momento la irlandesa tomó el relevo, avisándolos de que «los conversos tienen mucho que aprender. Resulta obvio quién es converso y quién católico desde la cuna. Tienen un aire distinto».

El abogado dipsómano, con su traje azul brillante, dijo: «A mí me gustan los conversos». Y le dedicó un amago de sonrisa a Caroline que se desvaneció ante la sonrisa distinta de la señora Hogg.

En Crewe, Caroline recuperó el vagón para ella sola. Barajó la idea de que la señora Hogg pudiera fácilmente convertirse en una obsesión; el demonio de esa hipocresía carnal que la acechaba cada vez que se topaba con un grupo de católicos o de judíos ocupados en sus malsanos placeres comunes. Se puso a pensar en su vida londinense, en su trabajo y en Laurence, a quien debía mandar un telegrama; le divertiría su relato de Santa Filomena. Dejó escapar una risilla tonta, sintió cierto sopor y, acomodándose en su rincón, se quedó dormida.

3

Cuando Laurence volvió a la casita de campo después de enviarle por correo su carta a Caroline, su abuela le dio un telegrama. Lo leyó.

—Es de Caroline. Ha vuelto a Londres.

—Sí, qué curioso; me daba a mí en la nariz que era de Caroline. —Era muy habitual que Louisa dejara traslucir algo de su clarividencia gitana—. Fíjate, qué lástima que acabes de enviarle tú esa carta a Liverpool.

Antes de marcharse a la oficina de correos otra vez para llamar a Caroline, preguntó:

—¿Le digo que venga?

—Sí, sin duda —respondió Louisa con una inclinación de cabeza que era una interpretación libre del ademán real. De pequeño, Louisa solía decirle a Laurence:

—No contestes «sí» a secas; di «sí, sin duda»; así es como responde siempre la reina María.

—¿Y eso cómo lo sabes, abuela?

—Me lo dijo alguien.

—¿Y estás segura de que ese alguien te estaba contando la verdad?

—Sí, sin duda.

—Dile a Caroline —le dijo Louisa desde atrás— que tengo

algunos tarros de moras. —Con ello quería darle a entender a Laurence lo mucho que le apetecía que los visitara Caroline.

—Vale, se lo diré.

—Y diles a los de correos que te devuelvan la carta. Es una tontería que la envíen hasta Liverpool.

—Bueno, seguro que me pondrán muchas pegas —señaló Laurence—. Jamás te devuelven una carta cuando ya se ha enviado. No sin ponerte muchas pegas.

—¡Ay, qué lástima!

—No pasa nada —respondió Laurence—. Pronto veré a Caroline. ¿Por qué se habrá marchado tan pronto?

—Sí, ¿por qué será?

El número de Caroline comunicaba. El cielo se había despejado y el sol otoñal, raso, rozaba los campos. Decidió ir hasta Ladle Sands, a media hora de camino, desde donde podría intentar llamar de nuevo al número de Caroline; además, a esa hora los pubs ya estarían abiertos. Estaba impaciente por hablar con ella. Su deseo de interesarla e inmiscuirla en el misterio que envolvía a su abuela era casi una sublimación del deseo más apremiante de mantener la pauta constante de su cercanía.

Esa noche, Laurence no tuvo suerte con el teléfono de Caroline. Persiguió a los de la centralita insistiéndoles más y más en la urgencia de aquella comunicación; pero ellos le contestaban una y otra vez con tono fatalista y embotado que el teléfono, al parecer, no funcionaba.

Un extraño zumbido llevó a Caroline hasta el teléfono justo antes de medianoche.

—Tenía usted el auricular descolgado. Llevamos un buen rato intentando pasarle una llamada de Sussex. —El operador estaba hecho una furia.

—No, no estaba descolgado —dijo Caroline.

—Pues habrá usted colgado mal. Haga el favor de ponerlo bien.

—¿Y la llamada? ¿Me la va a pasar?

—No, la persona que llamaba ya se ha marchado.

Caroline pensó: «Bueno, pues ya me llamará por la mañana». Se tumbó en el canapé contemplando el cielo nocturno más allá de su balcón, demasiado cansada para correr las cortinas. Saber que Laurence estaba cerca y quería hablar con ella la reconfortó. Podía confiar en que se pondría de su parte en caso de que su presurosa salida de Santa Filomena le hubiera sentado mal a Helena. Teniéndolo todo en cuenta, no creía que a Helena le sentara mal.

Justo entonces oyó el ruido de una máquina de escribir. Parecía que salía de la pared que tenía a su izquierda. Cesó y al segundo escuchó una voz que comentaba sus propios pensamientos. Decía:

Teniéndolo todo en cuenta, no creía que a Helena le sentara mal.

Tuvo la impresión de haber oído más de una voz: era una recitación, un canto al unísono. Como unos ecos entonados a coro. De un brinco, Caroline se puso en pie y fue a la puerta. Fuera no había nadie; ni en el descansillo ni tampoco en la escalera. Volvió al salón y cerró la puerta. Todo estaba tranquilo. La pared donde se oyeron los ruidos dividía su sala de estar y el rellano del primer piso de una casa convertida en apartamentos. El de Caroline ocupaba toda esa planta. Estaba segura de que los ruidos habían salido del rellano. Decidió investigar su diminuto apartamento. La pared opuesta separaba su sala de estar y dormitorio del baño y la cocina. Allí todo estaba en calma. Salió al balcón, desde donde se veía toda Queen's Gate. Dos soldados que avanzaban calle arriba armando un buen estrépito doblaron la esquina hacia Cromwell Road. Los balcones vecinos estaban oscuros y vacíos. Caroline regresó al cuarto, cerró las ventanas y corrió las cortinas.

Hacía cuatro semanas que había alquilado el apartamento. En el edificio había seis más; la mayoría de ellos ocupados por matrimonios u hombres jóvenes que iban a trabajar a diario a sus oficinas. Caroline conocía solo de vista a los demás inquilinos, y los saludaba al cruzárselos en la escalera. De noche a veces se oía algo, cuando alguien celebraba una fiesta, pero lo normal era que la casa estuviera tranquila. Caroline hizo un esfuerzo por recordar quiénes eran los inquilinos del piso de arriba. Dudaba; todos pasaban por su rellano para ir a las plantas superiores y ella jamás había subido a la de arriba.

Una máquina de escribir y un coro de voces. «¿Qué demonios estarán tramando a estas horas de la noche?», se preguntaba Caroline. Sin embargo, lo que más le preocupaba eran las palabras que habían elegido, que tan exactamente coincidían con sus propios pensamientos.

Y entonces empezó de nuevo: tactac, tactac, tactac, ¡plin!; la máquina de escribir. Y otra vez se oyeron las voces: Caroline corrió al descansillo; estaba casi segura de que el ruido venía de allí. Pero no había nadie. El cántico la alcanzó de regreso a su cuarto, y decía exactamente estas palabras:

«¿Qué demonios estarán tramando a estas horas de la noche?», se preguntaba Caroline. Sin embargo, lo que más le preocupaba eran las palabras que habían elegido, que tan exactamente coincidían con sus propios pensamientos.

Y de nuevo volvió a la carga la máquina de escribir: tactac, tactac, tactac. Tenía los nervios destrozados.

—¡Virgen Santa! —aulló—. ¿Estaré perdiendo la cabeza?

Tan pronto como lo dijo, y al oír su propia voz, sintió que crecía en ella la necesidad imperiosa de no perder la cordura. Fue la frase «se preguntaba Caroline» lo que le había llamado la atención. Justo entonces, sobresaltada como estaba, Caroline empezó a plantearse a qué podía deberse aquello; si lo que había escuchado era real o una ilusión. Aunque le aterraba la idea de que había seres —espíritus o entes—, que la acechaban y podían leerle los pensamientos (y quizá incluso el mismo corazón), la alternativa le parecía terrible. Tenía miedo de que aquellos sonidos, tan reales que parecían venir del otro lado de la pared, fueran alucinaciones enviadas por su propia mente. Caroline se quedó sentada la siguiente media hora, perpleja y asustada, sin saber qué hacer. Temía que la experiencia volviera a repetirse, y aun así rezaba por una señal de que no había perdido la razón. Empezó a planteárselo como algo en lo que tenía poder de decisión; como si se viera en la tesitura de elegir entre la cordura y la locura.

Ya había llegado a la conclusión de que era imposible que el ruido proviniera de alguien del edificio. El que sus sentimientos y reflexiones estuvieran siendo registrados parecía señalar a alguna fuente invisible; y lo importante era determinar si esta era objetivamente real o imaginaria. Si los sonidos provenían de una máquina de escribir y de unas voces reales e invisibles, Caroline sentía que estaba en peligro y podía enloquecer; pero que la experiencia en sí misma no era un indicio de locura. Ahora estaba plenamente convencida de que lo que había oído no había sido fruto de su imaginación. «No estoy loca. No estoy loca. ¿Lo ves? Puedo reflexionar sobre la situación. Alguien me acecha, pero no soy yo.» Y entretanto ella temblaba, con el susto en el cuerpo, aunque su miedo no era atroz.

Tactac, tactac, tactac. Otra vez las voces: *Y entretanto ella temblaba, con el susto en el cuerpo, aunque su miedo no era atroz.*

—¡Por Dios! —exclamó—. Pero ¿quién anda ahí?

Aunque había razonado con bastante lógica que ningún inquilino era responsable de aquellos sonidos, fue oír las voces otra vez, con tanta claridad, justo al otro lado de la pared, y de un brinco se puso a escudriñar cada rincón del piso; miró incluso debajo del canapé, demasiado bajo para ocultar un cuerpo humano; incluso en el armarito del contador del gas. La actividad apaciguaba un poco el pánico que sentía y, aunque sabía que así no encontraría a quienes la atormentaban, puso todo su empeño en la búsqueda, moviendo muebles, abriendo y cerrando puertas. Sospechaba de todo, por muy improbable que fuera; hasta pensó que el sonido podía estar contenido en algún objeto pequeño: una caja con un mecanismo interno activado a distancia. Se tomó en serio sus sospechas y lo examinó todo de cerca por si se topaba con algo extraño.

De repente oyó unos golpes en el techo. Caroline salió escopeteada del apartamento y encendió las luces del rellano.

—¿Quién anda ahí? —preguntó mirando al piso de arriba—. ¿Quién es? —El miedo le había aflautado la voz.

Algo se movió por encima de ella, en el recodo de la escalera. Se oyó el ruido de unos pasos y de una puerta abriéndose en el descansillo de la segunda planta. Una voz de mujer refunfuñó entre dientes:

—¡Silencio!

Caroline levantó la vista y justo por encima de ella vio el torso de una mujer que se inclinaba sobre la barandilla; largos mechones canosos le caían sobre el rostro y la holgada prenda blanca que llevaba asomaba entre los barrotes. Caroline no pudo reprimir un grito; cayó en la cuenta demasiado tarde de que se trataba de la ocupante del piso de arriba.

—¿Es que está usted borracha? —le decía entre susurros la enfadada inquilina—. ¿A santo de qué se pone a despertar a toda la casa a estas horas? Pasan veintidós minutos de la una, y lleva una hora entera dando golpes, moviendo muebles y pegando portazos. No he podido pegar ojo. Y mañana tengo muchísimo que hacer.

Otra puerta se abrió en el segundo piso, y una voz de hombre dijo:

—¿Pasa algo? He oído gritar a una chica.

La mujer se escabulló hacia el interior de su apartamento,

pues no estaba vestida, y remató su queja asomando solo la cabeza por la puerta.

—Ha sido esta joven del piso de abajo. Lleva una hora montando un buen alboroto. ¿La ha oído usted?

—Un grito sí que oí —dijo la voz masculina.

Caroline subió a toda prisa unos pocos escalones para poder ver a quienes hablaban desde el recodo de la escalera.

—Me he llevado un susto de muerte al verla —le dijo Caroline a la mujer—. ¿Ha sido usted la que ha dado unos golpes?

—Desde luego que he sido yo —respondió la mujer—. Y pienso quejarme de esto por la mañana.

—¿Estaba usted usando una máquina de escribir? —inquirió Caroline, indefensa y temblorosa—. He oído una máquina de escribir, y unas voces.

—¡Está como un cencerro! —dijo la mujer retirándose y cerrando la puerta. El hombre joven también se había ido.

Caroline regresó a su apartamento y sigilosa, sin perder un instante, empezó a preparar una maletita. Se preguntaba dónde podría pasar lo que quedaba de noche. Era impensable optar por una solitaria habitación de hotel, tendría que ir a casa de alguna amistad. Iba de un lado a otro del piso cogiendo bruscamente lo que necesitaba, como si esperara que alguna mano invisible, oculta en cada objeto, fuera a agarrarle la suya antes de que pudiera apoderarse de él. Quería hacer cuanto menos ruido le fuera posible, pero en su atolondramiento se topaba con los muebles y tiró al suelo sin querer una fuente de cristal. Para protegerse de los ruidos de sus movimientos, contrajo un músculo de detrás de la nariz y la garganta que produjo el efecto en sus oídos de una brisa susurrante, amortiguó sus pasos y consiguió que pareciera que hacía mucho menos ruido del que en realidad estaba haciendo.

Caroline cerró con fuerza la tapa de su maleta. Ya había decidido adónde iría aquella noche. A casa del barón. Estaba despierto (o cuando menos, disponible) a cualquier hora del día. Volvió a abrir la maleta al recordar que había metido el dinero dentro: lo necesitaría para el taxi que la llevara al piso del barón, en Hampstead. La acuciante necesidad de salir de su apartamento cuanto antes la absorbió de tal modo que, mientras rebuscaba entre sus cosas, ni se dio cuenta (con su habitual costumbre de prestar atención a lo que hacía) de que había metido de cualquier manera lo que necesitaba para pasar la noche. La diferencia entre este acto aturullado de preparación de la maleta y el cuidado primoroso con que, a pesar de su rabia, había plegado y guardado bien sus posesiones en Santa Filomena hacía menos de un día le pasó por alto.

Tactac, tactac, tactac, ¡plin! Rrraaass. Ni se dio cuenta, tactac, tactac (con su habitual costumbre de prestar atención a lo que hacía), de que había metido de cualquier manera lo que necesitaba para pasar la noche. La diferencia entre este acto aturullado de preparación de la maleta y el cuidado primoroso con que, a pesar de su rabia, había plegado y guardado bien sus posesiones en Santa Filomena hacía menos de un día le pasó por alto. Tactac, tac.

Abrigo, sombrero, bolso, maleta; Caroline los agarró y salió apurada por la puerta, dando un portazo. Bajó las escaleras con bastante alboroto y cruzó la puerta de entrada, que también cerró de golpe. En la parte de arriba de Queens Gate, donde cruza con Old Brompton Road, se subió a un taxi y se resguardó en su interior con otro portazo.

—Es algo muy habitual —dijo Willi Stock—. Tienes el cerebro saturado.

Quien hablaba era el barón, de pie junto a la chimenea eléctrica, con sus titilantes ascuas de imitación, tomándose unos sorbos de Curaçao.

Caroline también se tomaba el suyo, acurrucada en el sofá

y hecha un mar de lágrimas. Al impregnarse de la calidez del fuego y del licor la invadió una cálida oleada de agradecimiento hacia el barón, que se había pasado la última hora explicándole lo que pasaba con su estado de salud mental. Sintió consuelo; pero no se lo dieron sus explicaciones, sino su rostro reconocible, las familiares limitaciones de su mente y la certeza del calor del apartamento y la botella de Curaçao.

Por primera vez en la vida, sintió que Willi Stock era un viejo amigo. Al incluirlo en esta categoría, Caroline se veía capaz de tranquilizar su conciencia en su compañía. Como el barón formaba parte de una parte del pasado de Caroline de la que había ido desligándose gradualmente, era una compañía que tenía medio olvidada y de la que había llegado a renegar. Hacía más de un año que no veía al barón. Laurence, sin embargo, sí había seguido en contacto con él y lo había mencionado de tanto en tanto; lo que confirmó la sensación que tenía Caroline de estar en compañía de un viejo amigo. Estaba muy necesitada de la protección de un viejo amigo hasta que amaneciera.

—Justo ahora Eleanor está fuera, de gira —dijo él.

—Sí, lo sé, Laurence recibió una postal —respondió Caroline.

Eleanor Hogarth era la amante del barón.

—¿Ah, sí? —preguntó el barón—. ¿Y eso cuándo fue?

—Pues... hará una semana. Lo dijo de pasada, sin más.

Lo llamaban «el barón» porque se refería a sí mismo como «Barón Stock». Caroline no tenía constancia de qué aristocracia derivaba su título, ni nadie se lo había preguntado jamás; pero estaba segura de que no era autoimpuesto, como algunos sugerían. Era originario del Congo Belga, había viajado a Oriente Próximo, vagado por Europa y había acabado estableciéndose al fin en Inglaterra; era un ciudadano nacionalizado británico. De eso habían pasado quince años, y ya rondaba la cincuentena. Caroline siempre había tenido la impresión de que por las venas del barón corría sangre africana nativa, sin ser capaz de encontrar su rastro en ningún rasgo concreto. Ella había estado en África y tenía olfato para esas cosas. Era pura curiosidad, nada más, pero algunos años atrás, al comentar los problemas raciales de África en compañía del barón, se percató de que este atacaba a los negros con un profundo resentimiento que juzgó totalmente desproporcionado para la ocasión. Eso confirmó la opinión de Caroline; además, a veces se le dibujaba en la cara al barón una expresión lastimera que ella había visto en otras personas mulatas que ocultaban su condición; y también había algo en el blanco de sus ojos, aunque no sabía decir el qué. Y en suma, tras observar todo lo anterior, le dio bastante igual.

El barón había abierto una librería en Charing Cross Road; de esas en las que solo hay obras de temática intelectual. «*Entelectual*», como pronunciaba el barón; que decía: «Claro que en *Englaterra* no hay *entelectuales* de verdad».

Caroline y Laurence recordaban con gran regocijo el día en que fueron a visitar al barón en Charing Cross Road y vieron que lo abordaba una mujer menuda con la siguiente petición:

—¿Tendrá *usté* libros de trenes para niños?

El barón echó para atrás los hombros, elevándose alto y delgado sobre la gran alfombra gris que había en el centro, y la miró de hito en hito sin decir nada durante medio segundo.

—Libros de trenes para niños —repitió la mujer—. Con dibujillos de trenes y de vías.

El barón dijo:

—¿Que si tenemos *elibros* de trenes para niños, *eseñora*? Me temo que no, *eseñora*. —Señaló lánguidamente con el brazo las estanterías—. Tenemos *elibros* de *hestoria*, *beografía*, *teología*, *teosofía*, *psecología*, *erreligión*, *epoesía*; pero libros de trenes para niños... Mejor que cruce la calle y vaya a Foyles, *eseñora*.

Se encogió de hombros y levantó las cejas mientras se volvía hacia Laurence y Caroline.

—Mi padre —les dijo— conoció a un miembro del cuerpo democrático belga que escribió un libro de trenes para niños. Tuvo mucho éxito y se vendió como rosquillas. Una familia yugoslava recibió un ejemplar. La copia, claro está, contenía un mensaje en clave. El autor estaba revisando el libro para la segunda edición cuando lo detuvieron. Esta historia es toda la experiencia que tengo en libros de trenes para niños. ¿Habéis leído esta obra sobre Kafka? Acabamos de recibirla, queridos míos, Laurence y Caroline de mis entretelas.

Por cosas como esa el barón Stock era un viejo amigo.

Caroline descansaba en la sala oscura y cálida sobre un sofá cama improvisado. El barón la había dejado sola justo después de que dieran las cuatro. Ya no lloraba. Por si las necesitaba, el barón le había dejado un frasco de aspirinas en una silla, junto al sofá. Caroline alargó el brazo en su busca, desenroscó el tapón y sacó la borra de algodón que esperaba encontrar allí. La desfilachó y se metió un trozo en cada oído. Ya a solas, le pareció que había estado interpretando un papel falaz con el barón. Era consecuencia inevitable de haber llegado a su apartamento hecha un manojo de nervios y muy entrada la noche: «¡Willi, ábreme, que oigo voces!».

Después de aquello, se vio obligada a aceptar su protección, su cercanía; y eso la alegraba. Y en cuanto la acomodó junto al fuego:

—Caroline, querida mía, ¡te veo tan esbelta y febril! ¿De qué voces me hablas? Qué interesante es lo que me cuentas. ¿Has tenido un arrebato místico?

Ella había empezado a llorar, a disculparse.

—Caroline, querida mía, como bien sabes, yo nunca duermo. Te seré totalmente franco: no me meto en la cama a menos que sea la única alternativa que me quede. Estoy loco de la alegría —Caroline, querida, qué honor; pero qué angustiada estás, querida—, si supieras cómo me siento...

De modo que no le quedó otra que representar un papel. Ahora, sola en la oscuridad, se decía: «Tendría que haber plantado cara en el apartamento y no haber salido corriendo».

El barón, por supuesto, estaba convencido de que sufría una alucinación.

—Le pasa a muchísima gente, querida mía. No hay de qué preocuparse. Si la experiencia se repite te darán unas sesiones de psicoanálisis o tomarás pastillas y las voces desaparecerán. Pero dudo mucho que sea un fenómeno recurrente. Has estado sujeta a mucha presión, tengo entendido que la relación con Laurence se ha roto.

—Bueno, a decir verdad no nos hemos separado...

—Pero os alojáis en lugares distintos, ¿no es así?

Sí, tengo un apartamento en Kensington. Laurence, de momento, se ha quedado en el piso. Ahora está pasando unos días en el campo. Mañana a primerísima hora tengo que ponerme en contacto con él. —Dejó entrever deliberadamente que no deseaba seguir hablando.

—¿Está en Sussex? ¿Con la señora Jepp? —su voz transmitía una curiosidad auténtica.

—Sí.

—La conocí hace tres años, un día que Laurence me la presentó. Qué mujer tan sensacional. Está estupenda para los años que tiene. En plena forma, a decir verdad. ¿La ves mucho?

—La vi en Pascua —dijo Caroline—. Es una maravilla de mujer.

—Sí que lo es. Y a Londres no debe de venir mucho, claro...

—No —respondió Caroline—. Creo que la última vez que estuvo fue cuando la conociste. Desde entonces no ha vuelto a Londres.

—¿No hace buenas migas con el círculo de Hampstead?

—Bueno, es un espíritu libre —dijo Caroline con aire ausente.

Solo seguía a medias la charla del barón, aunque él seguía hablando de Louisa.

—Lo primerísimo que tengo que hacer mañana es ponerme en contacto con Laurence —repitió Caroline—. La señora Jepp no tiene línea telefónica. Le haré llegar un telegrama. ¡Ay, Willi! ¡Esas voces eran aterradoras!

Ahora, despierta en plena oscuridad, Caroline evocaba la conversación y se arrepentía de haberse mostrado tan necesitada del barón. Más y más se convencía: «Tendría que haberme quedado en casa y enfrentarme a lo que hubiera de enfrentarme». Sabía que no le faltaban arrestos. Y, mientras se atormentaba así, ahora, por no haber plantado cara a sus debilidades, recordaba la última media hora con un pinchazo de dolor; le vinieron a la mente algunas de las cosas que su cabeza presa del sueño había pasado por alto. Le había llamado la atención que el barón hubiera mostrado un interés tan extraordinario por la abuela de Laurence. Era la última persona a la que se imaginaría recordando —y por su nombre de pila, además— a una anciana corriente a la que le presentaron por casualidad hacía tres años. La señora Jepp no causaba una impresión honda en los desconocidos de buenas a primeras, y mucho menos era de las personas que pudieran impresionar al barón.

A través de la oscuridad, por detrás del hogar, Caroline oyó un ruido. Tac. La máquina de escribir. Se incorporó mientras las voces intervenían:

Le había llamado la atención que el barón hubiera mostrado un interés tan extraordinario por la abuela de Laurence. Era la última persona a la que se imaginaría recordando —y por su nombre de pila, además— a una anciana corriente a la que le presentaron por casualidad hacía tres años. La señora Jepp no causaba una impresión honda en los desconocidos de buenas a primeras.

Caroline gritó:

—¡Willi! ¡Ay, Dios mío, las voces han vuelto! ¡Willi!

Lo oyó agitarse al otro lado de la pared.

—Caroline, ¿me has llamado?

Apareció al momento y encendió la luz.

Caroline se echó sobre los hombros la gruesa bata prestada; tenía una expresión acerada en los ojos azules, reflejo del miedo. En las manos llevaba agarrado el rosario que había escondido debajo del cojín que le hacía las veces de almohada. Se aferraba a las cuentas con dedos temblorosos como un niño se aferra a su juguete fetiche.

—¡Querida Caroline, qué estampa tan encantadora la tuya! Espera un segundo, no te muevas; estoy intentando recordar un momento, una escena del pasado o un lienzo olvidado —una de las amigas de mi hermana, o quizá mi nodriza—. Mi querida Caroline, no hay visión más exquisita que la de una mujer sorprendida con un rosario.

Caroline colgó las cuentas del poste de la silla. Le sobrevino una idea como un fogonazo: «Es un indecente». Lo miró con severidad y lo sorprendió en un momento de descuido: vio en su semblante que se caía de sueño y que se esforzaba por reprimir un bostezo. Se dijo: «En el fondo es bueno; solo era una pose».

—Explícame lo de las voces —dijo—. Yo no he oído nada. ¿De dónde venían?

—De allá, junto a la chimenea —respondió ella.

—¿Te apetece un té? Creo que tengo.

—Café; café, mejor. ¿Me podrías preparar un poco? No creo que pueda pegar ojo.

—Prepararé café para los dos. No te muevas de ahí.

Caroline pensó: «Me está diciendo que él tampoco cree que pueda pegar ojo». Dijo:

—Lo siento muchísimo, Willi. Suena a disparate, pero de verdad que es aterrador. Ay, debes de estar tan cansado...

—Café y aspirinas. Caroline de mis amores, no hay de qué disculparse. Estoy encantado...

Pero a duras penas era capaz de disimular su sopor. Cuando volvió con el café, que llevaba en una bandeja acompañado de una botella de coñac, le dijo como quien sigue con el hilo de la conversación ajeno a la presencia de un tigre en el jardín:

—Cuéntame con todo detalle lo de las voces. —La vio quitarse los tapones de algodón de los oídos, pero fingió que no se daba cuenta—. Siempre he creído que en esta habitación moran seres espectrales —siguió diciendo—, y ahora estoy convencido. Lo digo de verdad; estoy convencidísimo (y nadie me hará cambiar de idea) de que, querida Caroline, estás en contacto con algo. Ojalá hubiera podido darte un poco de fenobarbital, que es un sedativo buenísimo, o algo que te ayudara a dormir. Pero no te preocupes, yo me quedaré despierto contigo, ya son casi las cinco...

Ya no volvió a hablar de alucinaciones, por lo que Caroline entendió que ahora pensaba de verdad que estaba loca. Le dio unos sorbos al café, obediente y agitada, sin dejar de llorar un instante. Le pidió que la dejara sola.

—Pues claro que no. Quiero que me hables de las voces. Estoy intrigadísimo, de verdad.

El esfuerzo por describir lo sucedido la hizo sentir mejor, aunque el hecho de que al barón aquel episodio le pareciera fatigoso y un incordio la atormentaba. Aun así, sin piedad, pensando solo en su propio interés, habló largo y tendido. Y mientras hablaba se daba cuenta de que el barón intentaba poner todo de su parte dadas las circunstancias, que había aceptado lo que pasaba y le estaba prestando atención; pero no como alguien que contempla las palabras del otro como símbolos, sino como síntomas.

Le sonsacó que el tecleo de la máquina siempre precedía a las voces, y que a veces acompañaba su discurso. ¿Cuántas voces había? No era capaz de saberlo. ¿Eran de hombre o de mujer? De los dos, le dijo. Era imposible dividirlas, porque acudían a ella en armonía perfecta; solo los distintos timbres permitían distinguir al coro de una única voz.

—De hecho —siguió diciendo ella, nerviosa y hablando atropelladamente—, suena como una persona que hablara con distintos tonos a la vez.

—¿Y siempre en pasado?

—Sí. Son unas voces burlonas.

—¿Y dices que este coro comenta tus pensamientos y acciones?

—No siempre —dijo Caroline—. Eso es lo curioso. Dicen: «Caroline pensaba en hacer esto o lo otro»... y luego a veces añaden un comentario propio.

—Ponme un ejemplo, querida mía. Soy un zoquete. Siempre me cuesta entender...

—Bueno —intervino Caroline, liberándose de un repentino acceso de confianza en el desinterés del barón—, pongamos por ejemplo lo que ha pasado esta noche. Me estaba quedando dormida, y pensaba en lo que habíamos hablado...

»—Como hace mucha gente antes de acostarse —puntualizó— y me vino a la cabeza que te hubieras acordado de cuando conociste a la abuela de Laurence; me pareció curioso. Al momento, oigo la máquina de escribir y las voces, que repetían mis pensamientos; decían algo así como: "Le llamó la atención que el barón" (ya sabes que siempre te llamamos el barón) "que el barón hubiera mostrado un interés tan extraordinario por la abuela de Laurence". Eso es lo que dijeron las voces. Y después añadieron algo más sobre el hecho de que el barón sería la última persona en recordar, y por el nombre, además, a una anciana como la señora Jepp solo porque se la hubieran presentado brevemente hacía tres años. Verás, Willi, las palabras no son importantes...

—Estás loca —le soltó a bocajarro el barón.

Caroline se sintió aliviada al oír esas palabras aunque (y en cierto modo, porque) confirmaban su malestar. Era un alivio saber lo que pensaba de verdad el barón, le dijo exactamente lo que ella había previsto, lo que para ella era la reacción de una persona normal a su historia. Como le había dado miedo que reaccionara así, se había mostrado deliberadamente imprecisa al revelarle horas antes la razón de su sufrimiento: «Una máquina de escribir seguida de unas voces. Hablan en pasado. Se burlan de mí».

Ahora, como había sido más explícita y le habían dicho que estaba loca, sentía una satisfacción perversa y, a la vez, la asfixiante sensación de que tal vez ya nunca le diría a nadie lo que había oído.

El barón se recuperó de inmediato.

—Digo «loca» en sentido coloquial, por supuesto. En el sentido de que todos estamos locos, ya me entiendes. Un poquito, ¿sabes? Hablo de nosotros. Los intelectuales estamos un poco locos y eso, mi querida Caroline, es lo que nos hace tan especiales. A los cuerdos no vale la pena hacerles caso.

—Desde luego —dijo Caroline—, ya te entiendo.

Sin embargo, se preguntaba en aquel momento por qué se había expresado con tanta saña: «¡Estás loca!», como un perro pegándole una dentellada a una mosca. Sentía que había tenido poco tacto. Se arrepintió de no haber citado un ejemplo distinto.

—Alguien me acecha, eso es lo que me está pasando —dijo Caroline con el deseo de sacudirse la responsabilidad de haber ofendido al barón.

Él parecía haber olvidado su rol de inquisidor intrigado; su aire de curiosidad desinteresada se esfumó mientras le explicaba a Caroline con pelos y señales por qué y cómo la señora Jepp había dejado huella en él.

—Verás, es un verdadero *epersonaje*. Es tan poca cosa y sin embargo tiene tanto empuje... y un rostro curtido pero vivaracho. Tan morenote, tan menudo. Nunca me olvidaría de una cara así.

Caroline se dijo para sus adentros, sorprendida: «Se está defendiendo».

—Iba tan garbosa, querida mía, con su sombrero de terciopelo azul oscuro. Y sus arruguitas oscuras. Era una alegría para los ojos.

—¿Y dices que la viste hace tres años, Willi?

—Casi tres años; lo recuerdo bien. Laurence la trajo a la tienda y ella dijo: «¡Qué cantidad de libros!».

Prorrumpió en una risa afectuosa que Caroline no correspondió. Estaba pensando en la última visita de Louisa Jepp a Londres, hacía tres años. Desde luego, no tenía el sombrero azul en aquella época; Caroline estaba muy familiarizada con todos los sombreros de Louisa. Los compraba muy de tanto en tanto, en contadas ocasiones. Y hacía poco (en Pascua) que Caroline había acompañado a la anciana dama a Haywards's Heath, donde habían pasado la tarde y al fin se habían decidido por aquel sombrero azul de terciopelo que tanto había gustado a Louisa, pues se lo ponía para cualquier ocasión desde entonces.

—¿Un sombrero azul? —preguntó Caroline.

—Sí, querida mía, aunque te parezca mentira azul era. Me acuerdo como si fuera ayer. De terciopelo azul, con una voluta bien ceñida a la cabeza y una esponjosa pluma negra en el costado. Nunca olvidaré ese sombrero ni la cara que había debajo.

Sí, no había duda de que ese era el sombrero.

Enfrentada a la mentira manifiesta del barón (¿a santo de qué le habría mentido?) y a la certeza de que su relato sobre las voces había tenido algo que ver en ello, Caroline se dispuso a hacer acopio de fuerzas. El atisbo de un rompecabezas distinto al suyo propio resultó ser un antídoto piadoso contra su desconcierto. Guardó la calma y sorbió el café sabiendo que por lo menos se había librado de una segunda burla, la del barón fingiendo ser su crédulo incondicional, acompañada de su enloquecedora cháchara sobre los fenómenos paranormales, cuando en realidad lo que él quería era que amaneciera para podérsela endosar a Laurence o a alguien que se hiciera cargo de ella. Puede que el barón pensara que estaba mal de la azotea, pero gracias a Dios ella había dejado claro (aunque sin querer) que su estado mental era un peligro para él. De hecho, le había obligado a que la tomara en serio, hasta el punto de inventarse excusas y mentir.

Ella fijaba su atención en ese pensamiento, pero cuando lo miró siguió viéndolo tan cortés a pesar de su cansancio extremo que se le volvieron a llenar los ojos de lágrimas.

—¡Ay, Willi! ¿Cómo podré agradecértelo? Has sido tan bueno conmigo.

»—Tan bueno —repitió; ella misma era como una niña cansada cuya lengua se había quedado trabada en aquellas palabras—, tan bueno, tan bueno...

Y así, en su gratitud, renunció a cualquier ventaja que hubiera ganado para convertirse una vez más en una mujer angustiada que buscaba la protección de un viejo amigo.

El barón, como si también cediera, impaciente por verla bajo una luz menos patética, le preguntó:

—¿Qué tienes ahora entre manos?

—Estoy todavía con el mismo libro, pero últimamente no he escrito mucho.

—¿El que habla de la novela del siglo xx?

—Sí, ese. *La forma en la novela moderna*.

—¿Y cómo va?

—Voy tirando. El capítulo sobre el realismo se me ha atravesado un poco.

Sintió una repentina rabia contra las voces por haber alterado sus planes. Tenía previsto empezar a trabajar aquella semana y hacer caso omiso de cualquier problema personal. Y ahora le tocaba enfrentarse a aquella experiencia humillante y atroz.

Volvió a derrumbarse.

—¡Esto no tendría que pasarme a mí! ¡Estas cosas no le pasan a una mujer inteligente!

—Precisamente es a las personas inteligentes a quienes les pasan estas cosas —dijo el barón. Tanto él como Caroline bebían coñac a palo seco.

Al cabo de un rato, el barón preparó más café y después, gracias a Dios, amaneció.

El barón había protestado, pero al fin le permitió abandonar su apartamento. Con la llegada de la mañana había revivido, con esa inexplicable energía a la que tiene acceso la gente nerviosa, no solo a pesar de haber pasado una espantosa noche en vela, sino casi por ese motivo. El barón había protestado pero la había dejado marchar después de hacerle prometer que le diría algo más tarde. Caroline quería salir de su apartamento. Quería volver a Kensington y ponerse en contacto con Laurence; seguro que volvería a Londres. Tendría que lidiar con lo sucedido en su piso; estaba convencida de que la agitación de la noche anterior habría despertado las quejas de los demás inquilinos.

—En conserjería me van a despellejar, Willi. No tienen corazón. —Le había dicho mientras recogía sus cosas.

—Dale diez chelines a la gobernanta —dijo el barón.

—Es un hombre.

—Pues dale dos libras.

—Quizá le doy una —repuso Caroline—. Lo dicho, Willi, te estoy muy agradecida.

—Con dos libras irás sobre seguro —añadió el barón.

—Lo dejaré en treinta chelines —dijo Caroline con seriedad.

El barón sofocó una risilla. Y a Caroline, en cuanto lo pensó, también la embargó la risa.

—Me gusta regatear.

—Como a todas las mujeres.

De camino a la estación de metro de Hampstead le mandó un telegrama a Laurence. «Ven inmediatamente pasa algo misterioso.»

«Quizá no vuelvo a oír más las voces», se dijo. En cierto modo tenía la esperanza de que no fuera así. Tal vez pudiera llegar a ellas por medio de algún comentario totalmente inocuo de Laurence. A él se le daban bien esas cosas. Caroline no creía que las voces fueran a hablarle si estaba con otra persona, pero Laurence lo investigaría. Casi detectaba una sensación de aventura en aquel estado de euforia antinatural. El sol brillaba con ganas ese día. Ya en el vagón, metió un billete de una libra y otro de diez chelines en un compartimento distinto del bolso y sonrió; eran para el conserje. Con todo, esperaba que las voces regresaran; le darían la oportunidad de certificar su existencia y rastrear su origen.

Eran casi las nueve y media cuando llegó a Queen's Gate. Buena hora. Los inquilinos se habían marchado a trabajar y el conserje todavía no había dado señales de vida. Cerró la puerta con cuidado y subió sigilosamente por las escaleras.

Laurence tenía la puerta de la cabina abierta para que entrara el sol y el aire de aquella mañana otoñal.

—¿Todavía no contesta?

—No, lo siento.

—¿Está segura de que no se equivoca de...?

Pero la operadora había desconectado. Estaba convencido de que se había equivocado de número —por lo menos, quizá—. Caroline debía de haber pasado la noche en otra parte. Quizá se había ido a misa.

Llamó a casa de sus padres. No tenían noticias de la señorita Rose. Su madre estaba en misa. Su padre acababa de salir. Le mandó un telegrama a Caroline desde la oficina de correos del pueblo y se fue a dar un irritado paseo, que se tornó en alegre al pensar en la visita de Caroline a casa de su abuela. Había acordado alargar sus vacaciones otra semana más. Cuando llegó a la casita media hora más tarde, vio el telegrama de Caroline.

—Se han debido equivocar en la oficina de correos —le dijo a Louisa.

—¿El qué, cielo?

—Que le he enviado un telegrama a Caroline y parece ser que ella también me ha enviado uno. Pero creo que se han debido de cruzar los mensajes, porque este mensaje es el mismo que yo le he mandado a Caroline. Son exactamente las mismas palabras.

—¿Cómo dices? Léelo, me temo que no lo entiendo.

—Voy a ir a hablar con los de la oficina de correos —dijo Laurence sin perder un segundo y marchándose de inmediato. No quería que su abuela pensara que le estaba ocultando lo que decía el telegrama, después de admitir que contenía su propio mensaje. Lo leyó de nuevo—. «Ven inmediatamente pasa algo misterioso». Y acababa con un «te quiere Caroline».

En la oficina de correos, donde algunos vecinos de Louisa estaban comprando té y otros productos, Laurence causó un pequeño revuelo. Se comparó su mensaje saliente con el que acababa de recibir. Oyó perfectamente al director de la oficina, desde su cubículo de la parte de atrás, decirle a su hija: «Los dos han usado exactamente las mismas palabras. O hablan en clave o aquí hay gato encerrado».

Salió y le dijo a Laurence:

—Los dos telegramas son idénticos, señor.

—Vaya, pues qué curioso —dijo antes de repetir las palabras del mensaje—: Aquí pasa algo misterioso.

—Eso parece —respondió el hombre.

Laurence se largó antes de que el asunto se embrollara todavía más y fuera de dominio público. Se metió en la cabina y pidió por el número de Caroline. Daba señal. Contestó enseguida.

—¿Caroline?

—¿Laurence, eres tú? Acabo de llegar a casa y me he encontrado con un telegrama. ¿Me lo has mandado tú?

—Sí, ¿y tú, me has mandado otro?

—Sí, ¿qué significa esto? Estoy aterrada.

Del pequeño locutorio del monasterio benedictino emanaba un fuerte olor a barniz; las cuatro sillas, la mesa, el suelo, el marco de la ventana brillaban soñolientas bajo el barniz, como si estos objetos de madera se hubieran empleado a fondo en alguna ardua tarea antes de que amaneciera. Fuera, el sol vespertino de finales de octubre iluminaba el arriate delantero, y mientras Caroline esperaba en el locutorio oía la consabida recurrencia de pájaros y pasos provenientes de la calle residencial. Conocía bien este locutorio y su brillo lacado; lo había visitado semanalmente durante tres meses para asistir a clase de catecismo. Vio una mosca posarse en la mesa un instante; un percance que le pareció a Caroline extremadamente peligroso, pues podía quebrar la pulida superficie sobre la que patinaba. Sin embargo, el insecto huyó sin mayor complicación. Caroline se agitaba nerviosa en el asiento cuando se abrió la puerta. Se puso en pie tan pronto como entró el sacerdote, su amigo, el envejecido padre Jerome. Hacía tantísimos años que lo conocía que no recordaba su primer encuentro. Habían estado en contacto a intervalos. Y después de decidirse por ingresar en la iglesia y acudir semanalmente a su convento, sus amigos le habían preguntado:

«¿Por qué te vas tan lejos de Londres para recibir la catequesis? ¿Por qué no vas a Farm Street?», Caroline les había respondido: «Bueno, porque a este sacerdote lo conozco».

Y si eran católicos, sus amigos le decían: «Bueno, pero qué más da un sacerdote que otro. El cura que tienes más cerca siempre es el mejor».

Y Caroline contestaba:

«Bueno, a este sacerdote lo conozco».

Ahora se preguntaba si de verdad lo conocía. Como de costumbre, sonreía con su rostro rubicundo, cojeaba de la pierna mala y cargaba con una carpeta desgastada de la que emergía un desordenado manojo de papeles arrugados.

—Me tomé dos días libres la semana pasada para copiar pasajes de la *Vida de Nuestra Señora* de Lydegate en el Museo Británico. Lo tengo aquí. ¿Lo conoces? Te leeré un trocito ahora mismo. Es una maravilla. ¿Qué estás escribiendo ahora? Pareces cansada, ¿duermes bien? ¿No estarás comiendo mal? ¿Qué has desayunado hoy?

—Hace una semana que apenas duermo —dijo Caroline. Después, le habló de las voces.

—¿Y esto te pasó al volver de Santa Filomena?

—Sí. Hoy hace justo una semana. Y desde entonces se ha ido repitiendo. Me pasa cuando estoy sola. Laurence estaba pasando unos días en el campo y vino. Se ha mudado a mi apartamento. No soporto estar sola por la noche.

—¿Y duerme allí?

—En la habitación de al lado —respondió Caroline—. No pasa nada, ¿no?

—De momento —dijo el cura, ausente.

De repente, el sacerdote se puso en pie y se marchó. A Caroline se le pasaron mil cosas por la cabeza. «Quizá ha ido a buscar a otro cura; cree que soy un peligro. ¿Habrá ido a por un médico? Cree que estoy chiflada y hay que encerrarme». Sabía que aquellas conjeturas eran disparatadas, porque el padre Jerome tenía la costumbre de salir repentinamente de las estancias cuando recordaba que tenía que hacer algo en otro sitio. Volvería en breve.

Regresó enseguida y se sentó sin mediar palabra. Justo entonces apareció un hermano lego que llevaba una bandeja con un vaso de leche y un platito de galletas que colocó delante de ella. Aquello la retrotrajo a la familiaridad del monje y del locutorio; el invierno pasado, en las tardes en que oscurecía pronto, después de haber acabado el catecismo, el padre Jerome solía llevarle los voluminosos ejemplares de los Padres de la Iglesia de la biblioteca del monasterio, pues a ella le encantaba hojearlos. Al cabo de un rato, tras dejarla en el cálido locutorio pasando las páginas y tomando apuntes, solía mandarle al hermano lego con un vaso de leche y galletas.

Ahora, mientras se tomaba la leche, el padre Jerome le leía en voz alta un pasaje de la *Vida de Nuestra Señora*. Había empezado a traducirlo al inglés moderno, y le consultó un par de dudas. Caroline recuperó la comodidad que sentía en compañía del sacerdote, que jamás la trataba como alguien muy distinta a quien era en realidad. La trataba no solo como a una niña, no solo como a una intelectual, no solo como a una mujer nerviosa, no solo como a una rara; parecía asumir sin más que ella era como era. Al preguntarle por las voces, Caroline le habló con más franqueza de ellas:

—Creo —apuntó— que son distintos tonos de una misma voz. Creo que son los de una única persona.

Y añadió también:

—Creo que estoy poseída.

—No —le respondió él—. Poseída, no. Puede que obsesionada, pero lo dudo.

—¿Cree que es una alucinación? —preguntó Caroline.

—¿Y eso cómo voy a saberlo yo?

—¿Cree que estoy loca?

—No, pero estás enferma.

—Eso es verdad. ¿Cree que soy una neurótica?

—Por supuesto, eso ya se sobreentiende.

Caroline también se rio. Hubo una época en que podía colgarse el cartelito de neurótica sin sentir malos presagios; una época en que no era más que el distintivo de su tribu.

—Si no estoy loca ya, poco me faltará si esto sigue así —repuso.

—Los neuróticos nunca se vuelven locos —dijo él.

—Pero esto no hay quien lo aguante.

—Bueno, depende de cómo te lo tomes...

—Padre —intervino Caroline como si hablara para sí misma en un intento de aclararse las ideas—, si al menos supiera de dónde vienen las voces... Creo que se trata de una persona que usa una máquina de escribir y solo habla en pasado. Es como si alguien me observara muy de cerca y fuera capaz de leerme la mente; como si esperara para abalanzarse sobre algún pensamiento o acto insignificante y así darle un significado extravagante y distorsionado. ¿Y cómo puede ser que sepa de Laurence y de mis amistades? Ah, y el otro día pasó algo rarísimo. Laurence y yo nos mandamos un telegrama a la vez que decía exactamente lo mismo. Fue espeluznante. Parecía cosa del destino.

—Son cosas que pasan —respondió el padre Jerome—. Puede ser una coincidencia o cosa de telepatía.

—Pero lo de la máquina de escribir y las voces... es como si un novelista estuviera escribiendo una historia sobre nosotros desde otro plano de la existencia. —Y tan pronto hubo dicho esas palabras, Caroline supo que había dado en el clavo. Ya no le dijo nada más al respecto.

Al marcharse, el padre le preguntó qué le había parecido Santa Filomena.

—Un horror —respondió—. No estuve más que tres días.

—Bueno, no me parecía que fuera un sitio para ti. Tendrías que haber ido a algún convento benedictino. Va más contigo.

—¡Pero si elegí Santa Filomena porque me lo recomendó usted! ¿No se acuerda de la tarde en casa de lady Manders en que los dos me insistieron tanto para que fuera allí?

—Ay, hija, perdona. Sí, es verdad. ¿Qué fue lo que no te gustó?

—La gente.

Se rio por lo bajo.

—Sí, claro, la gente. Depende del caso que les hagas...

—Eso me parece a mí —dijo Caroline como si acabara de ocurrírsele algo.

—Bueno, que Dios te bendiga. Duerme un poco y tenme al corriente.

Se encontró a Laurence en casa cuando regresó al piso de Queen's Gate. Estaba jugueteando con un artilugio cuadrado y negro que a primera vista le pareció una máquina grande de escribir.

—¿Qué es eso? —le preguntó Caroline al verlo más de cerca.

—Escucha —dijo Laurence.

Apretó una tecla. Se oyó un zumbido y la caja empezó a hablar con una voz cavernosa de hombre muy forzada que decía: «Querida Caroline, quería proponerte una cosa» y seguía diciendo algo gracioso pero impublicable.

Caroline se dejó caer en el canapé presa de la risa y del alivio.

Laurence tocó algo del aparato y las voces volvieron a resonar.

—He reconocido tu voz al segundo — dijo Caroline.

—Seguro que no. La camuflé de maravilla. Ya verás, vuélvela a escuchar.

—¡No! —dijo Caroline—. Mira que si nos oye alguien... Eres un sátiro.

Volvió a poner la grabación; los dos se morían de la risa.

—¿Se puede saber por qué has traído este trasto? —preguntó Caroline—. Podías haberme dado un susto de muerte.

—Para grabar tus voces espectrales. Ya verás, fíjate. Voy a poner este disco aquí. Y si las vuelves a oír, aprietas esto. Así se grabará cualquier voz audible.

Colocó el aparato contra la pared de la que habían salido las voces.

—Después —explicó— podemos sacar el disco y escucharlo.

—Puede que esas voces no se graben —apuntó Caroline.

—Se grabarán si están en el aire. Cualquier onda sonora tiene una frecuencia. Si el sonido tiene una existencia objetiva será grabado.

—Puede que este sonido tenga otro tipo de existencia y aun así sea real.

—Bueno, agotemos primero las posibilidades del orden natural...

—No conocemos todas las posibilidades del orden natural.

—Si el sonido no se graba, podemos dar por supuesto entonces que o no existe o existe en algún orden supernatural.

Caroline insistió.

—Sí que existe. Creo que es un sonido natural. Y no creo que esa máquina lo grabe.

—Entonces... ¿No quieres probarlo? —Casi parecía decepcionado.

—Claro que sí. Es una idea fantástica.

—Y mejor que cualquier otra idea que se te haya ocurrido a ti —recalcó él.

—Tengo una muy interesante —le dijo Caroline—. Y estoy convencida de que tengo razón. Mientras hablaba con el padre Jerome se me encendió la bombilla.

—A ver, cuéntamela —respondió él.

—Todavía no. Quiero reunir pruebas.

Caroline estaba feliz. Laurence se miró en el espejo, sonrió y se dijo: «Me ha dicho que soy un sátiro».

El apartamento estaba revuelto. Caroline disfrutaba viendo su orden de cosas alterado por Laurence. Ahora era una vivienda para dos. Le habían dicho al conserje que se habían casado. No quedó contento del todo, pero sin duda se cobraría su descontento en el recibo, aventuró Laurence. Se había acostumbrado a que la llamaran «señora Manders»: qué natural sonaba, era como si nunca se hubieran separado, aunque pesaba sobre ellos la certidumbre de que era un apaño de emergencia. Como mucho podían estar así una semana más; después ya tendrían que tomar medidas. Se arrepentía de haberle confesado sus desventuras al barón; había estado insistiéndole a Laurence que debía internarla en una clínica de reposo. No le importaba tanto la sugerencia como las connotaciones de la expresión «clínica de reposo». Un manicomio; eso era lo que había querido decir. Laurence se opuso; quería llevársela con él a casa de su abuela. El barón le había contado la historia a Helena, que se había ofrecido a pagar los gastos de Caroline en una clínica privada para católicos. Por lo menos Helena no había querido decir un manicomio.

—No me importaría pasar unos días en una clínica —le había dicho Caroline a Laurence—. No creo que consigan que deje de oír las voces, pero me librarán de ellas un tiempo. Será un descanso.

Laurence se había opuesto de todas todas.

Además, tenía un misterio propio que resolver.

—Te escribí para contártelo con pelos y señales. Justo acababa de enviarte la carta a Santa Filomena cuando recibí el primer telegrama donde me decías que habías vuelto a Londres. Seguro que me la devuelven.

—A ver, cuéntamelo. —Caroline casi esperaba escuchar el relato de un «misterio» semejante al suyo.

—Verás, pasa que la abuela se relaciona con un grupito de lo más sospechoso. Al principio pensaba que era la cabecilla de una banda, pero después de sopesarlo todo, ahora me parece que es su marioneta.

—No —intervino Caroline—, de eso nada. Es imposible que tu abuela sea la marioneta de nadie.

—¿De verdad? El caso es que yo también creo lo mismo. Tienes que venir y verlo con tus propios ojos.

—Me lo pensaré —había respondido Caroline.

La semana anterior, mientras Laurence había estado fuera, Caroline había oído la máquina de escribir y las voces en cuatro ocasiones.

Y después le había dicho a Laurence: «Iré a ver al padre Jerome. Si él me aconseja que vaya a una clínica, lo haré. Si me dice que vaya a casa de tu abuela, iré. Siempre puedo internarme en una clínica más adelante».

Pero había olvidado presentarle esas alternativas al padre Jerome. Y ahora le parecía que carecían de importancia.

—Iré a Sussex —dijo ella.

—¿Vendrás, de verdad? ¿Es lo que te aconsejó el buen sacerdote?

—No. Se me olvidó decírselo. Él me recomendó que comiera y durmiera bien.

Laurence sabía que la comida y el descanso no le sentaban del todo bien a Caroline, incluso cuando mejor estaba. Pero no se rio con él. En vez de eso, dijo:

—Me encuentro mejor. Creo que lo peor ha pasado y que empiezo a verlo todo claro.

Laurence estaba acostumbrado a que Caroline se recuperara rápido, pero solo de la enfermedad física. En los últimos años, la había visto postrada en la cama por las complicaciones que había sufrido en el pecho: bronquitis, pleuritis, neumonía. Una o dos veces tuvo que guardar cama durante días, destemplada, presa de la fiebre. Y entonces, de la noche a la mañana, o en el transcurso de una hora, o al despertar a media mañana tras una noche agitada, se producía una súbita alteración, un relampagueante resurgimiento de su cuerpo enfermo; y entonces Caroline decía: «Estoy mejor. Me encuentro bastante bien». Se incorporaba en la cama y hablaba. Se le pasaba la fiebre. Aquello casi parecía fruto de una decisión; era como si su cuerpo, en momentos así, estuviera esperando a que dijera algo; y como si ella misma esperara sumisa a recibir un visto bueno interno y secreto que al fin le permitiera anunciar: «Estoy mejor. Me encuentro bien». Tras esos contratiempos transitorios, Caroline se deprimía; ansiaba esa atención que se le debe a alguien enfermo y que no había juzgado importante cuando estaba en verdadero peligro. En los días posteriores, decía: «Sigo sin estar fina. Me noto floja». Pero siempre lo decía sin convicción. Se acabó convirtiendo en un chascarrillo que Laurence repetía durante meses después de sus convalecencias: «Todavía estás enferma. Sigues sin estar fina», y Caroline, también, le decía: «Cariño, hoy prepara tú el desayuno. Todavía estoy enferma. Me encuentro muy mal».

Laurence pensó en todo ello al oírle decir a Caroline, de regreso del monasterio: «Estoy mejor... Ya empiezo a verlo todo más claro». Reconoció la señal: él mismo había cuidado de ella durante sus enfermedades en los últimos seis años. Pasaron bastantes penurias antes de que sus padres aceptaran su vida irregular con Caroline, antes de que consiguiera el trabajo en la BBC, antes de que Caroline ganara fama literaria.

Caroline sabía lo que pensaba Laurence. Que no esperaba que se recuperara tan repentinamente de esta suerte de enfermedad. Que lo sospechaba desde hacía seis meses.

Y ahora él se decía: «Parece que está mejor. Ya lo ve todo más claro. ¿Es posible? ¿Tendrá razón? Se acabó la melancolía. Se acabó el pánico ante la idea de tener que hablar con desconocidos. ¿No más preocupaciones, no más voces? Solo la convalecencia formal, el periodo de "invalidez" y luego vuelta a ser la misma Caroline de siempre. ¿Es eso posible?».

Caroline vio en su rostro una expresión que recordaba de antes. Tenía un rictus pasmado, la cara de quien se enfrenta a una experiencia totalmente nueva e irracional; una expresión en parte temerosa, en parte indignada y en parte curiosa, pero sobre todo alegre. Solo había visto una vez antes aquella expresión en el rostro de Laurence, durante una discusión, cuando ella le había hablado de su decisión de abrazar el catolicismo, con la consecuencia de que debían separarse. Se habían disgustado, no sabían lo que se decían. Como respuesta a un comentario de Laurence, ella le había espetado con rabia: «¡Amo más a Dios que a ti!». Había sido entonces cuando había visto en su rostro, entreveradas, la sorpresa y la consternación que, de alguna manera, revelaban un extraño júbilo involuntario del que ahora era testigo de nuevo al decirle:

—Ya pasó lo peor. Ya empiezo a verlo todo más claro. Pero recuerda que todavía estoy enferma —añadió.

Laurence se rio mucho. Ella sentía tener que decepcionarlo. Sabía que él esperaba que su «recuperación» fuera algo distinto a lo que iba a ser y que, en ese momento, se preguntaba: «¿Cómo está tan segura de que no volverá a oír las voces?».

—¿Crees de verdad que todo irá bien a partir de ahora, cariño? —preguntó.

—Sí —respondió Caroline—. Estoy de maravilla. Un poco cansada, quizá, pero ahora ya sé de dónde salen esas voces. Es una experiencia que me pone los pelos de punta pero con la que puedo lidiar. Estoy convencida de haber dado con la causa. Tengo una idea. No tardaré mucho en contarte una cosa.

Se echó sobre el canapé y cerró los ojos.

—Estoy preocupado por ti —dijo Laurence.

—Por las voces, querrás decir. Porque sabes que si sigo oyéndolas no me pondré bien.

Se quedó pensativo un instante.

—Veamos si esta máquina graba algo o no.

—Vale —dijo Caroline—, pero supongamos que no. ¿Cambiaría tanto la cosa?

—Bueno, en ese caso creo que tendrías que plantearte la experiencia en un plano simbólico.

—Pero las voces son voces. Claro que son símbolos, pero también son voces. Y luego está la máquina de escribir, que es un símbolo, pero también es una máquina de verdad. La oigo.

—Caroline querida —dijo—, ojalá no la oigas más.

—Ojalá que sí —repuso ella.

—¿Cómo? Pero ¿por qué?

—Porque ahora sé a lo que me enfrento. Estoy prevenida —contestó Caroline—. De verdad te digo que me noto mucho mejor. Solo un poco cansada. —Levantó un poco la voz y añadió—: Y si hay alguien que esté escuchando, que tome buena nota.

¡Vaya, vaya!

—Seguro que están muertos de miedo —dijo Laurence con regocijo.

Caroline se quitó la falda y se metió entre las sábanas del canapé.

«Y, con todo, sí parece que esté mejor. Casi bien del todo, quizá un poco cansada».

Se estaba quedando traspuesta cuando Laurence se marchó; tenía que llegar a Hampstead cuanto antes para ver a su madre, que le había apremiado por teléfono a que fuera. Le prometió a Caroline que volvería a tiempo para cenar en un restaurante. Antes de salir le recordó lo de la grabadora.

—No te olvides de darle a esta tecla si pasa algo —le indicó—. ¿Seguro que estarás bien aquí sola?

—Perfectamente —respondió una amodorrada Caroline—. Dormiré como un tronco, estoy molida.

—Estupendo. Que descanses. Y si me necesitas, ya sabes que solo tienes que llamar a mi madre. Me planto aquí en veinte minutos.

Caroline concilió el sueño enseguida. E incluso mientras dormía se daba cuenta de que era capaz de apreciar aquel descanso. Se dijo que era el mejor sueño que había echado en seis meses. Y se obligó a seguir durmiendo, pues despertaría dentro de poco, y entonces la cosa se pondría seria.

En este momento del relato, vale la pena puntualizar que todos los personajes de esta novela son ficticios, y que en ningún caso se inspiran en ninguna persona viva.

Tactac, tactac, tactac. En este momento del relato... Caroline saltó como un resorte y pulsó la tecla del dictáfono. Acto seguido, agarró la libreta y el lápiz que había dejado a punto y taquigrafió el párrafo anterior; no empezó a temblar hasta que las voces a coro enmudecieron. Se quedó sobrecogida en la oscuridad creciente del cuarto y sopesó aquella nueva manifestación de su sufrimiento, ahora que estaba recuperada y dispuesta a conservar la salud.

4

Había crisantemos y asteráceas en las vasijas; crisantemos y asteráceas apenas visibles en la desgastada y suelta tapicería del salón. Necesitaba un reemplazo, pero Helena Manders nunca la había cambiado para que el título nobiliario, recibido cuando aquella tela ya había visto días mejores, no alterara nada. Los Manders soportaban muchas incomodidades para que el título nobiliario no cambiara nada. Habían encendido el fuego porque Laurence tenía que venir. Por regla general, nada de fuego en el hogar hasta noviembre.

—¿Es que tienes prisa? —preguntó Helena porque Laurence había llegado y consultaba su reloj. Lo hacía porque sabía que cuando su madre quería verlo por algo, solía olvidarse del asunto hasta que él estaba a punto de marcharse, con lo que acababa quedándose a cenar o a dormir; o bien se acordaba cuando él ya se había marchado, por lo que lo llamaba otra vez y él tenía que volver.

A Laurence no le importaba ir a ver a sus padres a Hampstead; es más, hasta le gustaba quedarse a comer o a dormir unos días o unas semanas, pero era algo que debía suceder a su debido tiempo, en el momento justo, cuando estuviera preparado para decirse a sí mismo: «Me apetecería acercarme a Hampstead». Cuando lo convocaban así, no tenía demasiadas ganas de ir.

De modo que iba mirando el reloj.

—No tengo más que una hora —anunció—. Voy a salir a cenar con Caroline. Si no estuviera descansando le habría dicho que viniera.

—¿Cómo se encuentra?

—Dice que mejor. Y me parece que es verdad.

—¿Sí? Y las alucinaciones, ¿han desaparecido? Pobre muchacha, no se prodigó mucho en detalles.

—No lo sé —respondió Laurence—. No sé si está mejor. Ella dice que sí.

—¿Por qué no va a una clínica? Sería lo más acertado.

—No. De hecho, mañana me la llevo a casa de la abuela.

—Laurence, estoy preocupada.

Lo parecía. No transmitía serenidad. Tenía una carrera en la media. Le había dicho que quería verlo cuanto antes y en los cinco primeros minutos ya quería ir al grano. Y había más indicios que revelaban su intranquilidad.

—Te he pedido que vinieras, Laurence, porque estoy preocupadísima.

Laurence se sentó en el reposabrazos de la butaca, le pasó el brazo por el hombro y dijo:

—¿Tiene que ver con Caroline y conmigo?

—No —contestó.

Laurence se levantó y se sirvió una copa. Su madre no le había ofrecido una. Estaba preocupada.

—Ayer vino a verme Georgina Hogg.

—¡Anda! ¿Y qué quería?

—No lo sé. Me contó una historia descabellada. Estoy tan preocupada...

—¿Sobre Caroline? Ya te conté que Caroline se había marchado de Santa Filomena por culpa de Georgina Hogg. No la estarás culpando por eso, ¿verdad?

—No, no; pues claro que no.

—No tendrías que haberla enviado a ese sitio. Ya sabes cómo se las gasta Georgina.

—Como al padre Jerome le parecía bien...

—Ya, pero él no conoce a Georgina Hogg. No tendrías que haberle ofrecido ese trabajo. ¿Qué mosca te picó? Es un reclamo terrible para la Iglesia.

—Yo pensé que... Una intenta ser caritativa. Al decirme que le parecía que un milagro la había llevado hasta mí, yo pensé: «Quizá ha cambiado». En nuestra fe, una nunca está segura de nada. Cualquier cosa le puede pasar al más pintado.

—Bueno, pues ya te digo que Georgina no ha cambiado. Sigue con su matonismo psicológico de siempre. Estoy convencido de que tiene la culpa de la recaída de Caroline. Le habrá dado en un punto débil.

—Ponme una copa, Laurence —dijo Helena.

—¿Qué quieres tomar?

—Lo mismo que tú.

Laurence le sirvió una copa igual de fuerte que la suya, a lo que aquella vez no puso objeción.

—¿Qué te preocupa, madre querida? ¿Qué es lo que quiere Georgina ahora?

—No lo sé. Vino a contarme algo.

—Ya. ¿Porque sentía que era su obligación, como de costumbre? ¿Qué te dijo de Caroline?

—Sí, justo me dijo eso: que era su obligación. De Caroline apenas me dijo nada, pero me contó una historia descabellada sobre mi madre; me dijo que andaba metida en algo completamente ilegal. Me sugirió que mamá era la destinataria de objetos robados.

—¡Madre mía! Pero ¿a santo de qué te dice eso?

Helena estaba compungida. No sabía cómo contarle a Laurence lo que había hecho su empleada protegida.

—No sé cómo contártelo, Laurence. Pensaba que Georgina

había cambiado. Y, cómo no, tiene una justificación, una excusa. Caroline no dejó su dirección. Dice que le llegó una carta al día de marcharse. Georgina se arrogó el derecho de abrirla, solo para ver la dirección del remitente, dijo, con intención de devolverla. Y entonces vio que se la habías escrito tú. La leyó, porque sintió que era su obligación, por consideración hacia mí. ¿Lo ves, Laurence? Tiene una excusa para todo.

—Pero eso es ilegal. Nadie tiene derecho a abrir una carta que va dirigida a otra persona. Solo la oficina de correos está autorizada a hacerlo en caso de que el destinatario esté ilocalizable. E incluso en ese caso, oficialmente solo comprueban la firma y la dirección que hay en la carta. Nadie en absoluto tiene derecho a leer el contenido de una carta que va dirigida a otra persona —replicó Laurence. Estaba empezando a sofocarse.

—Ya se lo dije, Laurence. Ay, hijo, estoy preocupada.

—Pero ¿en qué cabeza cabe que diga que sentía que era su obligación leer la carta que yo le había escrito a Caroline?

—Yo tampoco lo entiendo. Quizá creyó que os llevabais algo entre manos de lo que yo no estaba al corriente. La corregí por lo que a eso respecta.

—¿Y le dijiste que lo que había hecho era un delito gravísimo? —Laurence iba por su tercer whisky.

—Chitón, cielo —dijo su madre, olvidando que ya no era un niño—. No sé si estamos en condiciones de hablar de delitos con Georgina Hogg. Tienes que contarme todo lo que sepas de la abuela. Tendrías que haberme tenido al corriente desde el principio.

—¿Te enseñó la horrible Hogg mi carta o solo te dijo lo que escribí?

—Se ofreció a leérmela. Me negué.

—Bien —respondió Laurence—. Así me gusta, que no nos rebajemos.

Su madre esbozó una sonrisilla y lo miró. Pero pronto regresó a su estado de intranquilidad.

—Georgina se puso muy moralista con lo que fuera que escribieras sobre ella.

—Y supongo que no se ofreció a devolverme mi carta, ¿a que no? Es mía.

—No, no quiso —respondió Helena.

—¿Y qué excusa tiene para justificarlo?

—Dice que siente que es su obligación. Que se suele guardar silencio sobre cosas así.

—¿Nos está chantajeando? —preguntó Laurence.

—No me pidió nada —dijo Helena. Acto seguido, como si esa conversación no hubiese sido más que un tedioso preámbulo, añadió como quien va al grano—: Laurence, lo que le escribiste a Caroline sobre la abuela era verdad, ¿no?

—Sí, pero no creo que la abuela sea una delincuente. Yo no dije eso. Puede que una banda de criminales se esté aprovechando de ella. —No sonó demasiado convincente.

Dijo Helena:

—He estado ciega. Estos cuatro últimos años, desde que murió mi padre, he estado poco atenta, simple y llanamente. Tendría que haberme ocupado de cuidar a mi madre. Tendría que haberla obligado a aceptar...

—¿Y ahora dónde está Georgina? ¿Se ha vuelto a marchar?

—No, ha renunciado al trabajo. No sé dónde se aloja. Me quedé tan pasmada que ni se lo pregunté.

—¿Y qué piensa hacer con la carta?

—Me dijo que se la quedaba y nada más.

—¿Y qué piensa hacer con el asunto de la abuela?

—No quiso decírmelo. Ay, Laurence, estoy tan preocupada por la abuela. Cuéntame lo que pasa; cuéntamelo todo.

—Es que yo no lo sé todo.

—Eso que dijo de que escondía diamantes en el pan. No me

creo ni una palabra, pero Georgina lo decía tan en serio... Me gustaría saber a qué atenerme. Cuéntame lo que has descubierto.

—Está bien —respondió Laurence. Sabía que su madre tenía el insólito convencimiento de ser invulnerable a cualquier mal. Y de ahí que tuviera buena disposición para abrazar nuevas ideas. Laurence la había visto cambiar de opinión hasta dejarse convencer una y otra vez en lo tocante a sus propias manías. Especialmente en ese momento, sentada intranquila en su destartalado salón, con su trillado vestido azul, las perlas caras y una carrera en la media, Laurence pensó: «Sería capaz de cruzar la jungla y salir sin un rasguño».

Cuando acabó de hablar, su madre le preguntó:

—¿Cuándo vas a ir a Ladylees?

—Mañana, tan pronto como me sea posible. Iré en tren; tengo que llevar el coche al taller. Alquilaré uno en Hayward's Heath para tenerlo unos días.

—No te lleves a Caroline.

—¿Por qué no?

—¿No te parece que está demasiado débil para meterla en este lío?

—Yo diría que le hará bien.

—Pero, si lo que quieres es investigar, ¿no crees que te estorbará?

—¿Caroline? No, no. Con lo adorable que es.

—Bueno, pues dile que me tenga al corriente. Insístele en que me llame a diario para contarme lo que pasa. Sé que puedo confiar en ella.

—El whisky hace que se te suban los humos —le respondió—. Puedes confiar en mí también.

—Sonsácale la verdad a tu abuela —le suplicó.

Cuando se preparaba para marcharse, Helena le dijo tímidamente en caso de que se hubiera cometido algún delito:

—Intenta averiguar cuánto nos costaría librarla de las garras de esos rufianes.

—No sabemos quién está en las garras de quién, la verdad sea dicha. Mejor que de momento no le digamos nada a papá; podría ser que no hubiera ninguna maldad en el asunto, que no fuera más que un jueguecito de la abuela...

—No molestaré a tu padre por el momento —le aseguró con brusquedad—. Admira muchísimo a mi madre —a lo que añadió—: Y pensar que una persona del servicio que ha estado tanto tiempo con nosotros, de confianza, ha acabado jugándonosla así...

A Laurence le pareció que lo de «una persona del servicio que ha estado tanto tiempo con nosotros, de confianza» rozaba la hipocresía.

—Crees que soy una hipócrita, ¿no?

—Pues claro que no —contestó—. ¿Por qué lo dices?

—¿Qué tal?

Caroline despertó al oír la voz de Laurence. Seguía amodorrada; que tardara en despabilarse era también señal de mejoría. Con el aturdimiento no sabía si Laurence le había dicho «¿Qué tal?» o si era una pregunta no expresada que le correspondía a ella formular, por lo que dijo, confusa, incorporándose:

—¿Qué tal?

Laurence se rio.

Caroline se levantó, adormilada, y fue al baño para asearse y cambiarse. Dejó la puerta abierta para que pudieran hablar.

—¿Algo que contar? —preguntó Laurence.

Ya estaba despierta del todo.

—Sí —le dijo—. Ha habido actuación de lord Tom Noddy.

—¿De quién?

—De Madama Butterfly.

—¿Y te acordaste de la grabadora?

—Hum... Le di a la tecla, pero no sé si se ha grabado algo.

Parecía reticente. Laurence intervino:

—¿Quieres que lo compruebe yo? —Temía que aquel experimento pudiera causarle un disgusto, que pudiera cambiar la suerte de la salud de Caroline.

—Sí, anda.

Colocó el aparato de grabación y pulsó una tecla. Se oyó un tímido runrún y acto seguido el estruendo de la voz de Laurence. «Caroline, cariño...» seguido de la proposición atrevida e impublicable.

Caroline salió del cuarto de baño para escuchar, toalla en ristre. Los dos esperaban con impaciencia el siguiente corte. Se oyó una voz de mujer. Laurence levantó la vista bruscamente al escucharla: «Eso es una burda mentira. Me da a mí que tienes miedo. ¿Por qué te escudas en esa protesta?».

No se había grabado nada más.

—¡Jesús! —exclamó Laurence.

Caroline, bastante avergonzada, explicó lo que pasaba.

—Esa era mi voz, respondiendo. Cariño, parece que esas voces que me visitan no se graban. La verdad es que no tenía demasiada fe en que así fuera.

—¿Qué te dijeron? ¿A qué vino esa contestación? ¿Por qué respondiste «es una burda mentira»?

Le leyó las notas taquigrafiadas.

—Verás —dijo con una risa amarga—, todos los personajes son ficticios.

Laurence jugueteaba con el artilugio, ausente. Cuando Caroline acabó de hablar, le pidió que se diera prisa y se vistiera. La besó como a una niña.

Mientras se maquillaba, le dijo, presa de la excitación:

—Ya sé la respuesta. Ya sé cómo lidiar con esa voz.

Esperaba que Laurence le preguntara: «¿Cómo? Cuéntamelo». Pero no le dijo nada. La miró, contemplándola todavía como si fuera una adorable chiquilla.

—Mamá está preocupada —dijo al cabo de un rato—. Creo que se va a armar un buen lío por lo de la abuela.

En ese momento a Laurence le pareció que no era satisfactorio que Caroline fuera una chiquilla. Sintió la necesidad de que sus cabezas funcionaran como una sola para encajar los misteriosos hechos de la vida de su abuela. Se sentía inútil.

—Me ayudarás con lo de la abuela, ¿verdad? —le preguntó.

—¿Por qué? —respondió alegremente—. ¿Qué piensas hacer? —Tenía una siniestra expresión burlona. Estaba mejor. Los ojos de Laurence fueron de su rostro a la libreta que estaba sobre la mesa; de la prueba de su normalidad a la prueba de su delirio. Quizá —pensó— una persona podía ir por la vida con una pequeña tara y aun así ser perfectamente normal en todos los demás aspectos. Quizá Caroline solo era una niña en lo tocante a las impresiones imaginarias auditivas.

—La señora Hogg leyó la carta que te envié a Santa Filomena —dijo Laurence.

—¿Me estás diciendo que abrió una carta que era para mí y la leyó?

—Sí. Es vergonzoso. De hecho, es criminal.

Caroline esbozó una sonrisilla. Laurence recordó el mismo tipo de sonrisa que se había dibujado un instante en el rostro de su madre aquella tarde a pesar de su intranquilidad. Se dio cuenta del motivo por el que las dos mujeres habían sonreído con la misma sonrisa.

—Sí, reconozco que he leído cartas de otras personas. Ya veo por dónde vas. Pero esto es distinto. Es terrible, a decir verdad.

Al haber dejado claro, con su sonrisa, que no lo consideraba adulto del todo, Caroline dijo:

—Francamente, ¿es seria la cosa? —Y empezó a interrogarlo como a un igual.

Apagaron la calefacción y la luz, sin dejar de hablar, y se marcharon del piso.

A eso de las siete y media, como habían decidido alargar la noche, se fueron a bailar a un sitio llamado Pylon, en Dover Street. Apenas estaba iluminado, y Caroline dio gracias al cielo por ello.

Se las dio porque después de cenar en un restaurante de Knightsbridge, habían estado en el Soho. Primero, en un pub donde se había congregado de improviso gente de la BBC que llamaba «Larry» a Laurence, y para él, la noche estaba siendo un desastre. Solo podía pensar en su abuela y en la aniquilación de su despreocupación y su paz por parte de la señora Hogg. Además, estaba de vacaciones, y no tenía previsto encontrarse con sus colegas en esas semanas. Después habían ido a un pub literario, donde pronto se vio que el barón había ido contando por ahí la historia de Caroline y la noche de locos que había pasado en su apartamento.

En el primer pub, después de que se marcharan, un amigo de Laurence había dicho: «Esa es la forma de perversión que le gusta a Larry: las mujeres bellas y neuróticas. Sobre todo que sean neuróticas».

Se entendía que toda asociación cercana entre dos personas era una perversión. Caroline intuyó la idea que habían dejado tras ellos al abandonar ese pub. Laurence, claro está, era consciente, pero no le importaba. Aceptaba que, por ejemplo, «perversión» fuera la palabra en clave de sus amigos para hablar de los gustos personales en lo amoroso de cualquiera. Mientras Caroline y Laurence iban de camino al segundo pub, ese amigo de Laurence estaba diciendo: «Todas las chicas con las que ha estado Laurence son unas neuróticas». Y resultaba que era verdad.

Más tarde, en el taxi, Caroline le preguntó a Laurence:

—¿Te parece muy obvio que soy una neurótica?

Tenía los ojos enormes y penetrantes, inquietos, pero la capacidad de razonar estaba presente en otros rasgos del rostro.

—Sí, pero de un modo satisfactorio —le respondió antes de añadir enseguida—: siempre he tenido novias neuróticas.

Caroline lo sabía, pero le gustó volvérselo a oír a Laurence; sus palabras daban forma a la percepción que tenía de lo que se había comentado en el pub del que se habían marchado. Conocía a casi todas las novias neuróticas que había tenido Laurence; ella era la que más le había durado.

Al poco, dijo Laurence:

—Hay más datos interesantes sobre las mujeres neuróticas. Nunca sabes lo que te depararán ellas o su día a día.

En el segundo pub —donde un poeta rubio entrado en carnes le dijo a Caroline: «Cuéntame al dedillo lo de tus visiones, querida», y otra poeta, una mujer con capa y una boca enorme dijo: «¿Cómo está de satanismo la Iglesia católica? ¿Hay mucho?», y un pseudoescritor cincuentón le había preguntado a Caroline quién era su psicoanalista y él le había dicho quién era el suyo—, en ese pub, Caroline supo por cosas que oyó que el barón había estado diciendo esto y aquello de ella a los chicos y chicas que se dejaban caer indefectiblemente por su librería de Charing Cross Road.

El poeta entrado en carnes siguió hablando de las «visiones» de Caroline; le dijo que le darían buena publicidad. Caroline y Laurence habían estado bebiendo licor a palo seco y estaban bastante alegres.

—Una publicidad buenísima —concordaron los dos.

Y el cincuentón, con su abrigo marrón de paño y piel, insistía:

—Te puedo recomendar un psiquiatra buenísimo que...

—Ya conocemos a uno —dijo Laurence— que atiende a abogados que han perdido su juicio.

Caroline le preguntó a la chica de la capa si estaba enterada de que Eleanor Hogarth había dejado al barón.

—¡No!

—Sí. Me acogió en su apartamento una noche, la semana pasada. Ni rastro de sus cosas. No había ni una fotografía. Y solo habló de ella una vez. Me dijo que se había ido de gira, lo cual es cierto, pero no me dijo nada de la ruptura. Y al final Laurence se acabó enterando. Él siempre se acaba enterando de todo, claro.

—¿Se ha ido con otro?

—No se sabe. Pero lo ha abandonado. Ella a él, no él a ella; eso lo sé seguro.

—Pobre Willi.

—No se la puede culpar —dijo Caroline, satisfecha de que la historia fuera a propagarse.

La chica de la capa dijo:

—¿Has intentado convertir al barón?

—¿Quién, yo? No.

—Los católicos siempre intentan convertir a cualquiera, aunque sea una causa perdida. Pensaba que era una especie de obligación.

Por si acaso, citó lo que le había oído decir al barón de otra persona: «Agotó su capacidad de conversión cuando se hizo inglés».

En efecto, el barón era bastante puntilloso en lo tocante a sus preceptos ingleses, y estaba convencido de que había entendido bien lo inglés, de modo que su desprecio por los ingleses, por su intelecto, sus modales, nacía de la irritación de que no se avinieran más a esa idea. Con ese propósito le expresó Caroline su punto de vista sobre el barón a la chica de la capa.

—Bueno, pero no sé si estás al corriente de que Willi Stock tiene una cara oscura —le dijo la chica—. En secreto, es un orgiasta.

—¿Un qué?

—Va a misa negra. Practica el satanismo. Seguramente por eso lo ha dejado Eleanor. Es tan burguesita...

De repente, una sensación de agobio se apoderó de Caroline por estar en aquel pub, con aquella gente. La palabra «burguesita» había hecho que decayera la noche: formaba parte del lenguaje gris y vago de aquel mundo al que había dado portazo hacía más de dos años.

Laurence hablaba con el orondo poeta de pelo pajizo que en ese momento lo invitaba a una fiesta en casa de alguien la semana siguiente y le describía la clase de gente que asistiría y, cuando Caroline se levantó, su mirada y la de Laurence se cruzaron justo cuando el hombre le decía: «Si no vas, te arrepentirás».

Laurence la trasladó hasta el taxi, pues antes de llegar al segundo pub ya no se tenía bien en pie. Pero la momentánea repulsión la había serenado de golpe.

Fueron a una cafetería y después al West End; a Pylon, donde —pensó Caroline— gracias al cielo la luz era muy tenue y costaba reconocer las caras. El West End era otro de los mundos que Caroline había dejado atrás.

Eleanor Hogarth observó con detenimiento a la pareja que se movía delante de ella en la soñolienta penumbra. Tenían poco más de un palmo de suelo que utilizaban con gran destreza, maniobrando juntos en aquel espacio como criaturas de la ciencia natural. Aquello fascinó a Eleanor; por un momento permaneció incrédula ante la visión de Caroline y Laurence en aquel entorno, pues nunca antes los había visto en una discoteca, ni tampoco bailando.

Eleanor los saludó desde la mesa; estaba demasiado apartada para llamarlos sin perder las formas. Al fin Caroline la vio.

—Ay, fíjate, ahí está Eleanor.

Y efectivamente allí estaba ella, con su socio de pelo cano y rostro joven Ernest Manders. Era tío de Laurence; el hermano menor de su padre, que se había dedicado al *ballet* en vez de a los Higos en almíbar Manders.

Laurence, de muy pequeño, había puesto en conocimiento de su madre que «el tío Ernest pierde aceite».

«Con lo cuidadoso que es no lo creo, cariñín», le respondió alegremente, y les repitió la ocurrencia del niño a algunas personas antes de conocer por boca de su marido el verdadero significado de la expresión. Después de aquello, rezar por el tío Ernest se convirtió en un cometido familiar; se entendía que no debía pasarse por alto ninguna ocasión para el rezo sin la mención al tío. Y al parecer algo de éxito tuvieron, pues, al llegar a los cuarenta, cuando sus relaciones con los hombres eran cada vez más violentas, renunció a ellos en favor de su bienestar; si bien no les tomó cariño a las mujeres como sustitutas. Laurence le había comentado un día a Caroline:

—He tardado mucho en superar la poca estima que le tenía desde muy pequeño a mi tío Ernest.

—¿Porque era homosexual?

—No. Porque siempre teníamos que andar rezando por él.

Era un hombre religioso y agradable. Caroline se llevaba bien con él; decía que era su tipo de católico: crítico pero respetuoso con las normas. Ernest siempre estaba de acuerdo con Caroline en que la verdadera iglesia era atroz, pero que no se podía renegar de ella.

Últimamente no tragaba a Eleanor, aunque a través de ella hubiera conocido a Laurence. Hubo un tiempo en que las dos mujeres habían sido amigas y también muy parecidas; era la época de Cambridge, cuando en sus cuartuchos se apoyaban en los infames muebles de madera manchados de cercos de tazas de cacao para hablar de esto y de aquello pero, sobre todo, de la insolencia de sus compañeros de estudios y de la insolencia de sus mayores, pues ambas tenían talentos latentes todavía por descubrir. Las unía su descontento por el lugar como tal; por los baños comunitarios de azulejos, los cuartos pequeños y otros apartamentos diseñados con tanta insolencia. Eleanor se marchó al cabo de un par de semestres para dedicarse al *ballet*. Podría haber estudiado Bellas Artes, pues también tenía el don del arte. Fue Eleanor quien quitó de uno de los pasillos de la planta de abajo, del lugar que ocupaba en la pared, el retrato de un antiguo director para quedárselo una noche entera, en cuyo transcurso, por medio de innumerables alteraciones minúsculas, hizo una sutil pero importante modificación en el retrato que sigue sin detectarse hasta la fecha.

Lo que pasaba con Eleanor, creía Caroline, era que su verdadero talento radicaba en la imitación, y de ahí que hubiera podido dedicarse a cualquier cosa sin mayor complicación, puesto que lo único que debía hacer era imitar lo mejor que se había hecho ya en determinada área y así dar la impresión de que la dominaba.

Caroline estaba en el extranjero cuando Eleanor se casó; no sabía demasiado al respecto; solo que abandonó al marido cuando acabó la guerra y que con su nombre de casada había abierto una escuela de baile con un socio. Ernest Manders. A los pocos meses, Caroline y Laurence se habían ido a vivir juntos, época en que la relación de Eleanor con el barón empezaba a asentarse. Lo que molestaba a Caroline de su vieja amiga era que no parecía haber cambiado en lo esencial desde sus días de Cambridge, y que parecía bastante feliz consigo misma tal y como era. Laurence también era así, cierto, pero a Caroline podían gustarle muchas cosas de Laurence que en otros no podía soportar. Era consciente de lo irracionales y prejuiciosos que eran aquellos sentimientos, sin ser capaz de dejar de sentirlos.

Pero dijo, para que su desprecio por Eleanor no saliera a relucir:

—Fíjate en el que dirige la banda de música. ¿A quién te recuerda? —Mencionó a un catedrático de Cambridge, con sus lentes sin montura y su boca torcida. Eleanor se moría de la risa. Había estado bebiendo más que Caroline aquella noche.

—Sí, sí, se parece. —Y a continuación le contó una historia a Caroline en la que salió a la luz que dicho catedrático había muerto.

—No lo sabía —repuso Caroline, estupefacta por que Eleanor se hubiera reído de su broma. Cuando esta vio que a Caroline se le ensombrecía involuntariamente la expresión, Eleanor afirmó:

—Pero ese chico es su viva imagen, son igualitos.

Entonces Eleanor se fue fijando en otros integrantes de la banda, sacándoles el parecido a otros hombres a los que ambas habían despreciado durante sus días de amistad. Y consiguió hacer reír a Caroline valiéndose de un humor manejable, tomando como premisa que debían pasar un buen rato; algo que solo podía lograrse aludiendo a la única asociación amable que existía entre las dos mujeres: su amistad universitaria. Caroline se sobrepuso al enfado de haber sido sorprendida con rostro grave y religioso después de que Eleanor se hubiera reído de un hombre muerto. Y mientras participaba de la diversión de Eleanor, se sintió casi idiota por haber sospechado que esta solo le seguía la corriente por razón de su neurosis. Y no se equivocaba; eso era lo que hacía exactamente Eleanor mientras se sentaba con la cabellera castaña oscura inclinada hacia la de Caroline, mucho más oscura todavía.

De la penumbra habían surgido dos botellas de ginebra. Laurence, que llevaba tres copas de la primera botella, dijo:

—Nunca he estado más sereno en la vida. A veces no te «agarra»; no te puedes emborrachar y punto.

Eleanor lo miró con pena, como si supiera de su preocupación por Caroline. Lo cual molestó a Caroline, porque sabía que sobre todo estaba intranquilo por su abuela.

Mientras bailaba con Ernest, con quien era raro bailar porque era flexible y casi etéreo, lo que le hacía sentirse como un misil dirigido desde una distancia lejana, vio que Laurence examinaba la pitillera de Eleanor con su habitual indiscreción y pensó: «Sigue queriendo detectar lo que sea que esté buscando de la vida». Admiraba su capacidad de empezar repetidamente en un punto; su valentía, aunque no fuera más que una pitillera.

Al poco, Laurence y Eleanor bailaban, y luego vio que se sentaban, y que Eleanor le hablaba en confidencia; hacía pequeños movimientos circulares con la copa, deteniéndose solo para suspirar pensativa dentro de ella antes de darle otro trago, como suele pasar al final de una noche cargada de alcohol cuando una mujer se sincera con un hombre para hablarle de otro hombre.

De las paredes del Pylon, hasta donde alcanzaban a verse, colgaban grandes marcos dorados. Dentro de cada uno, donde debía estar la pintura, había un cuadrado de terciopelo negro: esa era la clase de efectismo que buscaba el Pylon. Mientras movía a ras de suelo sus menudos pies junto a Ernest, tan inertes, en su retazo de pista de baile, Caroline distinguió la cabeza de Eleanor descrita contra uno de los cuadrados negros de terciopelo del fondo, como un retrato enmarcado, poco definido, necesitado de algún retoque.

5

—Le dije: Willi, esto no puede seguir así; de ninguna de las maneras.

Eleanor empezaba a ponerse sensiblera. No era especialmente neurótica, pero ese no era el motivo de que Laurence no le tuviera demasiada simpatía. Era solo que a él le caía bastante bien el barón y que Eleanor, aunque sus infidelidades fuesen cosa suya, no había hecho mucho esfuerzo por callárselas, excepto ante el propio barón, que no sospechaba nada.

Laurence, mirando de hito en hito su menuda pitillera de oro como si fuera el mismísimo libro de la vida, acusaba recibo de sus confidencias asintiendo con la cabeza.

—Si me hubiera sido infiel —continuó—, lo habría entendido; podría haberlo perdonado. Pero jamás habría sospechado que se dedicara a esas obscenidades (y resulta que desde hace años). Ya sé que siempre le ha interesado el demonismo y otras cosas por el estilo, claro, pero pensaba que solo desde un punto de vista teórico. No le faltaba ni un libro, y yo pensaba que era porque los coleccionaba, sin más. Pero resulta que lleva años con lo de las misas negras, y que hacen cosas horribles; pregúntaselo a Caroline, ella sabe muy bien en qué consiste lo de la misa negra. Tengo la impresión de que lo que pretende es insultarme a mí personalmente, como si lo hubiera sorprendido liándose con una furcia. Y le dije bien clarito: «Willi, tienes que elegir: o yo o esas prácticas repugnantes; las dos no pueden ser». Porque el caso es, Laurence, que aparte de todo lo demás, era un insulto a mi inteligencia. Me dijo que mi actitud le divertía. ¿Tú te crees? Que le divertía. No soy una persona melodramática y tampoco soy religiosa, pero sé que la misa negra tiene una terrible influencia maligna, Laurence. Es más, no me sorprendería que le hubiera hecho algo a Caroline.

—¿Qué quieres decir, querida?

—Bueno, pues que no sé si es verdad, pero me he enterado de que no hace mucho pasó una noche en casa de Willi...

—Sí, la verdad es que se portó muy bien con ella. No se encontraba bien; yo creo que ese día fue el peor y que ahora ya está muy recuperada.

—Pero tengo entendido que después de esa noche empezó a oír cosas. Es lo que me han dicho y si te dicen algo no puedes evitar escucharlo, por muy disparatado que sea.

Laurence no entendió del todo aquella frase, y mientras intentaba descifrarla, Eleanor seguía a lo suyo:

—¿No es verdad que Caroline ha oído cosas?

—¿Sobre ti, quieres decir?

—No, voces. Espíritus. Que oye...

—Salgamos a bailar —le dijo Laurence.

Fue su segundo intento. Se tambaleaba todavía más que antes y Laurence tuvo que poner todas sus energías en que estuviera derecha.

—Demasiada gente, ¿no te parece? —dijo él.

—Sí —contestó ella—. Sentémonos y bebamos algo.

Ernest y Caroline ya habían vuelto. Eleanor dijo al segundo:

—Caroline, ¿qué te parecen las misas negras?

El humor de Caroline se había vuelto alegre y físico; seguía moviendo las manos al compás de la música.

—No sé —respondió—, pero pregúntaselo al barón. Se ve

que él es el experto. —Y entonces se acordó de que Eleanor había dejado al barón, por lo que añadió—: Laurence, deja de mirar la pitillera de Eleanor, pareces un viejo judío buscando la marca del quilate.

—Estoy intentando leer lo que dice el lema.

En la parte delantera del estuche había un minúsculo escudo de armas en relieve. Caroline asomó la cabeza con exagerada curiosidad junto a Laurence.

—Es la cabeza de un lobo —dijo Laurence—. ¿Qué dice el lema? Me cuesta leerlo.

—*Fidelis et...* Ahora mismo no lo recuerdo —dijo Eleanor—. Me lo sabía, es el escudo de armas de Hogarth. No es más que una baratija victoriana, imagino. Mi exmarido me dio esta pitillera como regalo de boda. Se pirraba por poner el escudo de la familia en todo: cucharas, peines... no he visto cosa igual. Caroline, bromas aparte, ¿no te parece que la influencia maligna que estamos sufriendo todos se deba a esas misas negras? Me he enterado de lo de Willi. Supongo que tú lo sabías desde siempre, pero yo ni me lo imaginaba. Y se celebran en Notting Hill Gate, como supongo que ya sabes.

Laurence le había servido una copa muy poco cargada y, al darle unos sorbos, se dio cuenta, y le reprochó a Ernest:

—Oye, esto que estoy bebiendo es limonada. No seas tan rácano con la ginebra, Ernest.

A Caroline le fascinaba la actuación de Eleanor. En verdad no era más que un numerito, pero la fascinación por Eleanor se debía a su completa inmersión en el papel que le tocara representar. Parecía que ella no lo eligiera, sino que le fuera impuesto; que fuera esclava de él. Justo ahora parecía estar bajo el control del licor, pero también estaba (y más completamente) bajo el control de su numerito teatral: el de la mujer atolondrada que había estado bebiendo: ponía toda su persona en el papel, por lo que resultaba imposible distinguir a Eleanor de la personalidad que la poseyera durante esas horas; lo mismo podría decirse al intentar distinguir el mar del agua que hay en él.

Caroline estaba fascinada y horrorizada. En épocas pasadas, el mimetismo de Eleanor era reconocible. Cambiaba de personalidad como de vestido según la ocasión, y había sido un espectáculo divertido y una broma recurrente de Eleanor. Pero había perdido su pequeña parcela de distancia, y contemplarla ahora era como contemplar la fatalidad. De niña, cuando Caroline exageraba alguna mueca, le llamaban la atención: «Si sigues poniendo esa carota un día se te quedará así». Sintió, viendo a Eleanor, que eso era lo que le estaba pasando en realidad a aquella mujer. Sus personalidades adoptadas empezaban a aferrársele; pronto una de ellas se le acabaría adhiriendo, grotesca e imposible de arrancar.

—Tiene lo de la misa negra metido entre ceja y ceja —suspiró Ernest.

—Lo mismo te pasaría a ti si vivieras con alguien que adora al diablo —dijo Eleanor, contrayendo el rostro según el papel del momento. Y arrastraba las palabras, con una mano sobre la de Caroline, mirándola fijamente a los ojos.

—Caroline, mi pobrecita Caroline. Te acechan los espíritus, ¿a que sí? Y sabes quién está detrás de todo esto, ¿verdad?

La calidad de la actuación empeoraba por momentos. Caroline intentó retomar la farsa anterior sobre la banda y sus amigos de Cambridge.

—Está atormentada, sí —dijo Eleanor sin dejar de mirar a Caroline.

Caroline nunca se había sentido menos atormentada en su vida. Casi le sorprendió darse cuenta de que la decadencia manifiesta de su amiga parecía despertar en ella el autocontrol.

—Nunca me he sentido menos atormentada en la vida —repuso Caroline.

—Yo sí que estoy atormentado —dijo Ernest—. Estamos casi en la ruina y Eleanor ha renunciado a nuestra única fuente de ingresos.

—Willi no puede salirse del acuerdo que tenemos, pero encontrará otro modo de arruinarnos. Lo sé. Lo presiento. Está conjurando un enorme poder contra nosotros —desbarró Eleanor.

—¿Cómo se llamaba tu marido? —le preguntó Laurence.

—Pero querida mía, te acechan los espíritus —insistió Eleanor, que seguía sin apartar la vista del rostro de Caroline.

—Hogarth. —Fue Ernest quien facilitó el apellido, sonriente cual prestidigitador conejo en ristre.

—Mervyn —dijo Eleanor con demora.

—Creo que lo conozco. ¿Por casualidad no vivirá en Ladle Sands, Sussex?

—Sí —contestó Eleanor—. No me lo recuerdes, te lo suplico. Tendría que estar entre rejas. Qué vida más trágica la mía, Laurence. ¿Verdad que he tenido una vida trágica, Ernest?

—Un auténtico melodrama —dijo Ernest.

—Y qué tragedia lo de ese pobre muchacho inválido —dijo Eleanor—. Caroline, nunca te hablé de mi matrimonio. Qué enredo. Tenía un hijo de un matrimonio anterior, incapaz de valerse. ¿Qué podía hacer yo? Estas tragedias acaecen en todas partes por influjo de espíritus malignos, estoy convencida. Ernest, me estás sirviendo pura limonada; haz el favor de no ser rácano con la ginebra.

—Te estás poniendo piripi —dijo Ernest.

—¡Y no me falta motivo! Caroline, ¿eres consciente del poder de la misa negra? Es algo que no cesa.

—Yo no me preocuparía —respondió Caroline—. No es más que una orgía infantiloide. Muy dañina no puede ser.

—¿Has estado alguna vez en una misa negra?

—No, con la misa blanca de los domingos ya me basta y me sobra.

—¿Qué es la misa blanca? Oye, Ernest, ¿qué es la misa blanca?

—Se refiere a la misa de siempre, querida. La católica —le contestó Ernest.

—Ah, pero es que esto no tiene nada que ver. El poder de la misa negra es tremendo. Es capaz de mover cosas, sin que nadie las toque. He leído muchísimo al respecto. Hay chicas desnudas, y hablan siempre al revés. Y actos obscenos también. Ernest, no me tomas en serio, pero tendrías que ir a una misa negra y lo verías con tus propios ojos. Te reto a que lo hagas. Yo no me atrevería; me daría algo.

Caroline y Laurence intervinieron a la vez.

—Los católicos no pueden ir a una misa negra.

—Está prohibido —aclaró Ernest.

—Te tratan como a un niño —dijo Eleanor—. ¿A que sí, Laurence? —le preguntó, pues sabía que se había apartado de la religión.

—Tienes toda la razón —dijo solícito.

—¿Se puede saber entonces, si no es por el espantoso peligro que encierra, por qué la prohíben? —insistió, con la mano posada sobre la de Caroline.

—No estoy diciendo que no encierre un espantoso peligro —intervino Caroline—; yo solo digo que son bufonadas.

—Yo no me lo tomaría tan a la ligera —razonó Ernest.

—Depende de la idea que tengas del mal —dijo Caroline—, al compararlo con la fuerza del bien, quiero decir. La eficacia que pueda tener la misa negra, por ejemplo, quedará en nada siempre que nos quede la misa de verdad.

—Yo no me tomaría tan a la ligera el poder del mal —insistió Ernest—. Existe, de eso no hay ninguna duda.

—Yo creía —intervino Eleanor— que todos los católicos pensaban lo mismo. Pero veo que vosotros, no.

—Caroline se ha puesto mística —dijo Ernest.

—Caroline es una mística —dijo Eleanor—. Yo siempre lo he dicho. ¿A que es una mística, Laurence?

—De pies a cabeza —respondió Laurence, todo cordialidad.

—Y el problema de los místicos es que teorizan basándose en el sufrimiento de otros, y por eso le restan importancia. Caroline, si hubieras padecido tanto como yo, no me contestarías así.

—No pienso competir contigo por ver quien sufre más —respondió con acritud Caroline, pues, a fin de cuentas, ella se tenía por una sufridora.

—¡Pobre muchacha! No cabe duda de que te atormentan los espíritus malignos —dijo Eleanor; un comentario que en ese momento resultaba exasperante—. Lo mejor es que no te acerques demasiado a Willi —dijo—. Hazme caso y guarda la distancia.

—¡Pobre Willi! —respondió Caroline con una risotada alegre pero con trasfondo maligno.

—Con lo encantador que es el barón —dijo Laurence un tanto ausente, pues en ese momento deliberaba con Ernest cómo debía pagarse la cuenta.

—El dinero de Willi viene de la misa negra —apuntilló Eleanor—. De ahí lo saca, estoy segura.

—Pero ¿se puede ganar dinero con eso? —Laurence volvió a intervenir.

—Vender y comprar obleas consagradas es muy buen negocio —dijo Eleanor.

—¿Cómo? —preguntó Caroline, que por primera vez desde que se había aludido al tema estaba verdaderamente turbada.

—Dudo que les importe demasiado que las obleas estén consagradas —observó Laurence.

—Yo creo que sí —dijo Ernest—. Me temo que esa es la clave de la misa negra.

—Es algo muy poco común —dijo Caroline—. El satanismo perdió fuelle en los años veinte.

—¿Ah, sí? —intervino Eleanor, lista para debatir aquel argumento.

Laurence las interrumpió con un:

—¿Por qué has dicho que tu exmarido tendría que estar entre rejas?

—Métete en tus cosas, primorcito. —Eleanor torció el gesto para formar una sonrisa ebria.

—¿No sabrás si es familia de una tal Georgina Hogg?

—Vaya —dijo Caroline—, ya veo que hemos llegado al momento en que cada uno habla de sus obsesiones íntimas, sin importar...

—Solo lo preguntaba —aclaró Laurence— porque el escudo de la pitillera de Eleanor es el mismo que el que aparece en algunas pertenencias de Georgina.

Eleanor no contestó. Tenía una expresión de incoherencia etílica que bien podía haber disimulado cualquier emoción.

—Puede que los dos vengan del mismo apellido —sugirió Caroline—. «Hogg» y «Hogarth».

Cuando fueron a buscar los abrigos, Caroline tuvo que agarrar del brazo a Eleanor para que no fuera dando tumbos, aunque ella misma sentía una ligera electricidad recorriéndole las extremidades. En el guardarropa, Eleanor se recuperó un poco y mientras se pintaba los labios cambió de actitud para elegir la de la confidencia entre mujeres.

—Los hombres son unos zoquetes. Y no te acerques al barón, Caroline, de verdad. Laurence dijo algo de una tal Hogg, ¿no? Se me cierran los ojos, he bebido tanto; no lo entendí bien. —Como prueba de ello, le bostezó en toda la cara.

Caroline le contestó con exagerada precisión, irritada por tener que repetir lo que Eleanor ya sabía.

—Sí. Fue niñera o ama de llaves de los Manders hace años.

Laurence pensaba que había alguna relación entre ella y tu marido porque resulta que el escudo de tu pitillera es el mismo que el que tiene la señora Hogg en algunas de sus pertenencias.

—¿Una niñera que tiene un escudo de armas familiar?

—Eso parece. No es nada descabellado —dijo Caroline.

—Puede que haya alguna relación entre los apellidos «Hogg» y «Hogarth» —dijo Eleanor como si no le hubiera escuchado hacer la misma observación a Caroline al respecto y acabara de ocurrírsele a ella.

—Puede ser —dijo Caroline, que se dio cuenta de que la brusquedad de la respuesta no le resultaba grata a Eleanor.

Mientras esperaban por los abrigos, Eleanor le preguntó:

—¿Dónde vives ahora?

—En Queen's Gate, bastante cerca de nuestro antiguo piso.

—¿Y Laurence?

—Laurence sigue en el piso antiguo.

—¿Esa es la versión oficial? —preguntó Eleanor.

—¿A qué te refieres?

—Bueno, querida Carrie, me ha dicho un pajarito que Laurence no se despega de ti y que se aloja en tu nuevo apartamento.

—Ah, solo es una solución temporal; he pasado una mala época.

—¡Una solución temporal! Vosotros los católicos os las sabéis todas. No tenéis más que hacer alguna visitilla que otra al confesionario entre soluciones temporales y todo arreglado.

—Resulta que dormimos en habitaciones separadas. —Y en ese momento Caroline se enfadó consigo misma por defenderse de aquel modo sin que hubiera necesidad. A Laurence tampoco le gustaría—. Para mí la amistad tiene mucha más importancia que el amor erótico —añadió para intentar mejorar la cosa y logrando solo empeorarla.

Una vez fuera, vieron a Laurence y Ernest con un taxi.

—Caminemos un poco para que nos dé el aire —le dijo Caroline a Laurence.

—Ah, entonces os acompañaremos. Será muy agradable —dijo Eleanor.

Pero Ernest, con tacto, la metió en el taxi. Antes de darse las buenas noches, Eleanor, deslenguada y arrastrando las palabras, declaró:

—Escucha, Laurence. Cuida de Caroline. Justo me estaba contando que dormís en habitaciones separadas. La historia es buena si los dos dais la misma versión. Y en cualquier caso debéis de tener una presión terrible. No es de extrañar que Caroline esté atormentada.

Al día siguiente se marcharon de Londres en coche, aunque el M.G. de Laurence necesitaba una revisión, en vez de ir en tren. La razón fue que se despertaron tarde y echaron a perder el día hablando, primero sobre la pobre Eleanor (pues ambos la veían así) y después sobre ellos mismos.

Caroline no había dormido mucho aquella noche. Para empezar, eran más de las cuatro cuando se separó de Laurence, que dormía en una cama plegable en la cocina. Se tumbó y pasó una media hora despierta hasta que la visitaron las voces, precedidas de la máquina de escribir. Era la primera vez que sucedía estando Laurence en el piso.

Tan pronto como oyó el familiar tecleo llamó en voz baja a Laurence; estaba muy cerca, a apenas unos metros a través de la puerta abierta.

—¿Estás despierto?

Se despertó de golpe.

—¿Qué pasa?

—No vengas, pero aguza el oído. Otra vez se oye ese ruido. No digas nada.

Ya se oía el coro. Encendió la luz y agarró libreta y lápiz. No le dio tiempo a apuntar lo primero, pero sí pudo anotar:

(...) al día siguiente en coche, aunque el M.G. de Laurence necesitaba una revisión, en vez de ir en tren. La razón fue que se despertaron tarde y echaron a perder el día hablando, primero sobre la pobre Eleanor (pues ambos la veían así) y después sobre ellos mismos. Tactac, ¡plin!

—¿Lo has oído? —le dijo al cabo Caroline a Laurence.

—No, cariño, yo no he oído nada. —Se había levantado de la cama y parecía preocupado—. ¿Te encuentras bien?

Caroline se había incorporado y ojeaba las notas.

—No soy capaz de verle el sentido —dijo—. No entiendo qué quiere decir.

Le leyó lo que había apuntado.

—Te estás adelantando a los acontecimientos. No le des vueltas a lo de mañana. Dormiremos hasta que queramos y cogeremos un tren por la tarde.

—No me he imaginado esas palabras. Me las han dicho —aseveró, pero sin objetar los hechos.

—¿Quieres que vaya a tu lado?

—Antes prepara algo de té.

Y eso fue lo que hizo mientras Caroline seguía mirando de hito en hito la libreta.

Cuando llevó el té, dijo:

—Voy a tumbarme a tu lado.

Era un canapé de tres cuartos, por lo que estaban bastante estrechos. Caroline sopesó la situación mientras se bebía el té y dijo al rato:

—Aquí sola estoy bien, de verdad.

—Es que en la cocina hace frío —dijo Laurence.

Se acurrucó junto a ella.

—Voy a poner una almohada en el medio —dijo Caroline.

—¿Y no sería mejor poner el cuchillo del pan y un misal?

—Anda, márchate —dijo Caroline.

—Si yo lo único que quiero es echar un buen sueñecito.

—Lo mismo que yo —respondió ella.

Al final llevaron a la habitación la cama plegable que estaba en la cocina y se acomodaron el uno al lado de la otra. Laurence pensó en lo curiosamente casi impracticables que serían las relaciones sexuales entre ellos, ahora que Caroline las consideraba pecaminosas. Ella pensaba en lo mismo.

Eran las once y media cuando despertaron al día siguiente.

Mientras preparaba las tortillas que tomarían para comer decidió contarle a Laurence, como si fuera un hecho innegable, la teoría sobre el autor que estaba pergeñando un libro con sus vidas.

Laurence sabía que las personas obsesivas solían encontrar pruebas que respaldaran sus convicciones más descabelladas. Desde que supo lo de las voces había estado debatiendo en su fuero interno qué consecuencias tendría aquello en su relación con Caroline. Había albergado esperanzas de que la incapacidad de la grabadora para grabar los sonidos le hubiera demostrado a Caroline la realidad de su alucinación. Y al ver que aquello no hacía mella en su ánimo se preguntó si podría seguirle la corriente con sus fantasías indefinidamente para que pudiera ser la Caroline de siempre, a excepción de esa diferencia en su noción de la realidad; o si bien la realidad los acabaría separando y llegaría un momento en que tendría que decirle: «Caroline, estás equivocada, confundida, loca. Las voces no existen, y tampoco la máquina de escribir: todo son alucinaciones. Necesitas tratamiento psiquiátrico».

Lo tenía en la punta de la lengua cuando ella, que estaba de pie en camisón cocinando los huevos y el tocino, le dijo:

—He desentrañado la verdad del asunto. —Y resultaba que la verdad del asunto, al parecer, era la rocambolesca idea de que tanto ellos como sus amigos estaban siendo utilizados como personajes en una novela.

—¿Cómo sabes que es una novela?

—«Todos los personajes de esta novela son ficticios» —citó ella con una especie de risa verdaderamente enloquecida—. De hecho —siguió—, he empezado a estudiar la experiencia con objetividad. Eso es señal de que vuelvo a estar bien, ¿a que sí?

Pensó que no. Se atrevió a sugerir:

—¿No podría ser que, al estar escribiendo sobre la forma de la novela, tuvieras en la cabeza...?

—Resulta muy práctico para el caso tener nociones sobre la forma de la novela —dijo Caroline.

—Sí —respondió él.

Discutió algunas cosas, le hizo preguntas. ¿El autor era incorpóreo? No lo sabía. Y si lo era, ¿cómo podía usar una máquina de escribir? ¿Cómo podía ella oírlo? ¿Cómo era posible que un único autor cantara a coro? No lo sabía. Eso tampoco lo sabía. ¿Era humano o un espíritu? Y de serlo...

—¿Cómo voy a contestarte a todo eso? Si yo no he hecho más que empezar a hacerme esas preguntas. El autor existe en una dimensión distinta a la nuestra; es obvio. Eso complicará mucho la investigación.

Laurence se dio cuenta en ese momento de que estaba debatiendo locura tras locura; enfrentándose a una revelación íntima. Casi deseó ser todavía creyente para poder emplear con firmeza alguna controversia católica contra su aislamiento.

—Se diría que, desde un punto de vista católico, habría algún peligro espiritual en mantener esta creencia.

—Hay peligros espirituales en todo. Desde un punto de vista católico, el peligro principal de una creencia es la tentación de negarla.

—Pero tendrías que atenerte a la razón.

—Es lo que hago —respondió Caroline—. Por eso he empezado a investigar. —Cada vez estaba más encantada con aquella charla.

—¿No te parece que la idea de que alguien invisible se comunique contigo puede ir en contra de tu fe? —intervino él.

—Por supuesto —dijo Caroline—. ¡Por eso es tan importante que nos atengamos a la razón!

—Bueno —dijo, cansado—, es la primera vez que oigo que un católico puede traficar de esta manera con lo desconocido.

—El autor es el que trafica, no yo —puntualizó—. Pero no se lo voy a poner nada fácil, ya verás.

—Todo esto es demasiado gnóstico para mi gusto —dijo Laurence.

Le pareció gracioso.

—Me parece gracioso —dijo ella—. Que te expreses de modo tan ortodoxo.

—Cariño, me da absolutamente igual que seas hereje o no, porque eres un primor. Pero tarde o temprano te toparás con la autoridad. ¿Le has hablado de esto al padre Jerome?

—Le mencioné la posibilidad. Yo misma acababa de darme cuenta.

—¿Y no se opuso?

—No, ¿por qué? Estar un poquito mal de la chaveta no es pecado —y añadió—: ya sé que no estoy muy cuerda.

—De eso nada —dijo con dulzura—. Estás más que cuerda, Caroline.

—Desde tu punto de vista —insistió ella—, he perdido el juicio. Negarlo sería una indignidad humana.

Se dijo Laurence: «Qué astuta al plantearlo así», y recordó que la locura despierta la astucia.

—Tienes un trastorno nervioso leve —observó.

—Lo que tengo son alucinaciones; eso es lo que tendrías que decir. Cualquiera que tuviera una opinión normal vería que es una realidad.

—Caroline, cariño, no te angusties.

—Es normal que me angustie la opinión normal porque es

una realidad, igual que la realidad del autor y la realidad de la fe. Y todas me duelen de distinto modo.

—¿Qué puedo hacer yo? —preguntó, igual que se lo había preguntado muchas veces en los últimos días—. ¿Cómo puedo ayudarte?

—¿Serías capaz de ceder de vez en cuando a la lógica de mi locura? —le preguntó—. Porque será necesario que lleguemos a ese acuerdo. De lo contrario, acabaremos separándonos de verdad. —Le aterraba desligarse completamente de Laurence.

—¿Acaso no he intentado entrar en tu mundo?

—Sí, pero el mundo en el que estoy ahora es muy remoto.

—A mí no me lo parece —dijo él—. En todo lo demás estás normal.

Pensó si le habría dolido que dijera eso. Se dijo que le faltaba valor para obligarla a ir a un especialista.

—Lo mantendremos en secreto —dijo Caroline—. No quiero que se diga más de lo necesario que estoy como una chota. El barón ya lo ha pregonado bastante.

Así lo acordaron. Pero menos de un par de horas después, Laurence se dio cuenta de lo fastidioso del pacto.

Ya habían echado a perder lo mejor del día y eran más de las cuatro cuando Laurence, tras telefonear a la estación para preguntar por los trenes, dijo:

—Es mejor que vayamos en coche. Por un viaje más no pasará nada, y puedo hacer que lo revisen en Hayward's Heath bastante rápido. Así podremos usarlo, será mucho más práctico.

—Ah, puedes alquilar un coche en Hayward's Heath —intervino rápidamente Caroline—. Quiero ir en tren. Tenemos que ir en tren.

—No seas cargante. Vístete y mientras yo iré a por el coche. Es un incordio ir en tren pudiendo ir en coche.

—Cargante es precisamente lo que voy a ser —dijo Caroline. Se puso a buscar su libreta—. Acabo de darme cuenta de golpe de que en nuestro día está pasando lo que las voces dijeron que pasaría. Verás, hemos hablado de Eleanor. Y luego de nosotros. Vale. Hemos echado a perder el día. La narración dice que iremos en coche; bueno, pues entonces debemos ir en tren. ¿Verdad que lo entiendes, Laurence? Es una cuestión de ejercer el libre albedrío.

Vaya que si lo entendía. Pensó: «¿Por qué demonios tenemos que estar esclavizados por su fantasía secreta?».

—Lo que no entiendo —observó Laurence— es por qué tenemos que sufrir tantas molestias, de un modo u otro. Hagamos las cosas con naturalidad.

Sin embargo, vio que Caroline tenía entre ceja y ceja ser más lista que su fantasma en este caso particular.

—Muy bien —dijo. Sintió que su honestidad estaba bajo amenaza de asfixia. Deseaba que su relación continuara con el menor cambio posible, pero desde su conversión religiosa había ido cambiando. Laurence no sentía que estuvieran más separados que antes pero sí que, en ese preciso momento, Caroline se movía en terreno movedizo, susceptible de desaparecer de su alcance en cualquier momento. No sabía si sería lo suficientemente ágil para mantener el contacto con ella, ni tampoco si valdría la pena tal esfuerzo por llegar a un momento en que no fuera capaz de reconocer a Caroline.

Tenía un nudo en la garganta de la preocupación mientras le decía a Caroline:

—De acuerdo, iremos en tren.

Pero cuando, al oír el comentario, ella se puso alegre, el pensamiento que predominó en su cabeza fue: «Me ayudará con la abuela a pesar de su enfermedad. Las vacaciones le senta-

rán bien a Caroline. Seguimos necesitándonos el uno al otro».
Y pensó también: «Quiero a esta chica». Y la emoción ante la
idea de desentrañar los misterios de la abuela hizo que de algún
modo Caroline fuera más adorable.

Estaba ya vestida y tenía las maletas de los dos preparadas a
medias para compensar a Laurence por haber cedido. Eran las
cinco y media. Laurence estaba mandándole un telegrama a su
abuela para decirle que los esperara a eso de las ocho.

—Seguramente haya preparado la comida —dijo mientras
colgaba el auricular.

—Ay, Laurence, muy mal por nosotros.

—Pero se pondrá muy contenta cuando lleguemos. No dirá
ni mu. ¿Estás lista?

De pie junto al escritorio de Caroline, después de telefonear,
Laurence había arrancado algunas páginas obsoletas del calendario.

—Ahora ya estás al día —le dijo.

Respondió ella con pesar:

—Arranco las semanas mecánicamente, cuando estoy sentada al escritorio. Siento vergüenza cuando el calendario se atrasa.
De verdad, tengo que ponerme con mi libro ya.

Estaban a punto de marcharse. Laurence cogió las maletas.
Pero ella seguía mirando fijamente el calendario.

—¿Qué día es hoy? —preguntó—. ¿No será el primero de
noviembre, verdad?

—Eso es. Ya estamos en noviembre. Date prisa.

—El Día de Todos los Santos —prosiguió—. ¿Sabes lo que
eso significa?

Como todo el que crece en la fe católica, Laurence recordó
con rapidez lo que sucedía en la efeméride.

—Es una fiesta de guardar —dijo él.

—¡Y no he ido a misa!

—Ah, bueno, qué se le va a hacer. No te preocupes. Si de verdad te has olvidado no se considera pecado mortal.

—Pero como ahora ya lo he recordado, estoy obligada a ir a misa si tengo la posibilidad de hacerlo. Seguramente en el Oratorio se celebre misa por la tarde. Yo creo que a las seis y media. Tengo que ir a esa. ¿Verdad que lo entiendes, Laurence?

—Claro que sí. —Y así era: no le costaba entender las obligaciones de la religión católica; había crecido con ellas. Le costaba mucho menos lidiar con el recién descubierto catolicismo de Caroline que con su recién descubierto psiquismo. También le resultaba más fácil decir—: No podemos desilusionar a la abuela otra vez. ¿No es esa una excusa válida para saltarse la misa?

Y no le extrañó que le respondiera:

—Tú adelántate en coche que yo llegaré más tarde en tren.

Y así, feliz al haber recuperado su libertad sobre la cuestión de coger su coche, dijo con desenvoltura:

—Sería mucho más divertido que los dos fuéramos en coche después de tu misa. Seguro que nos plantábamos allí antes de las ocho.

En general, se sintió aliviada. Su deseo de viajar en tren se desvaneció por la necesidad obvia de ir a misa y de no marear más a Laurence.

—¿Seguro que no te importa? —dijo Laurence al cabo de un rato, pues entendía que ella estaba conforme y no quería hacer de tirano. De modo que se dio el lujo de preguntarle varias veces—: Cariño, ¿seguro que te parece bien? ¿No te importa ir en coche?

—Al fin y al cabo, no es una derrota moral —comentó Caroline—. La misa es una obligación auténtica, pero habría sido innoble consentir las exigencias de la novela de vete a saber quién.

Observó aquella reflexión con ojos académicos y comentó:

—El consentimiento es accidental, en ese sentido nobleza obliga.

Pensó ella: «Diantre; si lo entiende tan bien, entonces ¿por qué no es católico?». Le sonrió por encima de la copa, pues ya no tenían ninguna prisa y Laurence había sacado la botella que ella había guardado con sumo cuidado en una de las esquinas de su maleta.

El Oratorio de Brompton la agobiaba cuando estaba lleno de gente; así de monstruoso era el sitio. Como de costumbre, al entrar, le vino a la mente el versículo del Libro de Job: «Mira a Behemot, al cual hice como a ti».

Antes de que empezara la misa, al ser la festividad de Todos los Santos, la devoción se desbordaba ante las enormes estatuas de piedra. Era interesante contemplar los cirios votivos, las masas titilantes que rodeaban cada altar; Caroline añadió su propio cirio al grupo más cercano. Se le ocurrió que el Oratorio era el tipo de lugar que se engrandece con el recuerdo, tras una larga ausencia. Le costaba lidiar con aquel entorno a gran escala, pues contrariaba la diligencia con la que Caroline respondía a las cosas: poco a poco.

Al haber estado acompañada de Laurence en las dos últimas semanas y al verse sola entre aquel mar de rostros, inmersa en una colectividad aterradora, recordó con más agudeza que nunca el calvario de su aislamiento. Era plenamente consciente de que un intruso la observaba a ratos. Y enseguida sus pensamientos divagaron y se mortificó pensando en su nueva extrañeza vital, y aunque había estado siguiendo la misa con los ojos y los oídos, no se recompuso hasta que oyó las palabras del Ofertorio: *Justorum animae...* Como se acercaba el punto culminante de la misa, por pura inteligencia tenía que dejar a un lado sus padecimientos por el momento.

—Después de misa siempre estás de malas —observó Laurence mientras recorrían zonas urbanizadas.

—Ya lo sé —respondió—. Es una de las pruebas de la fe. Demuestra la verdad de la misa, ¿te das cuenta? La carne se desespera.

—Puro subjetivismo —dijo él—. Tienes algo de quietista, creo yo. Y eres bastante maniquea. Cátara. —Se había instruido en la detección de herejías.

—¿Algo más?

—Escriba y farisea —dijo—, por turnos, según el humor que tengas.

—La decoración del Oratorio de Brompton me pone enferma —le dijo; otra excusa más, pues al ir a buscarla después de misa vio que estaba de muy mal humor.

—No se usa la palabra «decoración» para referirse a una iglesia —dijo Laurence—; por lo menos eso me parece a mí.

—¿Y entonces qué tengo que decir?

—No sé qué término es el correcto. Lo que sí sé es que nunca había oído antes llamarlo «decoración».

—Qué conveniente haberte criado como católico —dijo Caroline—. Los conversos siempre pueden confiar en vosotros para recibir instrucción en lo superfluo.

Al fin, tuvieron la carretera para ellos solos. Caroline echó mano de la trenca que llevaban en el asiento de atrás y se cubrió con ella la cabeza y los hombros para guarecerse bajo aquella tienda de campaña y que Laurence no pudiera verla; él supuso que intentaba esconder su irritabilidad. De hecho, cada vez la alteraba más y más saber que un mirón los espiaba. Estaba decidida a comportarse con naturalidad a pesar de la situación y eso la incomodaba todavía más.

Laurence pensaba en su abuela, y pensando en ello aceleró.

Habían transcurrido dos días desde que la señora Hogg había importunado a Helena con su funesta visita. Curiosamente, cuando Caroline se enteró se mostró incrédula, y ahora, al volver al tema:

—No. Helena lo habrá entendido mal. No me imagino a la señora Hogg haciendo de chantajista.

—Pero si tú has visto cómo es...

—Ese vicio en particular no le pega. Que abra tu carta; eso sí que lo veo. Me da que es del tipo de persona que obra por instinto: haría cualquier maldad con la excusa de hacer el bien. Pero no es capaz de ninguna malicia expresa. Es demasiado supersticiosa. En realidad, la señora Hogg no es más que una atrocidad del catolicismo, como las medallitas de latón y los corazones sangrantes. Me cuesta imaginármela como una cruel chantajista. Helena se habrá imaginado esas amenazas veladas.

—Y así siguió explayándose Caroline, invadida por el impulso de hablar; de repetir una y otra vez cualquier afirmación como alternativa al silencio absoluto. Pues en ese silencio Caroline guardaba su locura más profunda, un miedo carente de pruebas; una sospecha de la que debía desconfiarse por completo. Se le había quedado atravesada como algo imposible de tragar la vaga noción de que la señora Hogg tenía algo que ver con su perseguidor invisible. No quería hablar de ello ni tampoco darle forma verbal en su cabeza.

Laurence no le veía la cara; la ocultaba tras la trenca. Le desesperaba que Caroline al parecer se hubiera puesto de parte de la señora Hogg; aunque solo fuera en eso.

—Hace veintitantos años que la conocemos. La conocemos mucho mejor que tú. No tiene corazón. —Caroline casi no le dejó acabar la frase. Y de ahí que, como necesitaba que su relación volviera a una llevadera normalidad, le dijera en son de paz—: Sí, supongo que Georgina tiene buena intención, pero ya sea por una cosa o por otra, siempre acaba causando mucho daño. Y esta vez se ha pasado. No se puede permitir que la abuela sufra a estas alturas de su vida, sea cual sea la travesura en que ande metida. ¿No te lo parece? —Así intentó Laurence calmar su irascibilidad y congraciarse con ella.

Caroline se ablandó. Pero sorprendió a Laurence al declarar con vehemencia:

—No creo que la señora Hogg quiera hacer sufrir a tu abuela. Tampoco creo que tu abuela ande metida en ninguna actividad sospechosa. Me parece que te lo estás imaginando todo partiendo de algunas coincidencias curiosas.

Le pareció raro. Normalmente, la concesión de Laurence, su «sí, supongo que Georgina tiene buena intención», habría despertado sentimientos más amables en Caroline.

Por esa razón volvió a intentarlo.

—Hay que tener en cuenta algo más. La pista de la pitillera de Eleanor. Estoy seguro de que se trata del mismo escudo de armas que el de Georgina. Te digo yo que anda metida en algo con los dos Hogarth; estoy convencido.

Caroline no contestó.

—Qué curioso que reconociera el escudo, ¿verdad? Qué casualidad.

—Mucha casualidad. —Caroline repitió las palabras con voz atiplada.

—Lo que quiero decir —dijo un solícito Laurence que sin embargo no entendió a Caroline— es que fue un acto divino. Dios me llevó hasta ella. Bendito sea. Bueno, el mundo es un pañuelo. Mira que encontrarnos con Eleanor y...

—Laurence —le interrumpió Caroline—, no creo que vaya a serte de mucha ayuda en Ladylees. Me parece que ya me he tomado demasiadas vacaciones últimamente. Me quedaré un par de días pero quiero volverme a Londres para trabajar un poco, la verdad. Siento cambiar de idea, pero...

—Vete al cuerno —dijo Laurence—. Vete al cuerno, te lo digo con cariño.

Tras lo cual pararon en un pub. Cuando reemprendieron el

camino, Caroline razonó la cuestión pacientemente. Habían perdido media hora, y Laurence condujo veloz hacia Sussex.

—En mi opinión, está claro que se te han metido esas ideas en la cabeza por influencia de un novelista que está ideando una trama falsa. No me cabe duda de que te estás devanando los sesos por apremio de la necesidad ajena, y que por el influjo evocador de algún escritorzuelo irresponsable te estás convirtiendo sin querer evitarlo en el detective novato de una novelita de misterio barata.

—¿Cómo sabes que la trama es falsa? —preguntó Laurence; un gesto que fue todo un detalle por su parte.

—Hace tres años que analizo novelas... algunos aspectos técnicos tengo que saber. A mí me parece que en este caso hay un intento de organizar nuestras vidas en torno a una trama hábil y conveniente. ¿Cuán probable es que tu abuela sea una mafiosa?

Justo por delante de ellos, dos chicas subidas en un reluciente cupé negro descapotable sobrevolaban la húmeda carretera. Sin pensarlo, Laurence pisó el acelerador mientras se esforzaba por entender a Caroline, pues era difícil seguirle el hilo en aquel nivel que sobrepasaba lo absurdo.

—Mira, un Sunbeam Alpine —comentó.

—Cariño, ¿estás prestando atención a lo que te digo?

—Sí, claro —respondió.

—Que tu abuela sea una mafiosa es pasarse. Es un personaje inverosímil, ¿no lo ves?

—Es la persona más verosímil que conozco. Engañaría a cualquiera, de ahí la dificultad.

—Ya, pero yo estoy hablando de ella como un personaje, ¿no lo ves? Es poco convincente. Igual que la señora Hogg. ¿Cómo de creíble es que esa santurrona sea una chantajista?

—Lo que sí es creíble es que te ha hecho mucho daño. Debe de haberte sacado de quicio de verdad. Es una mala influencia. Desde que la viste no has vuelto a ser la misma.

Por encima de la vibración y del repiqueteo del motor y de la lluvia, la oyó decir:

—¡No sabes lo que dices!

—No —respondió él.

—A ver, Laurence, ¿de verdad te parece a ti que es verosímil que la pitillera de Eleanor y los cepillos de la señora Hogg tengan exactamente el mismo escudo?

—Bueno —dijo Laurence—, esa coincidencia no me la he inventado yo. Estaba ahí.

—Ciertamente —respondió ella.

Empezaban a perderle la pista al Sunbeam Alpine. Laurence aceleró de modo que el rugido del motor hizo imposible la conversación. Sin embargo, cuando recuperó el terreno yendo cómodamente a cincuenta por hora sobre la brillante carretera mojada, Caroline le preguntó:

—¿Quieres entender mi punto de vista, Laurence?

—Sí, cariño, eso hago. Intenta ser razonable.

—El quid de la cuestión está en lo que eliges —dijo Caroline—. Si no hubieras estado atento a la conexión entre los Hogarth y la pobre señora Hogg no te habrías fijado en ese escudo de armas. Y no lo habrías estado buscando si no te hubieran guiado en esa dirección. Yo misma casi caigo en esa trampa la noche que me quedé en casa del barón. Resulta que dejó caer un comentario que parecía alimentar la sospecha de que él había estado viendo a tu abuela en secreto durante el último año, y bastante a menudo. Yo, sin embargo, decido hacer caso omiso de esa sospecha: me niego a que un ser desconocido y probablemente malintencionado controle mis acciones. Pienso someterlo a la razón. Porque resulta que soy cristiana. Resulta que...

—¿Crees que el barón ha estado viendo a mi abuela? —la apremió Laurence—. ¿Cómo se te ha ocurrido eso? Dímelo, cariño, es muy importante.

El Sunbeam Alpine seguía llevándoles ventaja. La chica que iba al volante le dijo algo a su compañera, que se volvió. Esperaban una carrera, era obvio. Laurence aceleró.

—No —dijo Caroline—. Ahí está el asunto. Que no pienso dejarme enredar en esta trama de ficción si puedo evitarlo. Es más; me gustaría estropearla. Si pudiera, pararía la acción de la novela. Es mi deber.

—Cuéntame qué te dijo el barón de mi abuela —intervino Laurence—. Eso sería lo razonable, cariño.

—No, porque entonces yo entraría en el relato. Mi intención es quedarme al margen y ver si, además de esta trama artificial, la novela tiene forma real. Porque resulta que soy cristiana.

Dijo bastantes cosas más en contra de la trama. Laurence, apesadumbrado, pensó: «Al final resulta que sí está loca. No se puede hacer nada, Caroline está loca». Y pensó en la posibilidad de los largos meses y tal vez años venideros en los que tendría que soportar esa visión de Caroline, su amor, hecha un caos mental, internada quizá en un sanatorio durante meses, años.

Dijo bastantes cosas más sobre la trama artificial. En una ocasión se interrumpió para avisarle.

—Laurence, no te pongas a perseguirlas. Tienen un sobrealimentador.

Pero no le hizo caso, y ella siguió erre que erre con su decisión de no verse implicada en la historia de ningún hombre.

Estaba muy bien que Caroline luchara por lo que quería y lo que no quería en lo referente a la trama de una novela. Bien por decidir retrasar la acción. Qué fácil le resultaba criticarlo todo. Laurence pisó el acelerador y llegó a setenta antes de derrapar y estrellarse. El Sunbeam Alpine frenó y dio media vuelta. Laurence seguía consciente, aunque sentía un terrible dolor en el pecho, cuando vio a las chicas salir del brillante cupé hacia donde estaba él, atrapado entre los restos del coche.

Vio también a Caroline, a su lado, con la cara cubierta de sangre y una pierna doblada hacia atrás bajo el cuerpo de un modo antinatural, una visión que le parecía insoportable, y entonces percibió un gemido apagado y un movimiento súbito.

Segunda parte

6

Una mujer iba a casa de Louisa Jepp tres veces por semana para encargarse de las tareas del hogar. Uno de esos días la señora Hogg se presentó en la casita.

La señora Jepp, que no la dejó cruzar el umbral, dijo:

—No voy a decirle que entre, señora Hogg. La mujer que me limpia está ahora con el suelo. ¿Quiere algo en particular?

—Quizá esta tarde —dijo la señora Hogg atisbando el interior por encima del hombro de Louisa hasta llegar al verde jardín trasero.

—No. Esta tarde me voy al hospital a ver a mi nieto. El señor Laurence ha sufrido un accidente. ¿Quiere algo en particular, señora Hogg?

—Quisiera saber cómo está Laurence.

—Qué amable. El señor Laurence se está recuperando, igual que la señorita Caroline; aunque su situación es más grave. Les diré que ha preguntado por ellos. —Louisa no dio a entender de ninguna manera que la señora Hogg pudiera tener algo más que decir.

—Tengo un mensaje para Laurence. Por eso he venido en persona.

—Desde la otra punta de Inglaterra —declaró Louisa.

—He venido a pasar el día. Desde Londres —respondió la señora Hogg.

—Dé la vuelta y vaya atrás, nos sentaremos en el jardín.

Era un día templado y tenue de noviembre. Louisa la guio entre sus palomas por el pequeño retazo de hierba verde hacia el banco de delante de su morera roja.

La señora Hogg se sentó a su lado, hurgó en su bolsa y sacó una vieja capa amarillenta de zorro que se echó a los hombros y se colocó con unas palmaditas.

—Estamos en esa época del año —observó.

Louisa se dijo para sus adentros: «Mi señora de la limpieza es más fina que ella; y eso que esta mujer es de buena familia».

—¿Quiere decirle algo en especial al señor Laurence? —inquirió. Y como tenía tiempo añadió, pensándoselo mejor—: Aunque todavía no puede incorporarse en la cama es capaz de leer, si quiere escribirle una nota.

—Huy, no —repuso la señora Hogg.

Louisa pensó: «Ya lo sabía yo».

—No, no quiero molestar al pobre Laurence con una carta; las cartas pueden causar muchos quebraderos de cabeza —dijo la señora Hogg. Parecía agradecer el descanso tras el trayecto cuesta arriba desde la estación. La mujer recuperaba el resuello sin recato mientras Louisa seguía sentada a su lado sin intención de abrir la boca.

—Me he enterado de que va usted diciendo de mí que soy una víbora —dijo la señora Hogg.

—Pues sí que se entera de cosas —respondió Louisa con un rápido movimiento de los ojillos negros en su cabeza pensante. La señora Hogg no vio más que las menudas manos entrelazadas en el regazo atezado.

—¿No le parece que le ha llegado la hora de reconocer sus pecados y prepararse para la muerte? —preguntó la señora Hogg.

—Lo mismo le dijo a mi marido —repuso Louisa—. Su muerte fue una agonía por culpa de su entrometimiento.

—Yo cuidé del señor Jepp de día y de noche...

—No —zanjó Louisa—. Solo de noche. Y solo hasta que descubrí lo que le decía.

—Tendría que haber visto a un sacerdote, tal y como dije yo.

—Señora Hogg, ¿qué quiere decirle al señor Laurence?

—Solo que no debe preocuparse. Que no voy a emprender acciones legales en su contra. Él ya me entenderá. Por cierto, señora Jepp —prosiguió—, debe encontrarse muy sola en esta casa sin compañía.

—En absoluto. No pienso darle un mensaje tan absurdo al señor Laurence. Si tiene alguna queja de él, le sugiero que escriba a sir Edwin. De ninguna manera voy a permitir que se moleste a mi nieto.

—Está el asunto de la calumnia. En mi posición, es muy importante con qué ojos me ve el mundo.

—Tiene en su poder la carta que le escribió el señor Laurence a la señorita Caroline —dijo Louisa con un tono de voz que a veces empleaba cuando había jugado una buena mano haciendo caso de su intuición.

—Es importante que piense en la edad que tiene —dijo la señora Hogg—. No le hace ningún bien actuar como si estuviera en su plenitud.

—De ninguna manera vivirá usted conmigo —dijo Louisa.

—Necesita compañía.

—No estoy débil. Confío en no estar jamás tan débil como para elegirla de compañía.

—¿Por qué guarda diamantes en el pan?

Louisa apenas se movió y tampoco se quedó callada. Lo vio claro: ¡qué típico de Laurence haber encontrado el escondite!

—Es una costumbre que tengo, no se lo voy a negar.

—Es usted una pecadora.

—Una delincuente —repuso Louisa—. Lo de pecadora...

La señora Hogg se puso entonces en pie, con los ojos carentes de pestañas clavados en las manos oscuras de Louisa, que descansaban sobre su oscuro regazo. ¿Estaría senil de verdad?

—Espere. Siéntese —dijo Louisa—. Le contaré mis actividades criminales con todo lujo de detalles. —Levantó la vista, con los ojos negros bien abiertos hacia la señora Hogg. La mirada benevolente era bastante creíble.

Espoleada, la señora Hogg dijo:

—Tiene que ver a un sacerdote. —Aun así, se sentó para escuchar la confesión de Louisa.

—Soy contrabandista —dijo Louisa—. Mi mala memoria me impide entrar en más detalles, pero tengo mi propia banda, querida Georgina, ¿qué le parece? —Louisa miró a la señora Hogg con el rabillo del ojo y frunció los labios como si besara la brisa. La señora Hogg la miró. ¿Estaría borracha? A los setenta y ocho, no obstante...

—¿Una banda? —preguntó la señora Hogg al fin.

—Sí. Somos cuatro. Yo soy la cabecilla. Los otros tres son caballeros. Pasan diamantes de contrabando desde el extranjero.

—¿En hogazas de pan?

—No voy a entrar en detalles. Después me deshago de los diamantes a través de mi contacto londinense.

—Su hija no lo sabe. Si acaso es verdad lo que me cuenta —dijo la señora Hogg.

—Ha ido a ver a lady Manders, cómo no. ¿Le ha contado lo que dice la carta que robó?

—Lady Manders está preocupada por usted.

—Ah, sí. Le pondré remedio. Bueno, déjeme que le dé los nombres de los implicados en mis asuntos de contrabando. Estoy convencida de que cuando lo sepa todo ya no querrá preocupar más a mi hija.

—Puede confiar en mí —dijo la señora Hogg.

—Seguro que sí. Verá, está el señor Webster, que es un panadero local. Una persona estupenda; él no va al extranjero. Es mejor que no le cuente qué papel tiene en mis asuntos de contrabando. Luego hay un padre y un hijo (es una historia muy triste; el chico está inválido pero los viajes al extranjero le sientan tan bien, al padre también). Se apellidan Hogarth. Mervyn es el padre y Andrew es el hijo. Y esa es mi banda.

Pero la cara de la señora Hogg era un poema. La atroz estola mullida se le resbaló del hombro. Bufó:

—¡Mervyn y Andrew!

—Eso es. Responden al apellido de Hogarth.

—Qué mala es —dijo la señora Hogg.

—Ya no necesitará esa carta —dijo Louisa—, pero quédesela; qué más dará.

La señora Hogg se recolocó la capa de piel sobre los colosales pechos y, hablando sin mover el labio superior (un gesto que fascinaba a Louisa por su rareza), dijo:

—Qué mala es. Una delincuente; vieja, mala. Una anciana retorcida.

Y pronunciándose de aquella manera, se marchó. Louisa subió al desván, desde donde se veía la hondonada en la que estaba la estación de tren y, al otro lado del viejo catalejo de su padre, la señora Hogg apareció al fin cual siniestra avispa amarilla en el andén.

Cuando bajó, le dijo a su limpiadora:

—Esta visita que acaba de marcharse...

—¿Sí, señora Jepp?

—Quería venir a cuidar de mí porque resulta que estoy hecha un vejestorio.

—Caramba.

Louisa abrió un cajón del aparador, sacó un paño blanco doblado y lo colocó con mimo en el extremo de la mesa cercano a la ventana. Sacó su papel de carta para enviar por correo aéreo y su pluma estilográfica y escribió una nota de seis líneas. A continuación plegó la carta y la dejó sobre el aparador mientras volvía a poner el paño blanco en el cajón. Guardó la pluma, después el papel, tomó la nota y salió al jardín. Se sentó allí, bajo la agradable temperatura de aquel noviembre, mientras repetía con voz queda: «Arrurrú, arrurú». Al poco centelleó una paloma que bajó de su alto palomar para posarse en el asiento que había junto a Louisa. La anciana dobló el papel hasta formar una bolita, se la puso al ave en la cinta que llevaba en su plateada pata, le acarició el pico con los dedos atezados y la dejó marchar. Y allá que voló, en dirección a Ladle Sands.

Es posible que un hombre maduro en religión tras medio siglo de puntillosa observancia, cuya devoción se haya robustecido emprendiendo un trayecto pausado y exquisito, ascendiendo confiado por su escalera de caracol y que, para eliminar cualquier asomo de incertidumbre, complemente las meditaciones con ejercicios de respiración dos veces al día, entre en barrena al enfrentarse a problemas de una clase que no le resulte familiar. Cuando algo así ocurre, causa consternación en los demás. Para cualquiera que está acostumbrado a respetar la sabiduría y el control de una criatura contemplativa, la evidencia de su fracaso frente a una emergencia normal es alarmante. Solo los extremistas espirituales se alegran: el Diablo en razón de su burdo triunfo, y las almas santísimas porque en tal comportamiento aciertan a ver la prueba fehaciente de que la naturaleza humana es proclive al fracaso pese al rezo continuado y a la respiración profunda.

Pero, por suerte, pocas veces se da una situación así. El instinto común sabe cómo juzgar los límites de la santidad de un hombre, y cualquiera que se haya ganado la fama de pío por la plegaria, la respiración profunda y una o dos buenas obras aceptables ha ganado ya tanto por su sacrificio que muy poca gente puede plantearle problemas verdaderamente serios.

Por eso casi nadie le pedía ningún favor fuera de lo común a Edwin Manders ni acudía a él con cuentos raros.

Había lidiado con el susto del accidente de coche, sí; Laurence y Caroline estaban ya en buenas manos. Se había elevado por encima de la ansiedad de Helena en virtud de su naturaleza inquebrantable. Podría haber hecho algo agradable para reconfortar a Helena en lo tocante a su otra preocupación: las presuntas actividades criminales de su madre. Podría haber transformado aquella interrupción de su tranquilidad social en beneficio personal y espiritual; pero también podría no haberlo hecho. Helena, por instinto, no lo molestó con ese problema. No sabía qué tramaba Louisa, pero entendía que aquel contratiempo no era de los que se solucionaban con el talonario de Manders. A Helena no le habría gustado ver a su marido en un estado de confusión. Él iba a misa cada mañana, se confesaba una vez por semana, recibía a cardenales. Se quedaba sentado, en profunda contemplación, una hora entera; tan quieto que no se oía una mosca. Y Helena se dijo: «No; de ninguna manera» cuando intentó imaginarse a ese mismo Edwin haciéndose a la idea de que su suegra era la cabecilla de una banda, que ocultaba diamantes en el pan; posiblemente robados. Helena le confió sus problemas a su hermano Ernest, que navegaba por la vida dondequiera que el viento más favorable lo llevara, y por el que había rezado tantísimo.

—No me parece bien preocupar a Edwin con estas historias. Es una persona de la que se diría que rezuma cierta santidad. ¿Verdad que lo entiendes, Ernest?

—Pues claro que sí, Helena querida, pero, como te imaginarás, soy la última persona capaz de enfrentarse a los terribles mafiosos de Louisa. Si pudiera invitarlos a comer a mi club...

—Si son socios de mi madre, seguro que puedes —dijo Helena.

A la semana, Helena fue al piso de Queen's Gate donde Caroline se había alojado. Había que recoger las pertenencias de la muchacha. La fractura de Caroline la confinaría en el hospital por lo menos otro mes. El conserje, un hombre enjuto y de aspecto enfermizo que, respondiendo al delicado requerimiento de Helena resultó no ser un enfermo, sino no más que un boxeador de peso ligero retirado, la dejó pasar. Un hombre agradable, pensó, diciéndose para sus adentros que tenía don de gentes: Laurence y Caroline le habían dicho que era un hombre muy desagradable.

Helena esperaba la llegada de Ernest para que le echara una mano. Se sentó un momento en el canapé de Caroline; estaba tan a gusto que decidió poner los pies en alto y apoyarse en los cojines apilados hasta que llegara. El cuarto estaba recogido, pero era obvio que Laurence y Caroline habían hecho del apartamento una suerte de hogar. No le chocó demasiado; la perplejidad inicial se desvaneció pronto. Hacía años que había asumido lo que sucedía entre Laurence y Caroline y, cuando se separaron, aunque se alegró devotamente, sintió también una tristeza romántica y deseó que pudieran casarse sin aquel incomprensible retraso. Aun así le desconcertaba un poco ser testigo de lo que ya sabía: que Laurence había estado compartiendo el apartamento con Caroline; de modo inocente pero sin la apariencia de inocencia. El conserje le había preguntado: «¿Cómo están el señor y la señora Manders? Qué pena, justo se acababan de casar». Helena había guardado la compostura, imperturbable. Esa clase de comentario (y ese lugar, con la corbata de Laurence en el respaldo de la silla) fue lo que provocó el sobresalto inicial, que pronto se desvaneció.

—Estaba descansando. Estoy agotada de tanto ir y volver al campo —le dijo a Ernest cuando el hombrecillo agradable lo dejó pasar.

Los primeros días después del accidente, hasta que Caroline despertó de su largo sueño entumecido, Helena se había alojado a intervalos en un hotel de la zona y en Ladyless con su madre. Había estado alerta y no había dicho nada que pudiera inquietar a la anciana. Una vez, de noche, le había dado vueltas a la idea de plantarle cara a Louisa: «Madre, tengo los nervios a flor de piel con lo del accidente, la cabeza ya no me da para preocuparme también por lo suyo. Laurence me ha hablado de... su banda... los diamantes escondidos en el pan... ¿Es verdad? ¿A qué juega? ¿De dónde vienen sus ingresos?».

Pero ¿y si no fuera cierto? Setenta y ocho años tenía la mujer. Helena barruntaba y barruntaba en su duermevela. ¡Y si le daba un derrame! Muchas veces se callaba lo que pensaba por temor a provocárselo; era uno de los miedos que Helena había tenido desde siempre.

No le dijo nada, pues, por no alterarla y se mostró más alerta que nunca cuando, al llegar a la casita una tarde de vuelta del hospital, Louisa le había dicho:

—Ha venido tu señora Hogg.

A Helena le resultó imposible ocultar su intranquilidad.

—Pero le dije que se marchara —dijo Louisa—. Y no creo que vuelva a presentarse por aquí.

—Ay, madre, ¿y qué quería?

—Hacerme compañía, hija. Pero yo me las apaño muy bien.

—Madre, ¿hay algo que la preocupe? ¡Ojalá se dejara ayudar!

—¡Atiza! —dijo Louisa—. Te prometo que todos sois un gran consuelo para mí, y una vez los jóvenes se hayan recuperado todo irá sobre ruedas.

—Bueno —dijo Helena—. Le he traído un regalo de Hayward's Heath; me alegró mucho ver que Laurence estaba mejor.

Era un abridor de latas. La mujer sacó la cesta de los tomates en la que guardaba algunas prácticas herramientas. Helena sostuvo el artilugio contra la puerta del lavadero mientras su madre lo atornillaba; los manidos dedos manipulaban el destornillador sin ningún asomo de temblor.

—La vida es una maravilla si no te faltan las fuerzas —comentó Louisa mientras enroscaba los tornillos en su sitio.

—Le resultará práctico, ¿verdad? —preguntó Helena.

—Sí, seguro —respondió Louisa—. Probémoslo ahora mismo. —Abrieron una lata de grosellas—. Es justo lo que quería para abrir mis latas —dijo Louisa—. Lo has adivinado. A ti tampoco te falta percepción cíngara. Lo que pasa es que no la cultivas.

—Qué exagerada es, madre. Que yo le regale un abrelatas no prueba que tenga ningún poder mental, ¿no cree?

—Dicho de esa manera, no —dijo Louisa.

Helena había aprovechado una de las salidas de su madre para rebuscar en la panera. No había ni rastro de ningún diamante; no estaban en el pan, tampoco en los botes del arroz o del azúcar ni escondidos en el té o en algún recoveco de las estanterías de la despensilla. Louisa también guardaba allí las botellas selladas y las latas de conserva, pulcramente etiquetadas, que envasaba y embotellaba ella misma cada temporada.

—¿Fue antipática Georgina con usted? —Era el último intento de Helena.

—No es una mujer agradable por naturaleza. Por más vueltas que le doy no entiendo por qué entablaste relación con ella. A mí ni se me habría pasado por la cabeza tenerla en casa.

—No ha tenido una vida fácil. Nos dio pena. No la veo capaz de hacer ningún daño. Bueno, eso me parece a mí. ¿Y a usted?

—Todos somos capaces de hacer daño, tanto si es nuestra intención como si no. Pero la señora Hogg no es una buena mujer.

Todo estaba tan tranquilo que Helena se preguntó si tal vez Laurence se habría equivocado y su ridícula carta no valía nada en manos de la señora Hogg.

Y eso fue lo que le contó a Ernest después de que el hombrecillo lo acompañara al apartamento de Caroline. Había permitido que aquel deseo creciera en ella durante las semanas posteriores al accidente cuando iba y venía en coche —a veces sola, a veces con su marido— de Londres al hospital rural. Laurence tenía las costillas rotas; pronto podría trasladarse a casa. Caroline había vuelto en sí; tenía la cabeza vendada y la pierna atrapada en una escayola suspendida de un andamiaje. Empezaba a quejarse bastante del dolor, lo que era buena señal. Podía haber sido mucho peor.

—Dudo que las sospechas de Laurence tengan ningún fundamento. Me han alarmado seriamente, y para colmo luego ha pasado lo del accidente. Podía haber sido mucho peor, pero estoy agotada.

—Ay, querida mía —dijo Ernest—. Yo también estoy exhausto.

¡Qué timbre y qué ademanes tan reveladores! Observó a Ernest mientras cogía la bata de brocado azul de Caroline con intención de doblarla y echarle una mano a Helena; pero sin darse cuenta ya estaba posando delante del alargado espejo, colocándose aquel chisme azul sobre la cadera.

—¡Qué monada de tela!

A Helena le sorprendió lo templado de su aborrecimiento.

—Se nota la presencia de Caroline en todo el cuarto —comentó—. ¿Sabes? Tengo la sensación de estar viéndolo todo a través de sus ojos.

—Ahora que lo dices, yo también —respondió él.

Helena se arrodilló junto a la enorme maleta que había traído consigo. Bajo el precario maquillaje, tenía la pálida piel ojerosa y cansada.

—Ernest, preparemos algo de té. Puede que necesitemos chelines para el contador.

La obedeció y puso a calentar la tetera mientras Helena reflexionaba sobre la problemática de su cuñado. Caroline no había tenido jamás ningún problema para aceptar a los de su condición. Resultaba más fácil —pensó Helena— aceptar su amaneramiento desde que había renunciado al vicio y regresado a la Iglesia; pero incluso antes de aquello, Caroline había afirmado en una ocasión a propósito de Ernest:

—Yo creo que Dios diría: «No os atreváis a rechazar a mi amado monstruo, a mi homosexual».

Helena había respondido:

—Por supuesto, pero ¿y si va en contra de tu propia esencia respetar a tal hombre? Ay, amar es algo muy complicado.

—Yo tengo mis propios prejuicios —había dicho Caroline—, por lo que entiendo los tuyos. Pero resulta que Ernest no es uno de ellos, nada más.

Helena, que se había dejado llevar por aquellos recuerdos, se sorprendió mirando a Ernest. Levantó el auricular y habló para responder al «¿Dígame? Con qué número hablo» del conserje.

—¿Puede subirnos un poco de leche, por favor? Acabamos de preparar el té y no tenemos.

Lo que fuera que le respondiera hizo que Helena exclamara al colgar el auricular:

—¡Qué hombre tan seco y maleducado! Y tan amable que me había parecido antes.

Se disculpó por molestarlo cuando el conserje subió la leche, pero el hombre no dijo ni pío.

—Menudo animal, Ernest —dijo ella—. Sabe de sobra qué tristes circunstancias nos han traído aquí.

Pero se tranquilizó en compañía de Ernest, fijándose en el peculiar giro de la muñeca —siempre enseñaba mucha muñeca— al servir el té. Caroline, con su gusto por la mitología, debía ver en él a un bello hermafrodita, pensó, y estuvo cerca de ver a Ernest bajo aquella luz ella misma.

—Ayer pude ver a Laurence —intervino Ernest—. Teniendo en cuenta lo que ha pasado está muy bien, ¿no te parece?

—Gracias a Dios —dijo Helena.

—Me dio esto —una libretita roja— y me dijo que sabía lo de los amigos de tu madre.

—Sabes, Ernest, no creo que tengamos nada que temer. He abierto bien los ojos los pocos días que he pasado en la casita y yo no he visto nada sospechoso. Me parece que Laurence se equivoca; no puedo evitar pensarlo. Y resulta que la señora Hogg ha llegado a la misma conclusión: se presentó allí cuando yo no estaba. Mi madre estaba muy tranquila; la despachó y punto. Estoy segurísima (aunque no me lo dijera) de que la señora Hogg fue a verla por lo de la carta de Laurence.

—Eso es justo lo que habría pensado yo. —Ernest doblaba ahora la bata azul de Caroline con suma meticulosidad—. Pero resulta que conozco vagamente a uno de los hombres de la banda de la señora Jepp.

—¡Oh! ¿A cuál?

—A Mervyn Hogarth. Eleanor estaba casada con él. Es un tipo de lo más curioso. Laurence cree que la señora Hogg tiene algún parentesco con él.

Helena respondió que era poco probable.

—Nunca la oí mencionar el apellido Hogarth. —Le arrebató la libretita y pasó las páginas. El breve informe que Laurence había recopilado tenía un implacable viso de realidad que resucitó los miedos de Helena. Era más feliz cuando la vida podía reducirse a la metáfora, pero sus elevados picos de literalidad la oprimían. Hojeó las rigurosas notas manuscritas por Laurence.

—¿Qué te parece, Ernest? ¿Tú crees que mi madre está metida en esto o no?

—¿Por qué no se lo preguntas a ella?

—Bah, porque nunca me lo diría.

—Laurence cree que debemos investigar —dijo Ernest—. A decir verdad, se lo prometí.

Helena leyó en voz alta una de las insoportables páginas de la libreta:

—«Mervyn Hogarth: The Green House, Ladle Sands. Vive con hijo inválido (ver Andrew Hogarth). Sin criados. Taller en antigua biblioteca. Banco de herramientas. Arregla (¿?) estatuillas de escayola rotas. San Antonio. San Francisco. Inmac. Concepc. Las demás, irreconocibles. Sin registro en S. H. Ex de Eleanor.» No entiendo esto que dice de los santos y las estatuillas rotas. ¿Los Hogarth son católicos?

—Creo que no —respondió Ernest.

—¿Y qué quiere decir «S. H.»?

—Somerset House, el Registro General. Sus datos no aparecen allí. Quizá nacieron en el extranjero. Se lo preguntaré a Eleanor, ella lo sabrá.

—¿Laurence te ha explicado lo que significan todas estas notas?

—Más o menos. No te alteres, Helena, por favor.

—Ay, y yo que pensaba que no había nada más de qué preocuparse. Explícamelo todo, te lo ruego.

Seguía pasando las páginas, deseando que alguna ridiculez insignificante demostrara que la idea de que su anciana madre estaba metida en el crimen organizado era también ridícula. Sintió el arrebato de destrozar la libreta.

—No me dio tiempo a repasarlo todo con Laurence. Quiere que vaya y pase un par de semanas con él para poder investigar bajo su supervisión y preguntarle las dudas que pueda tener cuando vaya a verlo a diario.

—No —respondió Helena—, no puede ser. No podemos atosigar a Laurence en su estado. Quiero trasladarlo a Londres a la primera oportunidad que tenga.

Ernest estuvo conforme.

—No me iba nada bien marcharme de Londres en esta época del año, pero Laurence tenía tanto interés... Quizá podamos encontrar otro modo de...

Helena observó a Ernest echada en el canapé de Caroline con una mirada hueca. No edificarás tu casa sobre arenas movedizas. Pero Helena no estaba segura de que no poseyera algunas cualidades estables a pesar de la consideración en que lo tenía la familia. Se dio cuenta de lo poco que conocía a Ernest: Caroline tenía una idea mucho más lúcida de él.

—Claro que a Laurence le animaría muchísimo que alguien lo visitara cada día —dijo Helena—. Ahora que están los dos fuera de peligro no puedo ir más que dos veces por semana. ¿Y a Caroline? ¿La irías a ver también?

—No sé si podría escaparme...

—Te pagaría los gastos, por supuesto. —Casi le alegraba que se resistiera porque demostraba que tenía algo de personalidad.

—Eso ayudaría —respondió—, pero tengo que hablarlo con Eleanor. Esta época del año es complicada, y no nos está yendo demasiado bien.

—Por favor, no se lo cuentes a Eleanor.

—Oh, no le contaré ningún asunto familiar.

Estuvieron con sus dimes y diretes hasta que a Helena se le hizo necesario que Ernest se alojara dos semanas en Hayward's Heath.

—Debemos llegar al fondo del asunto sin molestar a mi madre —declaró—. Laurence lo entiende perfectamente. Estoy segura de que su recuperación depende de que nosotros no nos quedemos quietos. Tenemos que hacer cosas. Ya sé que eres discreto, Ernest. No quiero que madre tenga un derrame, Ernest. Y debemos rezar.

—Intentaré ver a Hogarth —prometió él—. Quizá puedo citarlo en Londres.

Servía en ese momento la segunda taza con esa muñeca, tan aparente, y una pose tan de mujer que socavaba la confianza que tenía depositada Helena en él.

—No tengo recelos —declaró—. Confío plenamente en ti, Ernest.

—Qué responsabilidad —dijo Ernest. Pensó que Caroline, con su habilidad para «ubicar» a la gente en su contexto histórico adecuado, había situado a Ernest en una ocasión en la corte francesa del siglo XVII. «Ha nacido en otra época —había explicado Caroline—, de ahí su valor en el presente.» Laurence había dicho con serenidad, no hacía mucho: «Ernest nunca se compra una corbata, se la hace a medida. Un centímetro y medio más ancha que la de cualquiera».

Los padres aprenden mucho de sus hijos sobre cómo lidiar con la vida. Es posible que los hijos corrompan o mejoren a sus padres. A través de Laurence, y también en los últimos años a través de Caroline, la organización mental de Helena se había reconfigurado. Estaba, cuando menos, preparada para la idea de que no solo debía tolerarse a Ernest en virtud a lo que entendía como caridad cristiana, sino también valorarlo por lo que era, por aquello que lo hacía distinto a lo normal. En realidad, Helena lo admiraba un poco por haberse «corregido», como decía ella. Sin embargo, cuando renunció a sus relaciones con los hombres, ella había esperado ver en cierto modo un cambio externo en Ernest; le decepcionó y desconcertó que tanto su apariencia como sus actitudes siguieran siendo tan inquebrantablemente afeminadas, y comprendió que aquellos manierismos no le resultaban ofensivos a gente como Laurence o

Caroline. Helena tenía algunos objetos de porcelana francesa, figuritas del siglo XVII que tenía en gran estima, pero tener en estima a Ernest cuando estaba ante ella le resultaba tan difícil que le despertaba un antagonismo instintivo; algo que debía superar.

Ernest se encargó de doblar la ropa mientras ella lo metía casi todo en la maleta. Lo que no cabía estaba listo para ser llevado al coche.

—Vamos a fumarnos un cigarrillo, nos lo merecemos.

—Supongo que esa máquina es de Caroline —dijo ella—. Lo mejor es que le digamos al conserje que suba para asegurarnos de que no nos dejamos nada o de que no nos llevamos algo que no sea nuestro.

Ernest, encogido sobre un taburete, levantó la tapa del aparato.

—Es una grabadora. Seguramente la usará para su trabajo.

—Confío plenamente en ti, Ernest. He acudido a ti antes que a nadie. No quiero causarte ninguna molestia, por supuesto, y si es un problema de dinero...

—Gracias, Helena, pero no puedo prometerte nada... Lo intentaré, claro que sí; pero en esta época del año tenemos reservas, clases. Quizá Hogarth acepte venir a Londres.

—Te lo agradezco muchísimo, Ernest.

Toqueteó la máquina y pulsó la tecla. Se oyó un leve zumbido y después el parloteo sentimentaloide de una voz: «Caroline, cariño...».

Helena reconoció la voz de Laurence casi al momento. Se hizo una breve pausa y se oyó a continuación la de Caroline. El primer parlamento causaba sonrojo y el segundo no tenía ni pies ni cabeza.

—Ji, ji, ji, qué tontorrones... —dijo Ernest.

Helena descolgó su abrigo y dejó que Ernest la ayudara a ponérselo.

—¿Puedes llamar al conserje, Ernest? Dale una libra y pregúntale si está conforme con todo. Yo bajaré algunas cosas sueltas al coche. No; con diez chelines le basta y le sobra.

Se sentía prácticamente sola en el mundo, agotada e incapaz de comprender a Laurence y a Caroline. Demasiados sobresaltos y nuevas ideas; la obligación constante por su parte de aceptar lo que le parecía inaceptable... Quería darse un agradable baño en la tranquilidad de su hogar; estaba cansada, preocupada y más cosas que no sabía expresar.

Justo cuando iba a salir, mientras Ernest llamaba al conserje dijo:

—Fíjate, ahí hay algo. Una libreta. Seguro que es de Caroline.

Había una libreta de bolsillo en el estante inferior de la mesilla del teléfono. La cogió y se la dio a Helena.

—Menos mal que la has visto, se me había olvidado. Caroline tenía especial interés en que se la llevara. Me dijo que era una libreta con notas taquigrafiadas. —Helena la abrió para cerciorarse. Casi todo estaba escrito con signos menos una página escrita normal. Una lista. Vio las palabras: «Posible identidad».

—Debe de tener relación con las pesquisas de Laurence —dijo Helena.

Regresó a la hoja mientras esperaba sentada en el coche a que bajara Ernest con las maletas, pero no sacó nada en claro de ella. Bajo «Posible identidad», figuraban en la lista:

Satán

Una mujer

Hermafrodita

Una alma santa en el purgatorio

—No sé qué pensar —dijo Helena guardándola con cuidado en las cosas de Caroline—. De verdad que no sé qué pensar.

7

Pasaban las dos de una agradable tarde azulada cuando un anciano alto y tieso entró en la librería. Se encontró al barón Stock solo y esperándolo.

—Ah, señor Webster, es usted muy puntual; qué amable ha sido viniendo hasta aquí. Pase al interior, pase.

Cuando alguien del nutrido grupo de conocidos del barón Stock —aunque amistades íntimas tenía muy pocas— se presentaba en su librería de Charing Cross Road era recibido invariablemente por esta petición: «Pase al interior». A los clientes, viajeros y comerciantes no les estaba permitido ir más allá de la gran sala delantera; el barón era muy reservado en lo referente «al interior»; esa trastienda destartalada, acogedora y bastante inofensiva donde había montañas de libros y carpetas apilados y derrumbados por todas partes excepto en las tres viejas butacas y el cuadrado de moqueta roja desgastada, en cuyo centro se levantaba una ruidosa estufa de petróleo de aspecto extranjero. Los que eran admitidos en el interior, antes de sentarse y si conocían las costumbres del barón, esperaban mientras él colocaba una hoja de periódico en el asiento de cada butaca. «Hay muchísimo polvo, queridos; les tengo prohibido a los que me limpian que toquen nada del interior». Cuando anochecía temprano, el barón prendía una lámpara de queroseno que tenía en su escritorio: hacía mucho que la electricidad había dejado de funcionar en aquella trastienda y «a decir verdad —observaba el barón—, no puedo permitir que ningún electricista pase al interior y lo ponga todo patas arriba». A veces, uno de sus amigos le decía:

«Si quieres yo te puedo arreglar lo de la luz, Willi. Parece bastante sencillo.» «Qué amable de tu parte.» «No me cuesta nada, lo haré la semana que viene.» Pero nadie volvía la semana siguiente a conectar la electricidad.

—¿Qué tal está la señora Jepp? —preguntó el barón tras acomodar al señor Webster sobre un papel de periódico recién colocado.

El señor Webster estaba sentado muy tieso y erguido, y giraba el cuerpo de cintura arriba para responder al barón.

—Me alegra decir que se encuentra bien, pero lamento decir que está preocupada por su nieto.

—Ay, sí. Qué accidente tan terrorífico. Hace muchos años que conozco a Laurence, claro. Mal conductor. Pero tengo entendido que se marcha a casa la semana que viene, ¿no?

—Sí, ha tenido mucha suerte. La pobre muchacha tiene la pierna fracturada, pero según me cuentan ella también podría haber tenido mucha peor suerte.

—Pobre Caroline, la conozco desde hace muchos años. Tengo entendido que se hizo un corte profundo en la frente.

—Simples rasguños; nada serio al parecer.

—Menos mal. En esta tienda se entera uno de todo, pero mis confidentes siempre exageran. La mayoría de ellos son poetas o mentirosos profesionales de alguna clase y uno tiene que ser comprensivo. Me alegro de que la cabeza de Caroline no tenga ninguna herida. Hace tanto que la conozco. La iré a ver la semana que viene.

—Perdone que lo mencione, barón, pero si tiene pensado acercarse a nuestra zona, creo que de momento es mejor que no vaya a ver a la señora Jepp. Los Hogarth se han visto obligados a cancelar su viaje al continente y van a menudo a la casa.

—¿Y qué pasó? ¿Por qué no fueron?

—La señora Jepp tenía la impresión de que los Manders iban a meter las narices en sus asuntos. Cree que es mejor interrumpir los viajes hasta la primavera. Los Hogarth estaban listos para marcharse, pero los detuvo en el último minuto. No está en absoluto preocupada.

—Pues a mí me parece bastante preocupante. ¿Los Hogarth no sospechan que estoy metido en el ajo?

—No creo que deba preocuparse por eso. La señora Jepp y yo vamos con mucho cuidado para no mencionar ningún nombre. Usted solo es «el contacto londinense» de la señora Jepp. No han mostrado más interés en el asunto.

—¿Y qué hay de los Manders? Supongo que Laurence los habrá puesto sobre la pista, con lo observador que es... Me pone los pelos de punta. Cuando va a esa casa nunca estoy tranquilo.

—La señora Jepp le tiene mucho cariño.

—Pues claro. Yo también quiero mucho a Laurence. Hace muchos años que conozco a los Manders, pero Laurence es tan preguntón... ¿Cree que los Manders podrían sospechar que tengo algo que ver en el asunto?

—Como mucho, se interesarían por los Hogarth y por mí. Creo que no tiene de qué preocuparse, barón.

—Le contaré por qué estoy intranquilo. No hay peligro de que los Hogarth o los Manders me descubran. Ambas familias están implicadas en uno de los casos. En el otro, es la anciana la que está implicada y los Manders, claro está, querrán silenciar cualquier descubrimiento que hagan. Pero sucede que tengo interés por Mervyn Hogarth por otro tema. He dispuesto que me lo presenten, y no querría que ambos asuntos se entremezclaran.

El señor Webster pensó: «Ah, tendrá que ver con la mujer; la primera esposa de Hogarth», pero se equivocaba.

—Hogarth está hoy en Londres —informó al barón—. Lo he visto en el tren, pero me ha parecido mejor pasar inadvertido.

—¿Está seguro de que pasó inadvertido? ¿No podría ser que lo hubiera seguido hasta aquí por curiosidad?

—Al contrario; fui yo quien no lo perdió de vista hasta que desapareció en un club de Piccadilly. Jo, jo, jo, barón. —Le dio un pulcro paquetito—. Mejor que no me olvide de darle esto —dijo sin dejar de reírse por lo bajo como se ríe un anciano.

El barón lo abrió con cuidado y sacó una lata escrita con la nítida caligrafía de Louisa Jepp: «Huevas de arenque encurtidas».

—La señora Jepp me insistió en que se comiera las huevas de arenque —dijo el señor Webster—. Me ordenó que le dijera que son muy nutritivas y que los demás ingredientes de la lata no pueden causar ningún tipo de contaminación.

—Ya las probaré, ya —dijo el barón.

Metió la lata en su maletín y después, abriendo un cajón cerrado con dos vueltas de llave, sacó un fajo de billetes de color blanco. Los contó. Sacó otro fajo e hizo lo mismo, y después un tercero. Del cuarto extrajo un puñado de billetes que fue añadiendo a los tres fajos. Volvió a guardar los billetes sobrantes en el cajón y pasó la llave antes de darle los fajos al señor Webster. Luego escribió tres cheques y se los entregó.

—Están fechados con intervalos de tres semanas. Compruebe el importe —dijo— y le daré este sobre bien recio para que los meta dentro.

—Es lo más seguro —dijo como siempre el señor Webster, que no se refería al sobre sino al modo de pago—. Lo más seguro en caso de que alguien haga preguntas —añadió también como siempre.

Cuando concluyó la transacción, con los billetes guardados en el sobre y estos a buen recaudo en la bolsa del señor Webster, el barón dijo:

—Celebrémoslo con un purito y un buen Curaçao, señor Webster.

—Sí, muy bien. Pero no puedo demorarme demasiado por la época en que estamos.

Se oyó la campanilla de la puerta.

—Ding, dong —imitó el barón y, poniéndose en pie, miró por una rendija del tabique que separaba el comercio de moqueta gris de la agradable y desvencijada trastienda—. Un bárbaro en busca de libros.

Cuando regresó al poco, dijo:

—¿Conoce usted el demonismo?

—Vi actos de brujería en mis años mozos; mucho antes de que usted naciera, barón. Sobre todo en varaderos de América del Sur.

—Es usted *emarinero* —dijo el barón—. Ya sabía yo que era usted *emarinero*.

—Fui marino mercante. Sé lo que es la brujería, barón. Y de verdad le digo que lo que vi en esos países era aterrador.

—Me interesa el demonismo, pero desde un punto de vista objetivo, se lo aseguro.

—Jo, jo; seguro que sí, barón. No está hecho para climas templados.

—Por eso me interesa Mervyn Hogarth —dijo el barón—. ¿Usted diría que es un hombre comedido y templado?

—Verá, barón; habla mucho pero decir, dice poco. No me cae demasiado bien, pero la señora Jepp lo tolera; es así. Quizá por el pobre hijo. Este *asuntillo* nuestro le da algo que hacer. Pobre chico. Pobrecillo.

—¿Se sorprendería si le digo, señor Webster, que Mervyn Hogarth es la punta de lanza del demonismo en las islas?

—Nunca me habría imaginado que ese hombre pudiera ser la punta de lanza de nada, la verdad.

—¿Qué opinión tiene de él?

—Entre nosotros, barón: me parece que es un cínico y, como se comenta, un misántropo. Un tipo gris.

—Pero entregado en cuerpo y alma a su hijo, ¿no?

—Pues no lo sé. Lo trata bien. La señora Jepp cree (y esto que quede entre nosotros, barón) que solo se arrima al muchacho para hacer rabiar a su primera mujer.

—Y la ocurrencia de comerciar con diamantes fue de la señora Jepp, ¿no?

—Sí, es verdad. Ah, y le encanta. Sería la última en negarlo.

—¿Los Hogarth no necesitan el dinero?

—No, Hogarth padre tiene una posición desahogada. Pero resulta que el desdichado joven disfruta engañando a los aduaneros.

El barón se llevó un dedo a los labios con una sonrisa. El señor Webster bajó el tono de voz al agradecerle a su anfitrión que le rellenara el vaso.

—Engañar a los aduaneros ha obrado un gran cambio en el joven Andrew Hogarth. Le ha dado confianza en sí mismo —dijo el señor Webster en voz baja.

—Cuando la señora Jepp me habló por primera vez del asunto (pues verá, fue ella la que me tanteó con el plan), vino directa a la librería al poco de conocerla yo un día que Laurence me la presentó. Me expuso el trato maravillosamente: enseguida vi su talento. Bueno, el caso es que cuando me lo contó añadió que si participaba en el trato, debía comprometerme a no preguntar por los métodos empleados por los agentes más activos. Tras darle vueltas a la idea y una vez convencido de que el plan era auténtico y no tenía ningún fleco (previendo el riesgo intrínseco, a mi entender bastante estimulante, de una misión así) acepté punto por punto las condiciones de la señora Jepp.

Lo digo porque, francamente, creo que no tengo derecho a preguntarle a usted cómo transportan los Hogarth los objetos de valor. Hasta hace unos meses no tenía demasiado interés en esa parte de la transacción, pero ahora sí porque quiero saber qué trama Mervyn Hogarth.

—No sé qué método utilizan —respondió el señor Webster, y el barón no supo si le decía o no la verdad; tan imperturbable era su penetrante mirada azul.

—Hogarth es demonista. Tengo mucho interés en Hogarth por el mismo motivo por el que tengo mucho interés por la psicología del demonismo. No sabe usted lo contradictoria que es la curiosidad del erudito, señor Webster. Sentir interés y al mismo tiempo, indiferencia...

—Lo entiendo perfectamente, barón. Pero jamás habría imaginado que Hogarth se entregara a prácticas extrañas. Me parece que es un hombre sin ilusión, dista mucho de ser un entusiasta.

—Ahí está lo interesante —dijo un animado barón—. Por lo que he averiguado sobre su personalidad, es un hombre abatido, inteligente, aburrido; no tiene éxito con las mujeres y es indiferente a las amistades. Y aun así, es un demonista fanático. Confío en que me guardará el secreto.

—Pues claro, barón. Y ahora debo marcharme.

—Es un fanático —dijo el barón mientras llevaba al señor Webster del interior al exterior—. Es una lástima que los Hogarth no se hayan ido al extranjero. Podría haberle hecho una visita a la señora Jepp. Quizá podría haberla convencido para que me contara más cosas de Mervyn Hogarth. En cualquier caso, espero verlo yo mismo muy pronto.

—Que pase un buen día, barón.

—Dele recuerdos de mi parte a la señora Jepp —y añadió—: Y no padezca, señor Webster, el riesgo es mínimo.

—Ya, Hogarth no es peligroso.

—No me refiero a Hogarth, sino a nuestro estupendo asuntillo. Somos aficionados. Y la providencia protege con su manto a los aficionados. ¡Ah, qué rápido naufragan los profesionales poderosos y organizados! Caen como Lucifer...

—Y usted que lo diga, barón.

—Pero los inocentes rara vez tropiezan.

—Yo no diría que somos «inocentes». ¡Jo, jo! —dijo el señor Webster dando un paso hacia delante.

—Por eso mismo lo digo... —Pero el anciano ya no le oía.

—No voy a fingir que entiendo a las mujeres —declaró Mervyn Hogarth saboreando su coñac. Miró a su anfitrión como si dudara de haber dicho lo correcto, pues algo tenía de mujer; vio un ademán meditabundo en aquel hombre de pelo cano con cara de niño.

—Me temo que el cordero o la salsa no estaban buenos —musitó Ernest Manders. Al final no se había marchado a Sussex. Se le había ocurrido un plan mejor.

—¿Entiendo que me lo dice de buena fe? —iba diciendo Mervyn Hogarth.

—¿Lo del cordero...?

—No, no; me refería al asunto del que hablábamos. Entiendo que...

—Sí, entiéndalo así.

—Manders, no quería ofenderle. Solo quería aclarar las cosas, nada más. Me parece una petición extraña viniendo de Eleanor. Ella sabe lo que pienso, sin duda.

—Es solo que, verá; estamos pasando por un pequeño bache. El barón Stock nos ha retirado su apoyo. Y, claro está, Eleanor pensó en usted. En cierto modo es un halago.

—Oh, eso seguro.

—Y si no puede; no puede. Lo entendemos perfectamente —dijo Ernest.

—¿Ha hablado con su hermano?

—Sí, mi hermano Edwin es un místico. No le interesa el baile y solo invierte en aquello que le parece interesante. Nos dio cincuenta libras, eso sí. Eleanor se compró un vestido.

—Muy propio de Eleanor.

—Sin ir más lejos, yo mismo soy muy desprendido —recalcó Ernest—. Por eso necesito tanto dinero. Uno ni se da cuenta de que lo tiene; simplemente desaparece.

Se retrepó en la silla como si tuviera toda la tarde. Su invitado había descubierto que la propuesta de negocio por la que lo había citado no era en absoluto provechosa.

—Las tres menos cuarto —dijo Mervyn Hogarth—. Hay que ver lo rápido que pasa el tiempo. Tengo que hacer un par de recados esta tarde. Ver a gente. Una lata.

—Quería comentarle algo más —dijo Ernest—, pero si tiene usted prisa mejor lo hablamos en otra ocasión.

«Quizá en otra ocasión.» Aun así, Mervyn Hogarth hizo un pequeño ejercicio de gimnasia mental que apenas le llevó unos segundos pero que, si se pudiera desglosar, se vería que discurrió así:

Trece chelines por el billete pero de todos modos tenía que venir a Londres, comida insulsa pero me salió gratis, decepción por el tema de conversación (Ernest me había invitado para tratar «asuntos que podían resultar de su interés») pero satisfacción por la ruptura de Eleanor con Stock y sus consiguientes dificultades económicas, fastidio al ser abordado para pedirme dinero pero satisfacción al negarme, pérdida de tiempo pero Manders quiere decir algo más; lo que quizá amortice la reunión o confirme de todas todas que no ha servido para nada.

Todo eso discurrió en su cabeza en un abrir y cerrar de ojos, de modo que cuando Ernest dijo:

—Quería comentarle algo más, pero si tiene usted prisa...

—¿Algo más? —contestó Hogarth.

—Quizá en otra ocasión —dijo Ernest.

—Ah, bueno, todavía me queda media horita más. Dígame.

—Verá —explicó Ernest—, puede que le interese o que no. Tengo la impresión de que le he hecho venir a Londres con un aliciente decepcionante. De verdad creí que le alegraría tener relación con la escuela de baile, y Eleanor también estaba segura de ello; espero que no le parezca una impertinencia por nuestra parte.

«Es igual que una mujer —pensó Mervyn—. Es igual que estar comiendo con una mujer.» Y le aseguró a Ernest que no le había importunado en absoluto.

—Lo único que lamento es no poder aportar ni un penique. ¿Qué era lo otro que quería comentarme?

—Sí, bien; puede que le interese o puede que no. Como vea usted. El cordero tenía un sabor extraño, le ruego que me disculpe. Es la peor comida que jamás he probado en el club. Pondría una queja, pero el cocinero y yo estuvimos juntos en la brigada antiincendios durante la guerra y es un hombre agradabilísimo que casi nunca ha tenido un mal día como el de hoy.

—La comida estaba muy buena —dijo Mervyn con pesar.

—Qué amable es usted.

—¿Qué era lo que iba a preguntarme?

—¿Seguro que tiene tiempo? Se lo contaré en pocas palabras, puede que le interese. ¿Conoce usted a mi hermano Edwin?

—No tengo el gusto de conocer a sir Edwin Manders.

—Es muy rico. ¿Y a Helena la conoce?

—¿Se refiere a su esposa? He oído hablar de ella.

—Es un cielo. ¿Y a su madre, la conoce?

—Sí, de hecho conozco a la señora Jepp.

—La señora Jepp —repitió Ernest.

—Una mujer estupenda. Vive cerca de mi casa —dijo Mervyn.

—Sí, ya lo sé —repuso Ernest—. La visita muy a menudo, tengo entendido.

—Según parece —dijo Mervyn— su nieto tuvo un accidente.

—Se rompió una costilla, nada más. Se está recuperando muy rápido.

—Ay, esta juventud. Lo conocí también.

—Ya lo sé —dijo Ernest.

El reloj se acercaba lentamente a las tres y ya les habían rellenado los vasos dos veces. Ernest pensó que no se le estaba dando nada mal. Mervyn luchaba contra el tiempo, pero ya no tenía excusa para prolongar la sobremesa. Ernest había dejado claro, con el estilo suave y educado de la pertinacia, que la familia Manders había empezado a olerse lo que tramaba Louisa Jepp. A Mervyn le habría gustado golpear a Ernest por sus ademanes de mujer, y le dijo:

—Manders, debo decirle que no puedo revelarle nada de lo que me ha dicho la señora Jepp en confianza.

—Seguro que no. ¿Se marcha usted pronto al extranjero?

—Veo que esta farsa de invitarme a comer para pedirme un préstamo no era más que una oportunidad para pedirme que...

—Por favor, qué bochorno —dijo Ernest—. Siento tanto lo de la comida. Sí, «farsa» es la palabra perfecta para definirlo. Ojalá le hubiera insistido en que pidiera el pato. Una verdadera pena, pensaba que estaría interesado en la academia de Eleanor; sería de primerísimo nivel si tuviera fondos. Qué situación tan inconveniente para los dos.

—No puedo responderle a lo que usted quiere saber de la señora Jepp —dijo Mervyn mirando el reloj pero sin intención, acomodándose en la silla, por lo que Ernest en su fuero interno se felicitó: «Está esperando a que le haga más preguntas, a que le dé más pistas sobre cuánto sé». Le dijo a su invitado:

—Entonces no le entretendré más. Ha sido un placer.

Mervyn se puso en pie. Dijo:

—Mire... —y se calló.

—¿Sí?

—Nada, nada. —Pero, de pie en el escalón superior de la puerta, listo para alejarse ya de Ernest, añadió—: Dígale a Eleanor que pensaré en su propuesta. Quizá si me lo pienso puedo reunir algo de dinero para ayudarla. Pero son días de vacas flacas, se da cuenta, y tengo a mi pobre muchacho. Es un gasto importante.

—No le dé más vueltas —dijo Ernest—. No se apure.

—Dígale a Eleanor que haré lo que pueda.

Los comentarios de último momento de su invitado dejaron a Ernest anonadado durante unos cuatro minutos. Después se retrepó en la mullida silla achocolatada y sonrió con ganas con su rostro juvenil, lo que hizo que se le formaran unas arruguitas en la frente que le llegaban hasta el nacimiento del pelo cano.

En menos de media hora ya estaba en Kensington y en el estudio. Vio a Eleanor en uno de los vestuarios anexos a la gran pista de baile superior y ejecutó unas magníficas piruetas para llamar su atención.

Ella se deslizó los pantalones de terciopelo por encima de las caderas y se apretó el cinturón como siempre hacía cuando quería pensar con claridad.

—¿Qué tal ha ido? ¿Sacaste algo en claro?

—Creo que sí —respondió.

—¿Pondrá el dinero?

—Creo que sí —respondió.

—Ernest, qué bien se te dan los hombres. Habría puesto la mano en el fuego por que no le sacarías ni un alfiler a Mervyn, sobre todo si me beneficiaba a mí de algún modo. Es tan roñica... ¿Qué te dijo? ¿Qué hiciste?

—Chantajearle —dijo Ernest.

—¿Cómo lo conseguiste, cielo?

—Te lo acabo de decir. Todavía no es seguro, claro. Pero estoy bastante seguro de que tendrás tu dinero, cariño.

—Pero ¿cómo te las apañaste?

—Chantajeándolo por error.

—¿Y eso qué quiere decir? Cuéntamelo todo.

—Lo invité a comer. Le hablé de tus apuros. Le pedí un préstamo. Me dijo que no. Después le pregunté más cosas sobre otro asunto y él se lo tomó como si lo estuviera chantajeando. Entonces, cuando ya se marchaba, cedió.

—¿Qué le preguntaste para que pensara que lo chantajeabas? ¿De qué asunto le hablaste?

—Lo siento, cariño, pero no te lo puedo decir. Es un tema privado.

—¿Tiene que ver conmigo? —preguntó Eleanor.

—No, no tiene nada que ver contigo en absoluto; te lo digo de verdad.

—¿De verdad que no tiene nada que ver conmigo?

—Te lo prometo.

Y dio por buena la respuesta. Ernest la dejó concentrada en sus cálculos, contando con la subvención de Mervyn Hogarth. Estaba sentada con las piernas cruzadas en una alfombra blanca de pelo rizado, pertrechada de papel y lápiz, sumando y multiplicando; como si jamás hubiera tenido un problema en la vida y ayer no hubiera tenido otro tema en la cabeza y en la conversación que la ruina económica. Antes de que se marchara, le dijo a Ernest:

—No te olvides de incluir la comida como gasto.

—¿Helena?

—Un momento, por favor.

—¿Helena?

—¿Diga? ¿Quién llama? Ah, eres tú, Ernest.

—He visto a Hogarth.

—¡Qué rápido! ¿Dónde?

—En mi club. Para comer. Es un hombrecillo de lo más desagradable que viste chaqueta de *tweed* escocés.

—Ernest, eres un prodigio. Ni qué decir tiene que correré yo con los gastos.

—Pensé que querrías saber cómo fue la cosa. Qué personajillo tan mustio.

—Cuéntamelo con pelos y señales. Me muero de ganas de saberlo todo.

—Laurence tiene razón. Entre tu madre y Hogarth pasa algo raro.

—¿Y qué es lo que pasa?

—No me lo ha querido decir, claro. Pero es algo importante, porque le ha cambiado el humor y le ha faltado tiempo para complacernos. Tiene un cuerpecillo de lo más lóbrego. Y qué comida más mala nos sirvieron; el cordero estaba duro como la corteza de un árbol, no estoy exagerando. Cree que sabemos más de lo que en realidad sabemos. Lo que nos da cierta ventaja, en mi opinión.

—Desde luego que sí. ¿Puedes venir inmediatamente, Ernest? ¿Y si coges un taxi?

—Me costaría unos diez chelines.

—¿Desde dónde llamas?

—Desde el metro de South Kensington.

—Ah, bueno; ven en metro si quieres. Pero si lo prefieres coge un taxi.

—Te veo enseguida.

Mientras Ernest telefoneaba esa tarde a Helena, Mervyn

Hogarth subía los escalones de entrada de una casa anodina y descuidada de Chiswick. Llamó al timbre. No se oyó ningún ruido, por lo que volvió a llamar sin levantar el dedo durante mucho rato. Seguramente estaba estropeado. Justo cuando miraba por el buzón para ver si detectaba algún movimiento se abrió la puerta y Mervyn casi acabó dándose de bruces en el rellano con el cuerpo de un hombre de aspecto siniestro vestido con un traje azul y una camisa que llevaba el cuello quitado.

—¿Es aquí donde vive la señora Hogg? —preguntó Mervyn.

Conocía el lugar, la residencia habitual de Georgina cuando visitaba Londres. Había estado antes y no le gustaba nada.

Ese día, Caroline Rose oyó en el hospital el tecleo de una máquina de escribir y las voces: *Conocía el lugar, la residencia habitual de Georgina cuando visitaba Londres. Había estado antes y no le gustaba nada.*

No es fácil prescindir de Caroline Rose. En este punto del relato está confinada en una cama de hospital y no debe permitirse que ninguna de sus experiencias la importune. Desgraciadamente, apenas pega ojo. Nunca durmió bien. Y de noche, en vez de llamar a la enfermera y pedir un tranquilizante, prefería saborear su propia vigilia, un lujo acentuado por el sueño profundo de las otras siete mujeres con las que compartía pabellón. Cuando la pierna no le daba demasiado la lata, Caroline, entre las damas durmientes, dirigía la mente al arte de la novela, divagando y barruntando durante esas largas horas y ejerciendo una influencia excesiva e inadvertida en la narrativa de la que supuestamente debía ausentarse durante un tiempo.

Tactac, tactac, ¡plin! Caroline, entre las damas durmientes, dirigía la mente al arte de la novela, divagando y barruntando durante esas largas horas y ejerciendo una influencia excesiva e inad-

vertida en la narrativa de la que supuestamente debía ausentarse durante un tiempo.

Su descomunal busto le causaba gran turbación a la señora Hogg; no tanto como forma de vanidad, pues ya tenía sus años, sino por la circunstancia de no saber qué hacer con él.

Cuando, cumplidos los treinta y cinco, había asumido la responsabilidad de cuidar y educar a los muchachos Manders, Edwin Manders le había comentado a su esposa:

—¿No te parece que es demasiado pechugona para tenerla en casa?

—Haz el favor de no ser desagradable, Edwin. Es muy buena mujer.

Laurence y Giles (el primogénito, muerto en la guerra) estaban entusiasmados con el turgente pecho de Georgina. A Giles era a quien más figuras retóricas se le ocurrían para describirlo; declaraba que bajo su blusa guardaba un par de calabazas, de ballenatos, de catedrales de San Pablo, de peceras para carpas. El interés de Laurence por el abultado pechamen de Georgina tenía una naturaleza más documental. Recabó información sobre sus abundantes existencias de corpiños, unas tiras largas y anchas de tela de un rosa chillón o de un blanco amarillento; algunas tan duras como la lona, otras más flexibles; de algunas pendían onduladas tiras que se entrecruzaban; otras tenían ojalillos y el ajuste más laborioso; algunas, los corchetes muy desgastados. Sabía exactamente cuál de estas prendas llevaba puesta Georgina en cualquier momento: con una de ellas parecía que tuviera cuatro pechos; con otra, que llevara un chaleco salvavidas como los que Laurence había visto en sus libros ilustrados sobre peligrosas travesías marinas. Sabía qué día llevaba el carísimo sostén hecho a medida que le había regalado su madre. Fue por la época en que Georgina se marchaba para casarse. La nueva prenda fue una decepción para los niños porque la hacía parecer normal (todo lo normal que podía parecer, dadas las circunstancias). Y sabían que a su madre la incomodaban aquellas nuevas protuberancias bien formadas que parecían avanzar como heraldos que iban por delante de la propia Georgina; los viejos corpiños eran desgarbados pero ¿acaso resultaba decente aquel nuevo artilugio?

—Alzaré mis ojos a los montes... —recitaba el pequeño Giles para deleite de los criados.

Los niños no pensaban lo mismo que su madre sobre la personalidad de Georgina. Cuando se marchó para casarse con su primo se pusieron locos de contentos.

—¿El primo sabe lo que hace?

—Haz el favor de callarte, Laurence, que te va a oír la señora Hogg.

Habían descubierto que era una entrometida, una tirana disimulada. Al año siguiente, la escuela secundaria, en comparación, les pareció un camino de rosas.

Georgina Hogg tenía ciertos atractivos cuando contrajo matrimonio: el pelo cobrizo, los ojos azules claros y grandes, el sonrosado rostro de lechón. En los «trágicos» años que siguieron (porque cuando las personas un tanto absurdas o retorcidas tienen mala suerte eso les parece trágico: la desgracia les cae encima con un golpe seco que no esperan y que no despierta la compasión ni el miedo de quien es testigo de ello, sino más bien la repulsión; por lo que la mala suerte que le sobrevino a Georgina Hogg no era en realidad trágica, sino solo patética), durante esos años posteriores al matrimonio, la señora Hogg había buscado en vano una prenda eficaz que domara su tremendo y creciente busto. Para ello se gastó mucho más de lo que podía permitirse; era como poner diques en el mar. En la época de su vida en la que conoció a Caroline Rose en Santa Filomena le había dado por no ponerse nada debajo de sus vaporosas blu sas. «Como Dios me trajo al mundo» podría haber pensado para justificarse en su momento de liberación recién descubierto.

«Como Dios me trajo al mundo» podría haber pensado para justificarse en su momento de liberación recién descubierto.

—Qué mal gusto —comentó Caroline—. Es repugnante.

—Pues, de hecho, le «había llegado» gran parte del pasaje anterior, el de la señora Hogg y los pechos.

«Qué mal gusto»: qué comentario tan típico de Caroline Rose. ¿No había sido ella, acaso, la primera en darse cuenta con asco de que a la señora Hogg se le transparentaba la blusa, aquella vez en Santa Filomena? Fue la propia Caroline quien introdujo en el relato el asunto del busto de la señora Hogg.

Tactac, tactac. Fue la propia Caroline quien introdujo en el relato el asunto del busto de la señora Hogg.

Caroline Rose suspiró postrada en el hospital pensando en sus recuerdos de la señora Hogg.

—No es un personaje veraz —observó al fin—. Solo es una gárgola.

Cuando el hijo de la casera, vago y metido en carreras de galgos, dejó pasar a Mervyn Hogarth en el edificio donde se hospedaba Georgina, fue conducido directamente al cuarto de esta. Al subir los escalones oyó el rápido corretear de los ratones, como si aquella parte de la casa estuviera deshabitada. Llamó a la puerta y la abrió de golpe. Allí estaba ella, con su triste sonrisa y el colosal busto dispuesto del modo más extraño que jamás había visto (y lo había visto adoptar formas de lo más extraordinarias): completamente torcido, con un lado hacia arriba y el otro cayéndose hacia abajo, pues, posiblemente por la agitación de enfrentarse a él, la tira del hombro derecho del corpiño se le había partido.

Tan ansioso estaba por decirle lo que pensaba, amonestarla y quitarse aquel peso de encima que se la quedó mirando sin darse cuenta de lo que hacía.

La señora Hogg dijo en un intento de recobrar la compostura a pesar de tener el busto torcido:

—Llegas tarde, Mervyn.

Se sentó con sigilo en la poltrona mientras ella se disponía a encender el fogón de gas de debajo de la tetera.

—No me pongas té —dijo—. Haz el favor de explicarme por qué estás metiendo las narices en todo. Has ido a ver a la señora Jepp. ¿Se puede saber qué estás tramando?

—Yo sí sé lo que tramas tú —dijo—: el contrabando de diamantes. —Se sentó en la butaca que tenía junto a la ventana de modo que el costado donde había estallado el corpiño quedara oculto a sus ojos.

—Te lo ha contado la señora Jepp.

—Sí, y es verdad. Puede permitirse ser sincera.

—Andrew está metido en el ajo —dijo él.

—Ah sí, qué raro. Ya has echado a perder a Andrew. Era de esperar que lo convirtieras en un delincuente.

—¿Por qué fuiste a ver a la señora Jepp, exactamente?

—Sé que puedo ayudarla si tengo oportunidad. Es una anciana retorcida, pero no sabía que andaba metida en negocios contigo y con Andrew. Cuando oí que decía «Mervyn y Andrew Hogarth» sentí que me atravesaban el corazón con un puñal. —Y cogiendo su pañuelito, se apuñaló cada ojo.

Mervyn Hogarth, que la observaba, se dijo para sus adentros: «Jamás siento lástima de mí mismo. Una mente más frágil estaría hecha añicos por las calamidades que me ha impuesto la vida. No me faltarían cosas que lamentar si fuera yo un hombre que se regodeara en la autocompasión.

Georgina seguía hablando:

—Primero la bigamia y ahora el contrabando de diamantes. El contrabando de diamantes nada más y nada menos. Repetía aquella inmoralidad supina con dramático desdén, todavía de perfil, levantando la nariz. Vista así, se parecía mucho a Mervyn.

Estaba decidido a asustarla, aunque al principio solo había querido darle un toque de atención.

Georgina Hogg no tenía por qué preocuparse del estrambótico aspecto que tenía aquella tarde porque Mervyn, a pesar de estar mirándola fijamente, en realidad no la veía. Había agitado en él, como siempre, una marea de viejas penalidades que acababan difuminando las dimensiones míticas y desordenadas de Georgina; siendo ella la culminación del error de una vida, ella en quien podía ahogarse una y otra vez si no conseguía asustarla.

No tenía por qué temer que la mujer cuyo perfil se dibujaba contra la ventana fuera a denunciarlo jamás abiertamente por su bigamia con Eleanor.

De niño, había observado cómo se comportaba su prima Georgina con los demás primos: Georgina a los diez años, llegando a la granja donde pasaban las vacaciones de verano, con aquella cara bajo la que no circulaba la sangre, aquel pelo rojizo, aquellos ojos sin pestañas; veía su glotonería, les decía a sus primos:

—Sé lo que piensas.

—No; no sabes lo que estoy pensando justo ahora, Georgina.

—Sí que lo sé.

—A ver, ¿el qué?

—No debo decirlo. Pero lo sé porque voy a clase en un convento.

Siempre tenía algo en la boca: hierba. Comía hierba cuando no había otra cosa.

—Georgina, eres una tragona.

—¿Por qué habéis zarandeado al pobre gato de la cola?

Descubría sus transgresiones y se aprovechaba de ellas, nunca se chivaba. Echaba a perder sus juegos.

—Yo quiero ser la reina de los turcos.

—¡Georgina, cacho carne, eres una pava!

Incluso Mervyn, que era un niño callado, la imitaba:

—¡Yo quiero ser la reina de las pavas!

—Has robado dos peniques. —Y, con esta respuesta, Georgina parecía tan satisfecha como si se estuviera comiendo un bocadillo bien grande. Mervyn, el acusado, se veía abrumado por las palabras; pensó que quizá eran verdaderas y al final, a medida que transcurría el día, se las acababa creyendo.

Se había casado con ella a los treinta y dos años en vez de esculpir su imagen en piedra. No había sido su primer error y su presencia, medio vuelta hacia la ventana, secándose los ojos a golpes con el furioso pañuelito lo aguijoneaba con un conocimiento no deseado de sí mismo.

«Sé que tengo talento para ser escultor si encuentro el medio adecuado... el entorno adecuado... el clima adecuado... una visión bella de la forma femenina si hallo a la modelo adecuada... las influencias adecuadas» y cuando cumplió los cuarenta aquello se convirtió en: «Tenía talento... ojalá hubiera dado con los profesores adecuados».

Por esa época se había casado con Georgina en vez de martillear su imagen en piedra. Un error. Resultó que no era en absoluto de su estilo; sus principios morales eran tan llanos como sensuales eran sus formas; soltaba píldoras amargas mientras se le hinchaban los pechos con el embarazo. La dejó a los cuatro meses. Georgina se negó a divorciarse: ese era el error de haberse casado con una católica. No le dejaba ver a su hijo; fue un error haberse casado con una prima hermana, el niño fue inválido de nacimiento, y Georgina fue de hospitales a conventos, dondequiera que la llevaran sus distintos empleos. En las pocas cartas que escribió a Mervyn, lo miraba maliciosa desde su posición de mártir. Él le enviaba dinero, pero jamás un mensaje de respuesta.

En los siguientes veinte años, Georgina se presentaba de cuando en cuando en la casa de Hampstead, donde viven los Manders, para volver una y otra vez sobre sus problemas. Helena casi nunca se negaba a verla, aunque apenas toleraba la presencia de Georgina. A medida que iban pasando los años, Helena soportaba aquellas sesiones con su detestable antigua empleada, mostraba una compasión banal, le ponía regalitos en la palma de la mano y, cuando la mujer se había marchado, les «ofrecía» la penosa entrevista a las almas penitentes del purgatorio. A veces Helena le encontraba trabajo recomendándola a personas o a instituciones con un sentido de culpa indistinto pero desesperado.

«Estoy convencida de que está mucho mejor sin el señor Hogg», solía decirle Helena cuando Georgina se lamentaba de que su marido la hubiera abandonado.

«Es la voluntad de Dios, Georgina», solía decirle Helena cuando aquella se quejaba de la malformación de su hijo.

«Sí, y es mejor que sea inválido y no un bárbaro como el señorito Laurence», le contestaba entonces la mujer.

Ese tipo de cosas debía soportar Helena; en parte por debilidad y en parte por determinación.

Tras una larga ausencia, de repente Georgina había aparecido un día con su rectitud herida y desbordada, como antaño. Esa vez, le dio una patada al gato de los Manders justo cuando Helena entraba en el salón. Esta fingió que no se había dado cuenta y se sentó como siempre a escuchar a la mujer.

—Señora Manders —dijo Georgina dándose unos toquecitos en los ojos con el pañuelo—. Me he quedado sin hijo.

Lo primero que pensó Helena fue que se había muerto.

—¿Cómo?

—Que me he quedado sin hijo. Se ha ido a vivir con su padre —dijo la señora Hogg—. Me la ha jugado, imagínese. Ese hombre del demonio ha estado viendo a mi hijo a escondidas en la pensión. Hace meses que dura esta indignidad, lady Manders. El padre tiene dinero, ¿sabe? Y mi pobre chico, siendo como es un buen católico...

—¿El padre se lo ha llevado?

—Sí. Andrew se ha ido a vivir con él.

—Pero está claro que no puede hacer eso. Tiene que exigirle que se lo devuelva. ¿En qué estarán pensando las autoridades? Deje que yo me ocupe de esto, Georgina.

—Andrew es mayor de edad. Se marchó por su propia voluntad. Le escribí, le supliqué que me lo contara o que nos viéramos. No quiere, no hay manera...

—¿Y las autoridades no la avisaron de que Andrew se marchaba? —preguntó Helena.

—No, fue todo muy repentino, pasó en una tarde. Me dijeron que no estaban autorizados a impedirlo, y en ese momento yo estaba en Bristol, en un puesto temporal. Es terrible, una verdadera tragedia.

Más tarde le diría Helena a su marido:

—Pobre señora Hogg. No le faltaban motivos para estar disgustada. Ojalá me cayera bien, pero hay algo en ella que es tan dañino...

—¿Ah, sí? —dijo él—. A los niños no les gustó nunca, acuérdate.

—¿Le tendrá manía su propio hijo?

—No me sorprendería.

—Quizá se las apaña mejor sin ella...

—Tampoco me sorprendería.

Solo hubo un fatídico evento que Georgina Hogg evitó mencionar a los Manders. El asunto de la bigamia de Mervyn, que se había vuelto a casar bajo el falso apellido de «Hogarth».

La señora Hogg se apartó de la ventana para encender el hornillo de gas.

—Por culpa tuya, Andrew es un maleante —le dijo a Mervyn.

—Al chico le gusta el riesgo.

—Primero, lo de la bigamia —dijo—. Y ahora, lo del contrabando. Pues ya verás, quizá un día te llevas una sorpresita. No pienso quedarme de brazos cruzados mientras tiras por la borda la vida de tu hijo.

Sin embargo, Mervyn sabía que jamás revelaría (escándalo mediante) el preciado secreto con que podía atacarlo. Contaba en todo momento, indefectiblemente, con la chantajista moral que llevaba dentro Georgina; de niño conoció sus hábitos depredadores con los sórdidos secretos de los demás. Tenía debilidad por los delitos penados por la ley, y por ello protegía con celo a su presa de la atención de la justicia. El conocimiento del delito estaba a salvo con ella; lo que le interesaba era el malhechor, su tranquilidad de conciencia, si podía conseguirla. De ahí que Mervyn se hubiera aprovechado de su manera de ser sin miedo a que fuera por ahí contándole a cualquiera lo de su bigamia (otro de sus «errores»), y mucho menos que era contrabandista. Habían pasado ya tres años desde que la señora Hogg había dado con el importantísimo hallazgo de su bigamia. Todo se debía a que había recibido una carta anónima, sin más. En ella se le decía que su marido, bajo el apellido de Hogarth, había celebrado una suerte de matrimonio en el registro civil con la mujer con la que desde entonces compartía su hogar. Georgina pensó que era muy probable; demasiado incluso para confiárselo a Helena, que podía haber investigado el asunto y despertado un gran revuelo público.

Georgina decidió en su lugar investigarlo ella misma. Empezando por la carta: al observarla con detenimiento, supo que era obra de Andrew. Aquella muestra de deslealtad la alegró tanto como la alteró el contenido, por lo que tenía de triunfo.

Era verdad. Georgina se presentó en Ladle Sands, Sussex, donde residía la pareja, y le montó una buena a Eleanor.

—Parece que llevas unos cuantos años viviendo con mi marido.

—Así es —dijo Andrew, que estaba presente.

—Tengo que pedirle que se vaya —le repetía Eleanor una y otra vez, muy desconcertada con la situación.

Así de trivial fue todo.

Eleanor dejó a Mervyn Hogg, ahora Hogarth, al poco de descubrir el engaño. Recreó muchas veces el incidente delante del barón. Le sacó mucho jugo, pero su capacidad interpretativa era inferior a su talento para la invención dramática; lo que Eleanor añadía a la escena no hacía más que desvirtuar la inequívoca calidad del original, que ya solo perduraba en las memorias de Andrew y de Georgina, exultantes ambos a pesar del cariz distinto de sus satisfacciones y de la distancia que los separaba. Con todo, al barón le impresionó lo que repetía Eleanor: «¡La señora Hogg es una bruja!».

La señora Hogg esgrimía el horror de la bigamia como un triunfo. El terror que sentía por que Eleanor tomara acciones legales contra el bígamo quedaba en parte aplacado por el hecho de que Eleanor tuviera una reputación que mantener alejada de escándalos.

—Sin embargo, yo saldría peor parada que ella. Siempre he sido una mujer respetable, mientras que ella es una bailarina —declaró Georgina en una de sus visitas poco gratas a Ladle Sands. Gracias a la bigamia había podido marcharse de la casa de Hogarth.

—Además —puntualizó—, este asunto debe quedar en secreto por el bien de Andrew.

—Yo no tengo manías —dijo Andrew.

—Imagínate lo que pasaría si se enteraran mis amigos los Manders —dijo Georgina mientras apoyaba una postal de Santa Teresita en la repisa de la chimenea.

Durante un año repitió esas visitas con frecuencia, hasta que al fin Mervyn la amenazó con entregarse a la policía.

—Valdrá la pena pasar de seis a doce meses en la cárcel para tener un poco de paz —declaró.

—Buena idea —le dijo Andrew.

—Estás poseído por el Diablo —le dijo su madre al marcharse por última vez mientras lanzaba una mirada displicente a unas estatuillas de escayola rotas que había sobre una mesa—. ¡Vaya, resulta que a Mervyn le ha dado por modelar!

Mervyn seguía repitiéndose, sentado en aquel cuartucho de Chiswick, entrada ya la tarde, que si fuera un hombre dado a compadecerse de sí mismo, tendría mucho entre lo que elegir. Era un error después de otro. Se le pasó por la cabeza que, una vez, estando casado con Eleanor, se había resbalado al cruzar la muy pulida pista de baile. Los suelos encerados eran un sinsentido; se rompió un colmillo y como consecuencia, mantenía él, había perdido el sentido del olfato. Más calamidades, más errores regresaban a él como un torrente que todo lo inundaba.

Lo que temía no era que Georgina revelara sus delitos, sino el daño que podía causar en el cuerpo y en el alma su fanático intrusismo moral, tan cercano a una manía ancestral.

Georgina seguía hablando.

—Arrepiéntete y conviértete, Mervyn.

Se estremeció, encogido como estaba en la silla, traspasado por un escalofrío de peligro. El apetito de Georgina por los conversos a la fe era aterrador, pues por la fe se refería a sí misma. Sintió que menguaba en una pieza de presa manejable que rondaba por las orillas de su monstruosa boca, destinada a ser masticada, triturada en una papilla, y a deslizarse informe por el abominable barranco, por aquella garganta que casi acertaba a ver mientras ella sonreía con gesto exculpatorio.

—Arrepiéntete, Mervyn, y conviértete.

Y por si acaso pudiera convertirlo tal vez mediante alguna reacción química en una pequeña célula de aquella nada absoluta, se puso en pie de un brinco y se rio por lo bajo.

—Abandona esa mala vida que llevas —le dijo ella—. Líbrate de las garras de la señora Jepp.

—No sabes lo que es el mal —le contestó a la defensiva—, ni tampoco sabes distinguir entre lo bueno y lo malo... Confundes a Dios con la agencia tributaria y a saber con qué más. —Y recordó en ese momento varios ejemplos de los liosos principios morales de Georgina, y regresó a los errores que había cometido en la vida, a su desperdiciado talento para el arte, a sus matrimonios, al día del resbalón y el colmillo roto, y también a otro suceso no demasiado lejano en que perdió sus cheques de viaje cuando llevaba media hora en Bolonia con un conocido de sus años mozos con el que se tropezó por casualidad. Además, tenía una úlcera estomacal resultado de todas aquellas torpezas. Pensó en Ernest Manders, en el dinero con el que había comprado su silencio. Volvió a sentarse y se preparó para desafiar a Georgina.

—Déjame que te cuente lo que ha pasado desde que has metido la nariz en mis asuntos: los Manders nos siguen la pista.

—¿Los Manders? No se atreverán a hacer nada. Cuando vi a lady Manders para hablarle de mis sospechas vi que estaba muy asustada por su madre.

—¿Se lo has contado a lady Manders? ¡Vaya, te ha faltado tiempo! No me extraña que el tema ande de boca en boca.

—Siento decirte que parecía más asustada que afligida —puntualizó Georgina—. No se atreverá a hacer nada porque su madre está implicada.

—La vieja desempeña un papel muy secundario en nuestro plan. ¿Tú crees que nos arriesgaríamos a dejarlo todo en manos de esa cacatúa senil?

—De senil esa mujer no tiene nada.

—El trato que tenemos con la señora Jepp es mínimo. Casi inexistente. Los Manders nos pisan los talones; tienen intención de montar un buen escándalo. ¿No te das cuenta de lo que dirán? Que nos hemos aprovechado de una pobre ancianita indefensa. Ese es el cuento con el que me ha venido Ernest Manders hoy.

—Conque has visto a Ernest Manders, a ese pervertido —dijo Georgina.

—Pues sí. Nos está chantajeando. Gracias a tu intromisión. Pero no pienso acobardarme. No me da ningún miedo pasar unos años en la cárcel después de todo lo que he tenido que soportar en la vida. Estoy seguro de que Andrew se librará por su enfermedad. Quizá lo internarán en algún centro vigilado. Ni se inmutará. Nuestro apellido auténtico saldrá a la luz, eso sí, y te llamarán para que testifiques. A Andrew le importa todo un pimiento. Eso mismo me dijo el otro día: «Me importa todo un pimiento».

—Has echado a perder a Andrew —repitió como siempre hacía.

—Justo iba a llevarme a Andrew de peregrinación a un santuario de Einsiedeln, pero hemos tenido que cancelarlo gracias a tu entrometimiento —le contestó él.

—¿Tú yendo de peregrinación? No me lo trago. Tú jamás irías de santa peregrinación —dijo ella.

Sir Edwin Manders llevaba dos semanas de retiro.

—Edwin lleva dos semanas de retiro —dijo Helena.

Ernest, que estaba cenando con ella, se percató de que lo había dicho ya tres veces desde que había llegado; daba la impresión de que casi hablaba para sí misma. «Supongo —pensó— que debe de quererlo», y le sorprendió lo peculiar de aquel amor, fuera cual fuera su naturaleza. Con ello no quería decir que su hermano no fuera digno de ser amado si uno lo observaba con benevolencia, pero costaba imaginar el afecto de una esposa dirigido a Edwin en los últimos años, pues rehuía el mundo a pesar de su temperamento siempre afable, siempre afable; con su afabilidad indiscriminada.

Para él, intentar tantear a su hermano era un apuro insoportable. Ernest había decidido que este último intento sería de verdad el último.

—Un bachecillo, Edwin. Hemos hecho algunos arreglos caros en el estudio. Es una pena que Eleanor no tenga olfato para los negocios. Ella estaba convencida de que el interés económico del barón por la escuela quedaba al margen de cualquier asunto personal —de cualquiera— cuando en realidad el compromiso del barón era bastante limitado; una mera ayuda, por así decirlo. ¿Te parece que promocionar lo que intentamos sacar adelante Eleanor y yo te resultaría una empresa interesante, en interés tuyo, para satisfacer tu deseo de invertir? —Y etcétera.

Edwin le había contestado, todo afabilidad:

—Si te soy sincero, Ernest, no tengo ningún interés especial en invertir en ninguna escuela de baile. Pero, mira: te expediré un cheque. No tienes que preocuparte por devolvérmelo. Seguro que es el mejor modo de solucionar el problema.

Le dio a Ernest el papelito que acababa de firmar y doblar muy pulcramente. Era obvio que se sentía cómodo con aquel gesto; no había nada en aquella transacción que pudiera despertar ningún resentimiento importante, aun así Ernest se sentía terriblemente incómodo; enervado, a saber por qué.

Ernest se arrancó a hablar:

—No sé ni cómo darte las gracias, Edwin; Eleanor se pondrá contentísima... —Cuando en realidad lo que habría querido decir es: «No queremos ningún regalo; esto es una propuesta de negocio», pero la sonriente imagen de su hermano borró aquellas palabras.

—Nada, nada, no hay que darle más vueltas. —Edwin parecía sorprendido; como si hiciera veinte años, enterrados ya en el baúl de la memoria, que había firmado ese cheque.

Ernest se metió el regalo con torpeza en el bolsillo; el nerviosismo exageraba sus ademanes femeninos. El hermano hablaba desapasionadamente del *ballet*, de los famosos bailarines a los que había visto; todo ello como muestra de buena voluntad, pues Ernest sabía que hacía muchos años que su hermano se había retirado a una vida de meditación interior, por llamarla de alguna manera. Sacó el tema del *ballet* con la mejor intención, pero a Ernest le molestó, y además tenía que irse a casa a dormir. Al día siguiente se acordó del cheque, lo miró y se lo llevó a Eleanor.

—¡Cincuenta libras! ¡Será agarrado! ¡Con la de dinero que tiene tu hermano podría ser inversor! —A Ernest le irritó su tono.

—Abstente de usar tantos signos de exclamación —le dijo—. No quiere invertir en la escuela, ¿o es que no lo ves? Se ha esforzado mucho por ser amable. Cincuenta libras es un generoso regalo.

Eleanor se compró un vestido de grogrén negro con una encantadora onda en la espalda que encajaba tan bien con su porte lúbrico que Ernest se sintió mejor. Con lo que sobró del vestido, Eleanor dejó dinero a cuenta para una pulsera de ámbar.

—¿A que a tu hermano se le caería el alma a los pies si se enterara de dónde ha acabado su sacrosanto dinero?

—Para nada. No le sentaría mal —dijo Ernest—. Ni se sorprendería.

Por cuarta vez, Helena musitó:

—Edwin lleva dos semanas de retiro.

—Cuando vuelva —dijo Ernest—, tienes que contárselo todo; será lo mejor.

—Primero tenemos que arreglarlo. Nunca le cuento mis problemas a Edwin hasta que se han solucionado.

—Tengo la impresión de que ya no hay de qué preocuparse. Hogarth se asustó de verdad; menudo hombrecillo delicaducho está hecho. Me tiré un farol sensacional.

—Si está asustado es que algo de verdad hay en lo que sospechamos. Laurence tenía razón.

—¿De verdad importa que no sepamos exactamente en qué lío se ha metido tu madre si conseguimos pararle los pies?

—Me gustaría saber un poco más —dijo Helena—, pero mamá está tan metida en el embrollo, Ernest, tanto; y a su manera es tan inocente... Sé que es una limitación mía no ser capaz de aceptar su inocencia sin entender de qué va la cosa. Me refiero a lo de los diamantes en el pan y al origen de sus ingresos. Es un grave defecto que tengo, Ernest, pero me veo en la obligación de querer saber lo que pasa; es natural.

—Perfectamente natural, querida —respondió Ernest—. Y yo no me reprocharía nada.

—Ay, querido Ernest, claro que no tienes nada que reprocharte.

Lo que Ernest había querido dar a entender era: «Y yo *que tú* no me reprocharía nada», pero no la corrigió. Una débil llovizna había empezado a repiquetear en los cristales.

—Contratemos a un gabinete de detectives privados y zanjemos el tema de una vez —sugirió él.

—Ay, no, ¿y si descubren algo? —dijo sin asomo de burla.

Ernest, que odiaba mojarse, se marchó al poco de comer por si el chubasco se acababa convirtiendo en una lluvia torrencial.

Hacía casi media hora que se había ido, eran las nueve y media y Helena pensaba ya en rezar el rosario y meterse en la cama con una bolsa de agua caliente porque había refrescado, cuando sonó el timbre. Al segundo la madura ama de llaves asomó la cabeza por la puerta del salón.

—¿Quién es, Eileen?

—La señora Hogg. La he sentado en el recibidor. Quiere verla. Dice que vio luz en el salón. —Esta Eileen conocía a la señora Hogg; fue su matrimonio el que se precipitó porque Laurence había leído sus cartas de amor. Aunque hacía poco que se había reincorporado al servicio de los Manders después de una época de pindongueo, retenía recuerdos suficientes de sus días como ayudanta de cocina, y especialmente de la señora Hogg, para que le molestaran las visitas que hacía la mujer a la casa y las charlas con lady Manders en el salón.

—Iba a acostarme ya, Eileen. Pensé que meterme pronto en la cama me haría bien...

—Se lo digo —respondió Eileen antes de esfumarse.

—No, dile que suba —la llamó Helena.

Eileen asomó de nuevo la cabeza por la puerta con la cara que pone alguien que exige una decisión en firme.

—Dile que suba —dijo Helena—, pero dile también que estaba a punto de acostarme.

A Helena se le pasó una idea absurda por la cabeza mientras oía las pisadas que subían por las escaleras. Pensó: «qué emocionante ser yo», y lo ventajoso de su personalidad inundó sus pensamientos como si fueran los de otra persona: sus buenos modales y sus propiedades, su salud de hierro, su temperamento agradable, su modestia y su caridad; y sintió cierta emoción por ver a la señora Hogg. Sintió su fuerza, una cierta indiferencia, la libertad de ponerse totalmente de parte de su madre en caso necesario.

No fue necesario. La señora Hogg estaba dócil. Empezó

disculpándose por la visita anterior a propósito de la carta de Laurence.

—Estaba mal de los nervios. Quise abarcar demasiado en Santa Filomena. Hay días que llegamos a tener hasta ciento treinta peregrinos...

—Claro, Georgina —respondió Helena.

Georgina pasó a explicarle que había reflexionado. No cabía duda de que había malentendido la carta del señor Laurence. No era más que una broma, ahora lo entendía.

—Para empezar, no tendría que haberla leído. No era para usted.

—Lo hice con buena intención —respondió la señora Hogg secándose los ojos. Y le dio la carta a Helena.

—¿Qué es eso? —preguntó Helena.

—La carta de Laurence. Para que vea por qué pensé mal.

Helena la rompió en dos mitades y la tiró al fuego.

—Espero que no haga nada más al respecto —dijo Georgina.

—¿Al respecto de qué? Acabo de quemar la carta. ¿Qué más quiere que haga?

—Me refiero a lo de su madre. Pobre mujer, seguro que es una santa —dijo Georgina, que al ver la cara de Helena añadió—, en el fondo.

La entrevista discurrió media hora más antes de que Helena se diera cuenta de lo desesperada que estaba la mujer por poner punto y final a las averiguaciones. Apenas había pasado un mes desde que la señora Hogg se presentara ante su madre en la casita de campo. Helena se quedó perpleja por ese cambio de actitud; aun así, sus sospechas se disiparon al ver a la señora Hogg dándose toquecitos con el pañuelo en los ojos llenos de lágrimas.

—Me alegro de que haya entrado en razón, Georgina.

—Yo solo lo hacía con buena intención, lady Manders.

—Tengo entendido que fue a ver a mi madre. ¿Por qué motivo?

Georgina se azoró, lo que hizo que Helena se diera cuenta de que sus sospechas se confirmaban: entre su madre y la señora Hogg pasaba algo más.

—Pensé que le vendría bien una mujer de compañía —dijo la señora Hogg a media voz—. Usted misma lo sugirió no hace mucho.

Helena sintió un arranque de valentía.

—¿Me está diciendo que le ofreció sus servicios a la señora Jepp cuando creía que era una delincuente?

—Una católica puede hacer mucho bien entre la gente vil.

—Mi madre no tiene nada de vil, Georgina.

—Sí, ya me he dado cuenta.

Se oyó un toque en la puerta y un:

—Ya tiene la bolsa de agua en la cama, lady Manders.

—Gracias, Eileen.

La señora Hogg se levantó. Dijo:

—Entiendo, pues, que el asunto queda zanjado.

—¿Qué demonios le preocupa tanto? Pues claro; ya no hay más que hacer al respecto —respondió Helena.

—¡Gracias al cielo! Por fin podré estar tranquila.

—¿Dónde está ahora? ¿Tiene trabajo? —preguntó Helena casi por la fuerza de la costumbre.

—No, lady Manders.

—¿Tiene algo previsto?

—No, estoy preocupada.

—Venga a verme mañana a las cinco.

Antes de acostarse, Helena llamó a Ernest.

—¿Estás levantado, Ernest?

—No, estaba en la cama.

—Ay, te he despertado, perdona.

—No, estaba despierto.

—Ernest, solo quería decirte que la señora Hogg vino a verme después de que te marcharas. No sé por qué pero está nerviosísima por poner fin a cualquier averiguación. Me pidió perdón por haber desconfiado de mi madre.

—Eso es bueno, ¿no?

—Sí, sí, pero ¿no te parece que este cambio tan repentino es un poco raro? ¿Y precisamente ahora?

—¿Estás segura de que no tiene nada que ver con Hogarth? —preguntó Ernest con voz más despierta.

—La verdad es que jamás la he oído mencionar ese nombre. ¿Es católico?

—Me parece que no.

—Entonces seguro que no tiene ninguna relación con él. Con lo de la religión es muy suya.

—¿No crees que vaya a intentar chantajearnos? Los chantajistas operan de manera curiosa.

—No, si hasta me ha traído la carta de Laurence. La quemé delante de ella. Me las apañé bastante bien, Ernest.

—Por supuesto. Bueno, pues olvidémonos de la señora Hogg. Por esa parte no tenemos nada más de qué preocuparnos.

Le agradeció aquel «tenemos».

—Puede que no. Le he pedido que venga mañana por un trabajo. No quiero perderla de vista.

—Buena idea.

—Aunque, las cosas como son —dijo Helena—; a mí me da que Georgina está un poco ida.

A esa hora, el señor Webster estaba tumbado en la cama, en el piso de arriba de la panadería, pensando en las satisfacciones del día. A pesar de su cansancio tras el viaje a Londres se había ido directo a ver a la señora Jepp, a la que le había repetido con meticulosa fidelidad la charla que había tenido con el barón, y juntos habían calculado el importe del pago y los beneficios como siempre hacían.

—Me alegro de haberle mandado huevas de arenque —dijo Louisa—. Casi me da por enviarle fruta, pero me gusta sorprender un poco al barón con algo distinto. El arenque además es buenísimo para el cerebro.

—¡Qué día tan agitado! —dijo el señor Webster sonriéndoles a las paredes antes de despedirse.

El barón Stock también había tenido un día «agitado». Aborrecía el mercadeo, pero era un mal necesario. La librería, de no haber sido un apéndice que añadía sofisticación a su personalidad, habría sido un lastre.

Cuando se hubo marchado el bueno de Webster, el barón dio por concluida la jornada y cerró la librería y, llevándose consigo la lata de huevas de arenque de Louisa Jepp, que puso a buen recaudo, se fue a casa. Allí la abrió y, volcando el contenido en un plato, escudriñó las húmedas y pálidas capas de pescado embrionario. Cogió un cuchillo y, levantándolas una por una, retiró delicadamente entre capa y capa un pequeño tornillo de papel blanco encerado. Una vez quitados todos, colocó los perdigones de papel en un platillo y los abrió cuando estuvo cómodamente sentado ante el fuego. Los diamantes eran una preciosidad, al acercarse a la ventana para verlos mejor, refulgían con su parpadeo cambiante y duro como el hielo.

—Más azul, imposible —dijo una hora más tarde, cuando se sentó en la trastienda aneja a una sala de altos techos de Hatton Garden.

El joyero no contestó. Entornaba un ojo y con el otro observaba las gemas a través de la lente; contemplaba aquellas preciosidades una por una. El barón pensó después, como siempre le pasaba: «Necesito un contrato nuevo, este hombre me toma

el pelo». Pero entonces se acordó de lo cortante e imperturbable que era ese perista, tan distinto a los revendedores que,
al toparse unos con otros en las aceras de Hatton Garden, se
iban de la lengua al segundo con su brío mercantil y no podían
evitar enseñarse allí mismo la diminuta y preciosa mercancía
que sacaban de bolsillos de chalecos envuelta en papel de seda.
Era imposible imaginarse al callado perista del barón siquiera pisando la calle —puede que jamás se fuera a casa, puede
que no tuviera casa a la que ir—; solo era posible imaginárselo
sentado muy alerta, en ayuno perpetuo, llegando a ventajosos
tratos lacónicos con la clase de gente que quería venderle unos
diamantes.

Esa misma tarde, unas horas después, el barón tomaba una
copa de Curaçao en su apartamento y decidía que hacer negocios resultaba agotador. El viaje trimestral a Hatton Garden y
el regateo desganado con el joyero lo habían dejado sin fuerzas. Hizo como si se recostara en la hamaca de sus pensamientos, meciéndose suavemente adelante y atrás por el discurrir de
aquel día, y antes de acostarse se dispuso a escribirle una carta
a Louisa.

«Las huevas de arenque, mi queridísima señora Jepp, son
una exquisitez que he picoteado para cenar y que me ha sentado de maravilla después de un día agotador (pero satisfactorio).
Las puse a tostar en la parrilla... ¡Riquísimas! El proceso que ha
seguido para conservarlas es una maravilla. El contenido de su
lata era más delicioso que las ostras, más peculiar que...» pero la
mente se le había ido a otras exquisiteces, al misterioso Mervyn
Hogarth, a la *enteresante* magia negra.

Qué día tan agitado había tenido también Mervyn Hogarth,
que a su regreso a Landle Sands se había encontrado a Andrew
con uno de sus terribles berrinches. Cuando se ponía de aquellas
maneras, Andrew tenía la manía de escupirle a cualquiera. El
muchacho había quedado a cargo de una mujer del pueblo a la

que había escupido tanto que se había marchado a casa mucho antes de la hora acordada y había dejado al joven inválido a solas al caer la tarde. Cuando Mervyn pudo al fin meterse en la cama intentó quedarse dormido leyendo algo, pero empezó a sentir el hormigueo de los «errores» del día; se quedó despierto en plena oscuridad, preocupado por la astucia de Ernest Manders, la insulsa comida, el chantaje; murmurando lastimero para sus adentros: «Vaya día, vaya día» muy pasada la medianoche.

Y vaya día había tenido la señora Hogg, esa gárgola, que trepaba hacia su cuarto ratonil de Chiswick donde, al abrir la puerta, dos roedores se escabulleron uno tras de otro por su agujero, junto al contador del gas.

Sin embargo, tan pronto como entró en su habitación, la señora Hogg desapareció. Sin más. No tenía vida íntima de ninguna clase. Dios sabe adónde iría cuando estaba a solas.

8

Está por ver que Mervyn Hogarth le hubiera dedicado en toda su vida más que un pensamiento pasajero a cualquier clase de magia negra o ciencia oculta. Desde luego, no tenía ningún tipo de interés persistente en el satanismo, la brujería, el demonismo o cultos parecidos (y mucho menos en su práctica). Aun así, el barón Stock estaba convencido de lo contrario.

Pero no fue hasta Año Nuevo cuando el barón pudo recabar pruebas. Solía confiar en Caroline, ya que desde su regreso a Londres se veían casi tan a menudo como antes. Ahora vivía en un piso de Hampstead, bastante cerca de él, y solo una leve punzada en la pierna antes de que se pusiera a llover avivaba el recuerdo de la fractura y, con él, la sorpresa de haber sufrido un accidente tan grave.

—Es raro —dijo el barón— que Eleanor me dejara como me dejó; los motivos que me dio. ¿Te llegaste a enterar?

—Sé que sospechaba de que participabas en misas negras y cosas por el estilo —respondió Caroline.

—No me sorprende —dijo el barón—. Una mujer con la *enteligencia* limitada de Eleanor es incapaz de distinguir entre tener interés por una actividad y participar en ella. A mí, por ejemplo, me interesa la *erreligión*, la *epoesía*, la *psecología*, la teosofía, el ocultismo y, por supuesto, la *edemonología* y *cl csa-*

tanismo, pero no tomo parte en ninguno de ellos; no los practico.

—Y lo que más te interesa es el satanismo —observó Caroline.

—Sí, sería lo principal. Como intenté explicarle a Eleanor por esa época, para mí estos estudios son un pasatiempo de adulto; participar en esos ritos absurdos sería pueril.

—Bastante, sí —respondió Caroline.

—He asistido, eso sí, a algunas misas negras y ceremonias de otros cultos; pero como mero espectador.

—Esto... —dijo Caroline.

Hacía un día ventoso, y desde las ventanas del ático de Caroline no se veía más que el cielo con su cohorte de nubes presurosas. Era uno de esos días en que tenía sentido quedarse en casa, malgastar una tarde entera compartiendo importantes confidencias con un amigo delante del radiador eléctrico de dos resistencias.

—Era imposible hacer entrar en razón a Eleanor —seguía diciendo el barón—. Y por algún motivo que no alcanzo a entender, la idea de vivir con un hombre cuyo pasatiempo era la magia negra la horrorizaba. Ahora bien, querida Caroline, lo curioso es que desde entonces he descubierto que su primer marido, Mervyn Hogarth, era un satanista furibundo. Seguro que por eso lo abandonó.

—No le des más vueltas, Willi. Tanto tú como ella estáis mejor separados.

—Ya lo he superado. Y tú —le dijo él— también estás mejor sin Laurence.

—Lo nuestro es distinto —le espetó ella—. Entre Laurence y yo queda amor; pero entre Eleanor y tú no hay amor perdido.

—No hay amor perdido —dijo—, pero si pienso en ella me sigue doliendo.

—Claro —dijo ella de buenas maneras.

—Sin embargo, no es suficiente, mi adorada Caroline —continuó— para llevarme a abandonar mis investigaciones. No hay quien entienda a la gente. Uno puede hallar barbarie y superstición en quien menos imagina. El asunto, la gente, me estimulan *entensamente*. En este preciso momento, tengo puesta casi toda mi atención en el tal Mervyn Hogarth. Es (te lo aseguro, Caroline) el principal satanista del reino. Tan seguro estoy que he contratado detectives. Lo tengo vigilado.

—¡Venga ya! —dijo Caroline.

—Lo digo en serio —contestó el barón—. Lo tengo vigilado. Me mandan informes. Tengo ya un expediente con toda la información. Me ha costado un ojo de la cara. La psicología de este individuo es mi principal ocupación.

—Madre mía. Debes de echar de menos a Eleanor más de lo que pensaba.

—¿A qué viene eso?

—Está claro que la obsesión que tienes con el antiguo amante de Eleanor es una especie de obsesión con la propia Eleanor. Buscas en él algo que está oculto en ella, ¿no te das cuenta? Obviamente...

—«Médico, cúrate a ti mismo» —juzgó apropiado decir el barón.

—Bueno, quizá me equivoco —respondió, apocada. La idea de pasar la tarde entre cuatro paredes se debilitó y entonces recordó la imprudencia que había cometido cuando, en el hospital, empezó a confiarle su estado de ánimo al barón con motivo de sus visitas. Sabía que era incapaz de callarse ningún secreto, igual que ella.

Aun así, incapaz de dejar el tema en paz, dijo:

—¿Se puede saber por qué te molesta tanto que Hogarth sea satanista o no? Entendería tu fanatismo si tuvieras alguna religión que defender. Quizá no te das cuenta y resulta que sí eres muy religioso.

—No tengo ninguna religión que defender —dijo—. Ni tampoco tengo nada contra el satanismo. No me lo tomo como un interés moral, sino sencillamente como una pasión intelectual.

Ella lo provocó, pero no tuvo cuidado con lo que decía:

—Me recuerdas a un hechicero africano que le sigue la pista a una bruja. Quizá su espíritu se apoderó de ti en el Congo, ¿no fue allí donde naciste? —Y entonces vio que había metido la pata y también el extraño matiz en el blanco de los ojos que le hacía preguntarse a veces si el barón tendría sangre nativa. Aquel comentario le molestó muchísimo.

—Por lo menos —expuso él— yo persigo un objetivo inteligible. El satanismo existe; eso puede demostrarse mirando el fichero de cualquier biblioteca bien provista. El satanismo se practica: puedo demostrártelo si te tomas la molestia de acompañarme a Notting Hill Gate ciertas noches del año; a menos, claro está, que estés demasiado condicionada por las supersticiosas reglas de tu iglesia. Mervyn Hogarth existe y practica el satanismo: es un hecho que está a disposición de cualquiera que se tome la molestia de poner en marcha indagaciones privadas sobre su conducta. Tú, en cambio —siguió—, sostienes una serie de hechos que no pueden verificarse. Ese coro de voces del que hablas... ¿Quién más que tú lo ha oído? ¿Y qué me dices de tus teorías, de tus especulaciones sobre el origen de esos sonidos? Me parece a mí, querida Caroline, que tú sí que estás hecha una hechicera. Mucho más que yo.

Eso irritó a Caroline, que tras lo cual se entretuvo con las tazas; rápidos movimientos, minúsculos repiqueteos de cucharillas y platos. Entretanto, protestaba confusamente.

—Las pruebas estarán en el propio libro.

Caroline, no obstante, le había dicho al barón un día que la había ido a visitar al hospital:

—Esas voces, Willi... desde que llegué al hospital las he estado oyendo. Pero estoy convencida de una cosa... —Y se señaló la pierna, que se había hinchado ligeramente dentro de la escayola y le dolía bastante—: este dolor físico me convence de que no soy enteramente un personaje de ficción. Tengo vida propia.

—Pero bueno —dijo el barón—, ¿es que lo dudaste en algún momento?

De modo que le contó, en confianza, su teoría. Estaba intrigado. Caroline se dejó llevar por el aire conspiratorio de su conversación a media voz, pues en el pabellón había siete pacientes más.

—¿Yo también soy un *epersonaje* de este libro misterioso, Caroline?

—Sí, Willi.

—¿Todos somos *epersonajes*? ¿Esos de ahí, por ejemplo? —Señaló las otras siete camas con sus ocupantes y familiares de visita y todo el alboroto.

—No lo sé —respondió Caroline—. Yo solo sé lo que me han dejado entrever las voces: fragmentos cortos y disparatados de una novela. Puede que haya personajes de los que yo no tenga constancia.

El barón fue a verla todos los fines de semana. En cada visita, debatían la teoría de Caroline. Y aunque ella sabía, en el fondo, que no debía confiarle ningún secreto, se decía al verlo llegar y una vez se había marchado: «Al fin y al cabo es un viejo amigo».

Un día le informó de lo siguiente:

—El espíritu de las teclas no ha hecho constar ningún detalle reseñable de este pabellón hospitalario. El motivo es que el autor no sabe describir un pabellón hospitalario. Por tanto, este interludio vital mío no forma parte del libro. —Con comentarios irritantes como ese, Caroline Rose seguía entrometiéndose en el libro.

Los demás pacientes la aburrían y la sacaban de sus casillas. Deseaba que la dejaran sufrir sus molestias físicas en paz. Cuando sentía dolor, lo que le resultaba insoportable era la desagradable presencia de las otras siete mujeres postradas en la cama; su cháchara, sus quejas y el cacareo y el cloqueo de las enfermeras que estaban a cargo de ellas.

—La irritación que se interpone entre nosotros y nuestro sufrimiento es lo que más cuesta tolerar. Ojalá pudiéramos desnudar nuestro sufrimiento —le dijo Caroline al barón.

Un sacerdote visitante la aconsejó en una ocasión que «ofreciera» su sufrimiento para el consuelo de alguna alma santa del purgatorio.

—Eso hago —declaró Caroline—, con el resultado de que mi dolor se intensifica y no se alivia. Pese a todo, seguiré haciéndolo.

—Bueno, bueno... —dijo el sacerdote, joven, los ojos azules tras las lentes, recién salido del seminario.

—Mi experiencia me dice que eso es así —dijo Caroline.

El cura parecía algo azorado y después de aquello no volvió a quedarse mucho rato junto a la cama de Caroline.

En aquellas tardes de sábado, la presencia del barón le hacía sentir que estaba en un ambiente más acorde con ella, y durante las seis semanas que pasó confinada en el hospital rural se valió de la frase «es un viejo amigo» para rehuir la certeza de que el barón, sin el mínimo sentido de traición, repetiría y embellecería sus dichos y especulaciones para regocijo de sus conocidos de Charing Cross Road. Mucho se psicoanalizó en esos días a Caroline en la trastienda de la librería del barón mientras ella, postrada en la cama, echaba pestes del libro en su pabellón de ocho camas. Era, por cierto, un pabellón de traumatología y, como dependencia hospitalaria, estaba bastante descuidada debido a las escayolas que había tiradas por cualquier rincón, los hierros que colgaban por encima de las camas y el carrito colocado junto a la ventana donde se guardaba el yeso en polvo y todo lo necesario para prepararlo, además de unas enormes tijeras para cortar escayola que se daban un aire a unas de podar; todo ello cubierto con una sábana blanca que marcaba los bultos. Y a ese pabellón acudían, a ciertas horas, fisioterapeutas para ejercitar, apremiar y sobar a sus pacientes.

Cuando el barón hablaba del «libro» con ella, las cosas como son, no pensaba en el lunes siguiente, cuando les diría a fulanito y a menganito:

—Caroline está enzarzada en una alegoría trascendente que intenta resolver estando postrada con la pierna en alto en ese pabellón rematadamente lúgubre. Ya os he hablado de su incidente con las voces y la máquina de escribir. Ahora ha llegado a la conclusión de que esas voces son en realidad los pensamientos de un novelista incorpóreo, no sé si me seguís, que está escribiendo un libro en su *emáquina* de escribir. Pues bien, resulta que Caroline es un *epersonaje* de esta novela; igual que yo, queridos.

—Qué idea tan fascinante. Pero ¿no lo creerá de verdad, no?

—A pies juntillas. En todo lo demás, su buen juicio está intacto.

—¡Qué casualidad que le pase esto precisamente a Caroline!

—Bueno, es el *etipo* de cosa que sin duda le sobreviene a una mente lógica. Le tengo tanto cariño a Caroline; yo creo que es del todo inofensivo. Al principio pensé que estaba a punto de sufrir un grave trastorno, pero desde el accidente está más cómoda con su fantasía, y no veo por qué no puede cultivarla si eso la hace feliz. Todos tenemos un puntito de locura en una cosa o en otra.

—¡Cuánta razón tienes, Willi!

Laurence abandonó el hospital algunas semanas antes que Caroline.

—No sé qué mosca te ha picado —le dijo cuando al fin pudo verla— para que le hayas hecho confidencias al barón. Me pediste que no dijera nada de tus descabelladas ideas y, claro, he tenido que desmentir todos los rumores. He pasado mucho apuro.

—¿Qué rumores?

—Pues se dicen varias cosas. A grandes rasgos, que reniegas del catolicismo y has abrazado una nueva religión.

—¿Qué nueva religión?

—La ciencia ficción.

Se rio y al momento se le dibujó en la cara una mueca de dolor, pues el mínimo sobresalto hacía que le doliera la pierna.

—Perdona —dijo Laurence, que había prometido no hacerla reír.

—Ya me imaginaba que el barón se iría de la lengua le contara lo que le contara —intervino Caroline—. Me lo paso bien hablando con él; me distrae. He estado muy sola aquí, y enferma.

Se dio cuenta de que a Laurence le molestaban más las atenciones del barón que las charlas que tenía con él.

Volvamos ahora a la tarde de Año Nuevo en que Caroline ofendió sin querer al barón al compararlo con un hechicero africano.

Después de tomar el té, que Caroline había preparado en dos recipientes distintos —verde para el barón y de Ceilán sin leche para ella—, el barón intentó reparar su arranque de rabia. Le contó una historia estrictamente confidencial que, no obstante, ella le repitió a Laurence antes de que se acabara el día.

—Una vez, poco después de que Eleanor se divorciara del demoníaco Hogarth, fui a verlo en su nombre a su casa, en

Ladle Sands, para arreglar un tema de dinero. No le había avisado de mi intención de presentarme allí porque creía que, de hacerlo, se negaría a verme. Esperaba sorprenderlo por casualidad. Muchos fueron los servicios de este tipo que hice para Eleanor, Caroline, te lo aseguro. Bueno, pues me presenté en la casa, que es bastante grande y tiene una fachada con cierta elegancia, de estilo Reina Anna, que está a resguardo de la calle y queda oculta tras un semicírculo de plátanos enclavados en un alto seto que llevaba meses sin podar. El jardín estaba muy descuidado. La casa, vacía. Miré por el buzón y vi que había bastantes circulares en la mesilla del recibidor. Me figuré que los Hogarth llevaban semanas fuera y que habían acordado que les remitieran las cartas personales a otra dirección. Me picó la curiosidad. Entiéndeme, en esa época yo estaba muy enamorado de Eleanor y la casa que había compartido con Hogarth me *interesaba* porque en cierto modo me permitía entablar relación con un momento del pasado de Eleanor que yo solo conocía por lo que ella había decidido contarme.

»La parte trasera de la casa estaba incluso más desastrada que la delantera. El huerto estaba echado a perder, pero lo más importante viene ahora: en la puerta del cobertizo había una montaña de cachivaches. Cajas vacías, herramientas de jardinería oxidadas, zapatos viejos. Y entre ellos había muchísimas estatuillas de escayola rotas; unos objetos religiosos de esos tan típicos que se venden como rosquillas en las boticas de los santuarios cristianos. Las habían dañado de un modo curioso: muchas de ellas tenían la cabeza separada del cuerpo y otras estaban hechas añicos. Había demasiadas piezas destrozadas para justificar que lo sucedido se debiera a un accidente. Ya entonces (a pesar de que no sabía nada de las actividades ocultistas de Hogarth) me figuré que allí se había celebrado una gran orgía de iconoclasia desaforada. En aquellos casos en que el cuerpo estaba intacto y solo se habían cercenado las extremidades o la cabeza, observé la gran precisión del corte, como si se hubiera ejecutado con un instrumento; las estatuillas no estaban así a consecuencia de una caída, eso desde luego.

»Ahora debo contarte, Caroline, lo que pasó mientras estaba inmiscuido en el examen de estas extraordinarias piezas de escayola. Una zona arbolada bordea la parte trasera de la casa, que queda a menos de treinta metros del cobertizo en el que yo me encontraba. Me sobresaltó el rugido de un perro y me giré en esa dirección: entonces lo vi emerger de entre los árboles, venía hacia mí. Era un *spaniel* negro muy bien cuidado. Agarré un palo por si me atacaba. Venía hacia mí con su terrible rugido, pero al final no se me acercó. Cuando estaba a poco más de cuatro metros, empezó a correr en círculos a mi alrededor. Me dio tres vueltas, Caroline. Después fue dando brincos hacia el montón de estatuillas rotas y se sentó delante de esa pila sin más, como si me desafiara a tocarlas.

»Me marché de allí andando despreocupadamente, claro está, por si al perro se le ocurría abalanzarse sobre mí. Pero lo que intento decirte, Caroline, es que ese chucho negro era Mervyn Hogarth.

—¿Qué acabas de decir? —dijo Caroline.

—En ese momento no caí —continuó el barón mientras removía su té verde—, me pareció que era un perro que se comportaba inusualmente bien. Te lo digo en confianza; algo así uno no puede contárselo a sus conocidos, por muy íntimos que sean. Sin embargo, tengo la impresión de que tú comprendes bien este tipo de suceso, sobre todo teniendo en cuenta que eres sobrenatural, clariaudiente y...

—¿Qué es lo que acabas de decir? —preguntó Caroline—. ¿Justo ahora, sobre el perro?

—Que el perro era Mervyn Hogarth. Transformado por arte de magia, claro. No es extraño que...

—Willi, estás loco —dijo Caroline amistosamente.

—Desde luego que no —respondió el barón.

—Bueno, no quiero decir que estés loco de verdad, ya me entiendes —intervino Caroline—, sino un poquito chiflado; una pizquita nada más. Me parece una anécdota fascinante, pero mejor que le vayas a otro perro con ese hueso...

—Caramba, no me esperaba que tú, precisamente, no fueras a *ecreerme*.

—Pero bueno, Willi, ¡por favor!

Estaba serio.

—¿Qué? ¿Y entonces cómo explicas lo de los santos hechos añicos?

—Puede que tuvieran la casa llena, se cansaran de ellos y los tiraran. O puede que los rompan por afición. Al fin y al cabo, la mayoría de esos santos de escayola son espantosos desde el punto de vista artístico; se entiende perfectamente que no pudieran reprimirse.

—Por afición —repitió el barón—. Y lo del perro, ¿cómo lo justificas?

—Los perros son así, no hay nada que justificar. Debe de ser el perro de los Hogarth...

—No es el perro de los Hogarth, lo pregunté. No tienen perro.

—Pues será el de un vecino. O un perro callejero en busca de algo que echarse al hocico.

—¿Y qué me dices de que diera tres vueltas a mi alrededor?

—Querido Willi, me dejas sin palabras.

—Exacto —dijo el barón—. No sabes qué responder a eso. Y no es que me haya formado la opinión de que Hogarth sea brujo solo por la experiencia que acabo de contarte. Todavía no te he hablado de las palomas mensajeras y de muchos otros fenómenos que acontecieron después. ¿Estás libre esta noche para cenar conmigo? Si es que sí, te lo contaré todo y después, mi querida Caroline, ya no podrás decir que tu Willi está loco.

—Todos estamos un poco chiflados, Willi. Por eso somos tan interesantes. No, esta noche no estoy libre, lo siento. Habría estado muy bien...

Le plantó un afectuoso beso en la mejilla cuando se despidió de ella. Tan pronto como lo oyó bajar por el vacilante ascensor se metió en baño, sacó una botella de desinfectante y echó un buen chorro en una taza de agua templada. Empapó un algodón en esta potente solución y se dio unos toques con él en la zona de la cara donde el barón había depositado el beso.

—El barón está como una cabra.

A Laurence le agradó que Caroline dijera aquellas palabras, pues en los últimos tiempos, la renovada amistad entre ella y el barón había empezado a sacarlo de quicio.

—El barón —dijo ella— está ido del todo. Vino esta tarde a tomar el té y me ha contado la historia más disparatada que he escuchado en toda mi vida.

Y así, le contó la historia del barón. Al principio le divirtió. Luego, de repente, del júbilo contenido pasó a la alegría auténtica.

—¡Bien por el barón! —exclamó—. Ha encontrado una pista, y me da a mí que una muy importante.

—¿Una pista sobre qué? —preguntó Caroline.

—Sobre mi abuela.

—¿Y qué tiene que ver el chucho negro con tu abuela?

—La pista está en las estatuillas rotas. ¿Cómo no se me ocurrió antes?

—Pero si tu abuela no es capaz de romper nada. ¿Se puede saber qué le pasa a usted hoy, joven?

—Ella no, pero Hogarth sí.

—No entiendo la obsesión que tenéis el barón y tú con Hogarth —respondió.

Desde el accidente de coche, Laurence se mostraba reticente con Caroline. Ella se daba cuenta, porque palpaba su miedo, notaba que no podía mantenerse alejado de ella; pero no era en absoluto de su gusto alimentar esa nueva clase de poder que ejercía sobre él. El miedo de Laurence la deprimía. Por esa razón había dejado de hablar con él de los misterios íntimos de su vida. Solo cuando la pillaba desprevenida le decía a Laurence lo que pensaba, igual que cuando le preguntó inocentemente: «¿Cómo va tu libro?», refiriéndose a su trabajo sobre la estructura de la novela moderna. «Creo que está llegando a su fin», le había contestado ella. Aquello le sorprendió, pues solo unos días antes ella le había dicho que iba avanzando muy despacio.

Hubo otra cosa que le sorprendió.

Habían preparado unas vacaciones juntos al extranjero que tendrían lugar las dos últimas semanas de marzo.

Al principio, Caroline había puesto pegas porque no quería hacerlas a principios de año. Laurence, no obstante, insistía en que se fueran en esas fechas porque ya se había pedido esos días de vacaciones sin consultárselo a Caroline. Además, cuando le anunció que irían a Lausana, le pareció bastante extravagante.

—¡A Lausana en marzo! ¡Ni pensarlo!

—Confía en mí —le dijo—. ¿Me he portado bien contigo o no?

—Sí, sí; pero eso de ir a Lausana en marzo...

—Pues entonces créeme que te lo pido porque tengo mis motivos. Confía en mí, anda.

Caroline sospechaba que aquella elección de momento y lugar tenía relación con la gran curiosidad que despertaban en él las actividades de su abuela. Ernest y Helena habían llegado a creer que ya no había rastro de peligro. Cualquier iniciativa ilícita en la que hubiera estado inmiscuida la anciana había sido erradicada por el entrometimiento y el farol de Ernest. No se les pasaba por la cabeza que hubiera ningún motivo para inquietarse. Laurence, sin embargo, que había pasado varios fines de semana en la casita de su abuela el invierno anterior, parecía convencido de que las aventuras de su abuela seguían gozando de muy buena salud. Hacía poco, Laurence se había presentado allí de improviso, entre semana, y se había encontrado a su pequeña «banda» reunida como antaño, jugando a cartas como antaño y Louisa tan campante como siempre. Ella misma le dijo que los Hogarth habían estado dos veces en el extranjero desde enero.

De su fracaso por ponerle fin al misterio de su abuela con espectacular rapidez Laurence culpaba al accidente de coche. Le echaba la culpa amargamente. A la vez, sin embargo, le estimulaba descubrir que Ernest y Helena solo habían conseguido poner a la banda sobre aviso. Descubrir las artimañas empleadas por la anciana seguía siendo cosa de él. Era lo que más deseaba, y no se contentaba con solo poner fin a sus actividades: Laurence quería conocerlas.

A lo largo de aquel invierno, sus breves viajes a la casita de campo lo tentaban. Husmeaba por Ladylees y Ladle Sands sin éxito; tenía la creciente certeza de que la banda intentaba pasar desapercibida. Ernest había embarullado la investigación. Laurence se sentía sobre todo incómodo frente a la franqueza selectiva de su abuela. No era una persona reservada de palabra o acción, pero no cabía duda de que se resistía a revelar su secreto. Lo único que había sacado en claro era que los Hogarth preparaban un viaje a Lausana en las dos últimas semanas de marzo.

—Caramba, cuánto van al extranjero los Hogarth, abuela.

—Sí, les gusta mucho viajar, ¿verdad?

No consiguió sonsacarle nada más a Louisa. Se pidió dos semanas de vacaciones en el trabajo, a partir del 15 de marzo.

Helena llevaba tanto tiempo emancipada de su hijo que no vio nada ofensivo en sugerirle:

«¿Por qué no te llevas a Caroline? Necesita unas vacaciones y la pobre no puede permitírselas. Yo correré con los gastos.»

Fue entonces cuando Laurence se topó con los reparos de Caroline. «¡A Lausana en marzo! Pero ¿por qué Lausana? Hará un tiempo de perros.»

Sin embargo, cuando le dijo: «¿Me he portado bien contigo o no? Anda, dame el gusto por una vez», ella dio su brazo a torcer.

Eso pasó a mediados de febrero. Dos semanas después cambió de idea.

—He ido al monasterio a ver al padre Jerome —empezó a decir.

—¡Qué bien! —exclamó Laurence. A Caroline le divertía el repentino interés de Laurence por animarla a que mantuviera todo el contacto que pudiera con la religión, mientras él seguía profesando su alegre escepticismo de siempre. Cuando decidió no ir a misa un domingo reciente porque le dolía la garganta, Laurence mostró gran preocupación y sugirió una bufanda abrigada, el enjuague con gárgaras y el transporte a la iglesia y desde esta en su nuevo automóvil para que no eludiera tal obligación.

—¡Qué bien! —dijo Laurence al oír que había ido a visitar al viejo sacerdote al que conocía desde que era niño.

—Me ha dicho —anunció Caroline— que no debo irme a Lausana contigo.

—Pero ¡si me conoce! Ya sabe que no pasa nada porque nos vayamos juntos de vacaciones, que no es más que una salida en buena compañía. Por favor, pero si lo hacen las parejas más respetabilísimas. Hay que ver, y yo que creía que era un sacerdote razonable y tolerante.

—Me ha dicho que, habida cuenta de nuestra relación anterior, no deberíamos aparecer en circunstancias que pudieran causar escándalo.

—Pero si no hay posibilidad de pecar. Si hasta yo lo sé. No te olvides de que me educaron en todo este tinglado católico.

—No hay posibilidad de pecar, pero dice que sería muy poco edificante —respondió Caroline.

—No tenemos por qué decirle a nadie que vamos juntos. Y es muy poco probable que nos vea algún conocido en Lausana en marzo.

—Viajar a escondidas sería peor que viajar sin tapujos. Menos edificante si cabe. No puedo ir, lo siento de verdad.

Su abandono molestó a Laurence más de lo que ella esperaba. No le había dicho (como ella había adivinado) que su fijación por ir a Lausana en marzo estaba en cierto modo relacionada con su pasión por hacerse el sabueso en el caso de su abuela. Caroline no había tenido en cuenta que necesitaba que participara en la aventura y, cuanto más razonaba con ella, menos partícipe se veía ella en el asunto. Le recordaba demasiado a la serie de sucesos que precedieron el accidente de coche.

Laurence no le insistió demasiado. Aceptó su decisión con el extraño temor que sentía ahora cuando creía que acercándose demasiado a Caroline podía provocar una pelea. Fue entonces cuando, disimulando su decepción, le había preguntado amistosamente: «¿Cómo va tu libro?» y ella, con la cabeza en otra parte, le había contestado: «Creo que está llegando a su fin».

—¿De verdad? El otro día me decías que todavía te quedaba mucho por escribir.

Enseguida se dio cuenta de su error, igual que Laurence. Parecía bastante desamparado, atrapado. Detestaba pensar en sí misma como una tirana espiritual; anhelaba liberarlo de la familiar complejidad de sus pensamientos, que tan ajenos le resultaban a él.

—Tengo muchas ganas de que el libro llegue a su fin, claro —dijo—. Para tener un poco de tranquilidad, por así decirlo.

—Yo me refería, por supuesto —intervino Laurence, irritado—, al libro que estás escribiendo; no al «libro» en el que según tú participas.

—Ya sabía que te referías a ese —dijo con resignación. Y para disipar la tensión que había en el ambiente le dedicó su sonrisa más encantadora y civilizada y añadió—: ¿Te acuerdas de aquel pasaje de Proust en el que habla de la ambigüedad de la palabra «libro» y dice...?

—Al diablo con Proust —dijo Laurence.

—Oye —dijo Caroline—, yo no me meto en tus disparatadas historias. Deja las mías en paz. Mira, no tenemos nada más que decirnos hoy. Me voy a casa. Iré a pie.

Estaban cenando en un pequeño restaurante que quedaba apenas a unos minutos a pie del apartamento de Caroline; de ahí que la gravedad del «iré a pie» de Caroline no cuajara y divirtiera a Laurence.

—Últimamente me cuesta seguirte el hilo. —Y, para calmarla, añadió—: ¿Por qué dices que «el libro» está llegando a su fin?

Se mostró reticente a responder, pero su actitud la obligó.

—Por incidentes que han estado aconteciendo en nuestra órbita de conciencia, y por su secuenciación. Sobre todo por las noticias sobre el amigo de tu abuela.

—¿De qué amigo hablas?

—¿No te has enterado? Helena me ha llamado esta mañana, alborotadísima; tengo entendido que es una cosa extraordinaria...

—¿Qué amigo?

—Uno de esos sobre los que recaen tus absurdas sospechas. Andrew Hogarth. Resulta que estaba paralítico, y su padre se lo llevó a un pequeño santuario mariano en los Alpes franceses. Bueno, pues volvieron ayer y parece que ha empezado a mover la extremidad que tenía impedida. Helena dice que es un milagro. Yo eso no lo sé, pero parece la clase de incidente que cierra una trama y pone punto y final a un libro. Desde luego que no lo lamentaré.

—Pero si no se han marchado al extranjero desde enero. No tenían pensado irse hasta mediados de marzo, por lo menos eso tenía entendido yo. Tengo motivos para pensar que los Hogarth son traficantes de diamantes, ¿no lo entiendes?

—Pregúntaselo a tu madre —dijo Caroline—. Ella es quien lo sabe todo. Va cargadita de información.

—Pues ahora no le veo mucho sentido a ir a Lausana en marzo —repuso él.

«Menudo espectáculo... Una devolución de balón por allí... Una entrada fullera y suena el silbato... el sol brilla; menudo espectáculo ver el rojo de los abrigos de la banda... la tensión se palpa en el ambiente... y ahora vamos a por la segunda parte... la primera ha sido de lo más emocionante... menudo espectáculo... ha sido saque de esquina... y gol para el Manchester City... un tanto precioso, realmente...»

Louisa Jepp estaba sentaba al lado de la radio, arropada por la extasiada carcasa vocal de Laurence.

Ese día, mucho más tarde, una vez hubo frenado ruidosamente su nuevo vehículo en el exterior de la casita y se hubo acomodado en una butaca junto a la estufa con una botella de cerveza recién abierta, dijo:

—¿Es cierto lo del joven Hogarth?

—Está recibiendo tratamiento fisioterapéutico —respondió con precisión su abuela pues, por extrañas que fueran las palabras, le gustaba decirlas bien o, en caso de no conocerlas, no pronunciarlas en absoluto.

—¿Y dices que ha empezado a usar las piernas?

—Sí, se tambalea un poco. Es muy pronto para decir «ya anda».

—Antes estaba totalmente inválido.

—¡Atiza! Pues sí. Los viajes al extranjero le han hecho mucho bien. Estaba convencida de que así sería.

—Supongo —dijo Laurence— que los Hogarth habrán cancelado sus vacaciones en Lausana, ¿no?

—Ah, sí. No tienen ninguna necesidad de ir de aquí para allá en marzo. Hace mucho frío. Estarán mucho mejor en casita. Andrew está recibiendo tratamiento.

—Supongo —intervino Laurence— que volverán a marcharse a principios de verano, ¿no?

—Al extranjero, no —contestó la anciana—. Más bien a Somerset o a Cornualles, siempre que el muchacho esté en condiciones de hacerlo.

—Abuela, supongo que eso significa —dijo Laurence— que se acabaron tus trapicheos.

—Fíjate, cielo —repuso ella—, que estaba yo pensando hoy, mientras te escuchaba en la radio, lo mucho que deseaba por tu bien que nos hubieras sorprendido con las manos en la masa. Debe de haber sido una decepción para ti, cielo. Pero no hay que hacerse mala sangre, todos tenemos nuestras frustraciones y tú lo has hecho tan requetebién en la radio hoy; *menudo espectáculo* has dado.

—Tenía todas las pistas delante de las narices. Lo único que me faltó fue tiempo. Si no hubiera tenido el accidente te habría pillado el otoño pasado, abuela.

—Bueno, bueno, qué más da.

—Pero estás en peligro. Un conocido nuestro te sigue la pista. Me enteré por casualidad porque me lo dijo Caroline. Se llama Willi Stock, es un barón de pacotilla...

—No, no; es barón de verdad.

—Entonces ¿conoces al barón Stock?

—He tenido ese gusto, sí.

—Bueno, pues no sé si sabías que Caroline me contó el noviembre último, justo antes del accidente, que el barón se había visto contigo el año pasado. Describió con pelos y señales el sombrero que llevabas puesto ese día. Caroline lo reconoció y sacó la conclusión de que...

—Qué torpe por parte del barón: él es así. Sin embargo, tiene buen...

—Aun así —dijo Laurence—, no hice demasiado caso de lo que me dijo Caroline. Me dio la impresión de que fantaseaba un poco.

—Bueno, no puedes ser infalible en todo.

—Era una buena pista —dijo Laurence—. Tendría que haberla seguido. Puede que te hubiera pillado al segundo. ¿Tienes miedo del barón? Porque en ese caso...

—No, no; es mi contacto en Londres. O lo era.

—¡El barón también estaba metido en el chanchullo! Pensaba que solo erais vosotros cuatro.

—Solo somos cuatro. El barón Stock no era más que nuestro agente londinense.

—Entonces ¿has dejado ya las malas artes?

—¿De qué malas artes me hablas? —preguntó frunciendo los labios en una sonrisa, como animándolo a que recitara una lección.

—De introducir diamantes de contrabando por las aduanas —respondió—, escondidos en figuritas de escayola.

—Y a veces en cuentas de rosarios —puntualizó Louisa. Desbordaba alegría por los poros y, para recalcar la importancia de la ocasión, le pasó a Laurence un vaso y un botellín de cerveza negra para que se lo abriera. Miró a su nieto mientras vertía el líquido marrón y observó la comedida espuma como quien contempla una escena que debe permanecer en el recuerdo.

—Te has arriesgado mucho, abuela.

—El riesgo era pequeñísimo —dijo—. Y de todos modos parece que lo han corrido los Hogarth, no yo.

Se acercó a la estufa y sorbió, templándose.

—Más de una vez me entraba la risa —dijo— cuando pensaba en cómo introducían la mercancía.

—Supongo que la traían varias veces al año —dijo Laurence.

—La cosa ha ido variando —dijo ella— en cuatro años y ocho meses. Algunos viajes eran mejores que otros. Dependía mucho de nuestros contactos en el continente. A la otra parte no le resultaba nada fácil encontrar los moldes adecuados para las estatuillas. Los rosarios tenían menos complicación, pero Andrew tenía predilección por las estatuillas.

—Qué raro que tanto ir y venir no despertara ninguna sospecha en las aduanas. Habéis corrido demasiados riesgos —observó Laurence.

—Uno corre riesgos haciendo cualquier cosa —dijo—. Cuánto me reía para mis adentros cuando Mervyn me informaba de los comentarios que hacían los oficiales de aduanas. Mervyn no se reía; a él esa parte no le gustaba. Verás, ellos se hacían pasar por peregrinos en busca de una cura; Andrew iba en su silla de ruedas, imagínatelo, abrazado a sus estatuas con cara circunspecta y beatona. Para engañar a los de la aduana, entiendes. Cada vez iban a ver un santuario dedicado a la Virgen, y nuestro contacto se encontraba con ellos en el pueblo; es un caballero muy educado, según tengo entendido. Pero yo hacía que Mervyn y Andrew visitaran los santuarios de verdad, por si los vigilaban. Hay que andarse con mucho ojo con los policías del continente, son muy embusteros y rastreros.

—¿Los Hogarth son católicos?

—No, no; qué va. No son nada religiosos. Era todo una mentirijilla. Ay, me he divertido tanto, cielo.

—La recuperación de Andrew ha llegado a oídos de mamá —dijo Laurence.

—Sí, yo misma le escribí para decírselo. Pensé que al ser el joven vecino mío le interesaría saber que había hallado curación en un santuario católico. Esas historias le gustan.

—¿Crees entonces que ha sido un milagro?

—Por supuesto —dijo—. Creo en los lugares afortunados si la suerte te sonríe. Y, desde luego, Andrew antes tuvo muy mala suerte. Hace dos años se puso mal de la vejiga en Lourdes, pero Myans le ha traído suerte; creo que allí hay una virgen negra. De hecho, una vez conocí a un caballero muy amante de la historia y de la antigüedad que padecía de tartamudez y la perdió cuando fue a la Torre de Londres.

—Suena a cosa de sugestión.

—Ah, bueno, yo lo llamo suerte —dijo Louisa.

—¿Entonces no crees que lo de Andrew fuera un milagro?

—Sí, es un milagro clarísimo, no hay más que ver al muchacho. Puede mover las piernas desde las rodillas, sentado en la silla. Antes no podía.

—¿Y qué dicen los médicos?

—Que tiene que hacer fisioterapia. Fíjate que ya está mejor.

—¿Qué explicación dan?

—Dicen que es asombroso, pero no hablan de milagros. Invitaron a un grupo grande de estudiantes para observar a Andrew en el hospital. Al final Andrew zanjó el tema blasfemando y escupiendo. Tiene tan mal genio...

—¡Bien por él! —dijo Laurence—. Estará encantado de poder mover las piernas, ¿verdad?

—Eso creo. Pero tiene mal genio —dijo, y pasándole una cajetilla de cigarrillos, añadió—: Prueba uno búlgaro.

Laurence sonrió, comparando esa descripción de Andrew con la imagen que se había formado su madre en su imaginación del joven milagrosamente sanado. A ojos de Helena, ese acontecimiento ya justificaba los turbios tejemanejes de los Hogarth. Y también lo de su madre. Se daba por satisfecha no sabiendo más de las últimas intrigas maternas y estaba convencida de que

Ernest, gracias a la mano dura que había mostrado con Mervyn Hogarth el año pasado durante una comida, había puesto fin a los problemas, fueran los que fueran.

Cuando le habló a Laurence de la cura de Andrew en el santuario alpino, este observó:

—Así que siguen con sus trapicheos.

—Tonterías —contestó Helena—. Como mucho, puede que los Hogarth estén liquidando el negocio o lo que fuera que hicieran. Espero que se hagan católicos. El joven seguro que sí.

—Helena quiere aprovechar el tirón religioso del asunto —le dijo Louisa a Laurence—, pero no tiene nada que hacer. Lo siento por ella, pero a los Hogarth no les interesan las iglesias.

—Igual que me pasa a mí —dijo Laurence.

—No, no es verdad. Su falta de interés por ellas es muy distinta a la tuya.

La anciana le daba sorbos al vaso entre pausas muy largas. Aun así, a Laurence le fascinaba ver lo poquísimo que había bebido, pese a que daba la impresión de que no se quedaba a la zaga.

—Supongo —dijo— que hicisteis dinero.

—Sí. De todos modos yo quería dejarlo este año.

Helena había bosquejado una nueva e irrefutable teoría sobre el porqué de la participación de su madre: «Seguro que se metió en ese asunto tan turbio, fuera lo que fuera, solo por ayudar al muchacho. Mi madre es muy reservada. Habría sido capaz de montar lo del viaje a los santuarios utilizando la recompensa económica como soborno».

Laurence se lo contó a su abuela, que arrugó la nariz y le dio un sorbo al vaso.

—Pues claro que sabía que lo de los viajes sería bueno para Andrew. Psicológicamente. Lo animaba a hacer algo y a cambiar de aires de vez en cuando. La parte comercial también era buena para mí. Psicológicamente. Ay, cuánto lo echaré de menos, cielo. Era tan divertido. Resulta que Helena es una sentimental, ¡atiza!

—¿Qué papel desempeñaba el señor Webster, abuela?

—Ah, el buen hombre horneaba el pan y a veces iba a Londres por encargo mío.

—Y ahora cuéntame en qué momento entra en juego el pan —dijo Laurence.

—Tú encontraste diamantes en el pan, y escribiste a Caroline para explicárselo. Eso lo complicó todo bastante.

Laurence, amodorrado por el cansancio de la jornada laboral, el calor y la cerveza, no sabía si había oído aquellas palabras o se las había imaginado.

—¿Qué has dicho, abuela?

La mujer tenía el vaso en los labios.

—Nada, cielo —dijo después de haberle dado un sorbo.

—Explícame lo que hacíais con el pan. ¿Quién metía allí los diamantes? Supongo que sabes que los vi una vez.

—El señor Webster —respondió—. Lo hacía porque yo quería tener la mercancía rápido, en cuanto los Hogarth la traían. En interés de la parte londinense. A veces, al principio, la cosa se demoraba un poco porque Andrew se ponía mal después del viaje y se las hacía pasar canutas a Mervyn. De modo que acordamos que Mervyn rompiera sus santos y sus rosarios y sacara las gemas tan pronto como regresara de sus periplos, lo que siempre hacía de mañana. Mervyn telefoneaba entonces al señor Webster (porque ellos usan el teléfono, yo prefiero seguir con mis palomas). Y después el señor Webster se presentaba en casa de los Hogarth para llevarles el pan.

—Supuestamente —dijo Laurence.

Louisa cerró los ojos.

—Se presentaba en su casa para que pareciera que les llevaba el pan. Cualquier precaución es poca. Y su dinerito se llevaba.

—Además de los diamantes.

—Sí. Pero qué listo eres, hijo. La ayuda del señor Webster ha sido inestimable. Él me traía la mercancía a la mañana siguiente en el pan. No me parecía bien que me escurriera las piedrecitas en la mano, como si hubiera algún misterio o estuviéramos haciendo algo sospechoso.

—Qué ocurrencia tan ingeniosa —dijo Laurence.

—Era tan divertido —dijo Louisa.

—Aunque lo del pan era totalmente innecesario —apuntó Laurence.

—Te equivocas, no lo era. No me gustaba que los diamantes fueran sueltos.

—Ya me imagino por qué —dijo de repente Laurence—. Por la policía.

—Claro —respondió—. No confío en ellos. El agente que tenemos en el pueblo es un tipo agradable, pero los policías siempre hacen piña, aquí y en cualquier país del mundo.

Laurence se rio. En la familia el poco aprecio que le tenía Louisa a la policía era motivo de chanza. «Es la cíngara que lleva dentro», explicaba Helena.

—Yo creía —apuntó Laurence— que una vez pasada la mercancía dentro del país ya no habría necesidad de complicarse con más precauciones.

—Uno nunca sabe. Era tan divertido —dijo Louisa.

Al cabo de un rato, Laurence intervino:

—Me parece que la señora Hogg te ha estado molestando.

—Oh, no, en absoluto —dijo ella—. Ni me ha molestado ni lo hará.

—¿Crees que volverá a aparecer por aquí? ¿Tiene alguna prueba contra ti, abuela?

—Eso ya no lo sé. Pero ya te digo yo que no me molestará, de eso estoy segura —y añadió—: Hay cosas que no sabes de la señora Hogg.

Pasado el tiempo, cuando Laurence conociera la relación existente entre la señora Hogg y los Hogarth, recordaría esta observación de su abuela y pensaría que debía de haberse referido a aquello.

—Y en un altar lateral, te lo aseguro, Caroline —dijo el barón—, estaba, ataviado con la indumentaria litúrgica, Mervyn Hogg, alias Hogarth, sirviendo copas. —Y así concluyó la descripción de la misa negra a la que había asistido recientemente en Notting Hill Gate.

—Suena bastante pueril —dijo Caroline, cayendo sin darse cuenta en esa costumbre cristiana de quitarle importancia a lo que en secreto se teme.

—Como católica —dijo él— te debe parecer un acto maligno. Yo no juzgo si algo es bueno o malo. Juzgo si es interesante o no.

—Pues en este caso parece que no lo es —dijo Caroline.

—Tienes toda la razón. Fue un intento bastante pobre por ser siniestro. Para que una misa negra surta efecto necesitas un sacerdote apóstata. No son fáciles de encontrar hoy en día, cuando la fe tiene tan pocos seguidores. Pero Hogg es quien me interesa. Cuando se sumerge en la cara oscura de su existencia ese es el apellido al que responde, mientras que cuando brilla la luz del sol se hace llamar Hogarth, por así decirlo. Estoy preparando una monografía sobre los intríngulis del demonismo y la magia negra.

»Además, me dicen mis confidentes que Hogarth ha deshecho el hechizo con el que había embrujado a su hijo, un joven de veintipocos años que desde la infancia sufría de parálisis en la parte inferior del cuerpo. Eso demuestra que los poderes mágicos de Hogarth no están necesariamente inclinados al mal, demuestra que...

—Dime una cosa —intervino Caroline—. ¿Alguna vez has hablado con Mervyn Hogarth?

—No personalmente. Pero lo haré pronto. Tenemos pendiente un encuentro oficial. Oficiosamente ha estado en la librería, creo, bajo la apariencia de una mujer.

—Me parece a mí, Willi —dijo Caroline—, que el impacto emocional de que te dejara Eleanor te está haciendo sufrir. Y me parece también, Willi, que tendrías que ir a que te viera un psiquiatra.

—Si lo que dices fuera verdad —dijo— sería muy poco diplomático que me lo plantearas. Resulta que yo soy comprensivo con tu enfermedad.

—Entonces ¿es el mundo un manicomio? ¿Somos todos unos chalados con buenos modales que discretamente se muestran comprensivos con la perturbación ajena?

—Mayormente —dijo el barón.

—No estoy de acuerdo con esa premisa —dijo Caroline.

—Qué actitud tan intolerante —dijo el barón.

—Solo así se puede demostrar la premisa —dijo Caroline.

—La verdad —dijo el barón—, no sé por qué te cuento nada.

Fueron varias las ocasiones en que el barón le había descrito a Caroline los argumentos que le habían llevado a la conclusión de que Mervyn Hogarth era satanista y mago. La primera pista le llegó por Eleanor.

—Ella me dijo que Hogarth había estado unido en matrimonio con una bruja. Eleanor la había visto: era una mujer repulsiva. De hecho, cuando esta empezó a frecuentar la casa de Ladle Sands fue cuando Eleanor dejó a Hogarth.

—Yo no me tomaría demasiado en serio lo que dice Eleanor. Es muy exagerada —contestó Caroline, que tuvo que morderse la lengua para no añadir la información de que Eleanor, en sus días de universidad, había tenido la costumbre de mandarse cartas de amor a sí misma. Solo se reprimió porque no estaba segura del todo de que fuera verdad.

—Mi experiencia posterior ha corroborado sus alegaciones. Mis pesquisas han demostrado que Hogarth es la principal figura del demonismo de todo el reino. Uno debe hablar de acuerdo con sus experiencias y sus conclusiones. Tú, Caroline, no eres una excepción. Tus peculiares experiencias son menos explicables que las mías: tengo pruebas. Las figuras de escayola rotas son una conocida práctica satánica. El perro negro. Si tan solo le dedicaras un poco de tiempo a *econtemplar* esta posibilidad verías que tengo razón.

Intentaba ganarse la simpatía de Caroline mediante chantajes de este tipo. Más y más se presentaba ante ella como si fuera un exigente acreedor. «Hete aquí el resultado —se decía a sí misma— de haber acudido a él con tus problemas el otoño pasado. Se hizo pasar por un viejo amigo y ahora quiere que yo haga lo mismo, cosa que es del todo imposible.»

Y le dijo:

—Me estás pidiendo que me plantee creencias que son imposibles: puede que lo que afirmas sea cierto o no; tengo mis dudas, no puedo aceptarlo sin más. En cuanto a mis propias experiencias, yo no pido que nadie las crea. Por mí, como si dices que son alucinaciones; no me importa. No he hecho más que dar fe de mis hallazgos.

Caroline había estado reflexionando últimamente sobre el caso de Laurence y su insólito convencimiento de que su abuela llevaba años siendo la cabecilla de una banda que traficaba con diamantes. También le había dado vueltas en la cabeza al caso del barón y su insólito convencimiento de que Mervyn Hogarth tenía poderes mágicos. Poco a poco, el barón empezaba a parecerse peligrosamente a Eleanor. Pensó en ella; en su costumbre de largar sin pensar acusaciones peregrinas e irresponsables. Caroline veía que todos los hechos verídicos se iban oscureciendo. Era consciente de que el libro en el que estaba inmersa todavía estaba a medias. Ahora, cuando se hacía sus conjeturas sobre la historia, no las compartía con nadie y apuntaba los hechos a medida que se sucedían. A estas alturas, contaba con muchas notas transcritas de las voces, que estudiaba con gran atención. La sensación de ser escrita en la novela le resultaba dolorosa. Seguía sin ser consciente de su constante influencia en el curso de la novela, y ardía en deseos de que la historia llegara a su fin, pues sabía que la narrativa jamás le resultaría coherente hasta que al fin pudiera salirse de ella y, a la vez, meterse completamente en ella.

Le dijo por fin al barón que no tenía ningún interés en la magia negra. Le prohibió hablar del tema.

—Me pone de los nervios, Willi. Tu interés por el ocultismo me deja fría. De ahora en adelante habla de otra cosa.

—Qué perdida estás en el mundo de las ideas —le dijo triste—. Tenías todo lo necesario para ser una mente *enteresante*, te lo aseguro, Caroline. ¡Qué se le va a hacer!

Una mañana, Caroline recibió una visita inesperada. Había abierto la puerta del piso sin pensar, creyendo que sería un paquete de correos. Por un momento tuvo la impresión de que no había nadie, pero enseguida vio a la mujer que, de pie, ocupaba el umbral de la puerta, y reconoció la impúdica sonrisa de la señora Hogg, idéntica a la que vio por última vez en Santa Filomena.

—¿Podría hablar con usted un momento, señorita Rose? —La mujer ya estaba en el pequeño recibidor cuadrado, ocupándolo casi por completo.

—Tengo mucho que hacer —dijo Caroline—. Trabajo por las mañanas. ¿Es urgente?

La señora Hogg la miró con sus ojillos escrutadores.

—Sí —le dijo.

—A ver, pase.

Se acomodó sin pedir permiso en la butaca de Caroline y lanzó una mirada a la libreta en la que Caroline había estado escribiendo, abandonada sobre una mesilla. Caroline adelantó el cuerpo y la cerró de golpe.

—Un tal barón Stock —dijo la señora Hogg— ha estado en su piso hasta pasada la una de la mañana. El miércoles se quedó hasta más de las dos. Usted estuvo dos veces en su apartamento pasada la medianoche hace dos semanas. Si cree que armando este escándalo va a conseguir que Laurence Manders caiga en sus redes...

—Será descarada —dijo Caroline—. Márchese de aquí.

—Pasadas las dos de la mañana del miércoles. No dudo que el barón Stock sea más atractivo que Laurence Manders, pero es un comportamiento rastrero y me parece que todo el mundo debería...

—Fuera. Váyase —dijo Caroline.

Se marchó, tan patética y torpe como una reacción pública. Caroline agarró el teléfono, airada, y llamó a Helena.

—¿Te importaría pararle los pies a tu señora Hogg? Acaba de presentarse aquí dejando caer unas insinuaciones escandalosas sobre mi vida privada, mencionando a Willi Stock. Debe de haber estado vigilando mi piso desde hace semanas. ¿Es que no tienes ningún control sobre ella? Helena, de verdad te digo que eres demasiado blanda con esa mujer. Es una alimaña. Si vuelve a pasar algo así, llamaré a la policía y se acabó. Díselo.

—Madre mía, pero si hace meses que no veo a la señora Hogg. Lo siento mucho, Caroline. ¿Por qué no vienes a comer? Recomendé a la señora Hogg para un puesto en Streatham el otoño pasado; desde entonces no sé nada de ella. Tenemos una nueva clase de *risotto*, es bastante sencillo, y nos sobra mucho.

Edwin no estará para comer. ¿Has visto a Laurence últimamente?

—No tendrías que recomendar a la señora Hogg para ningún trabajo. Es un ser despreciable.

—Ah, una se esfuerza por ser caritativa. Esto no quedará
así. ¿Te ha molestado mucho, Caroline?

—No; bueno, sí. Pero no es lo que te dice, sino lo que es.

—Está un poco ida —dijo Helena.

Sin perder un segundo, Caroline pulverizó una solución
contra gérmenes e insectos por toda la habitación.

9

—Qué maravilla tener un día entero sin planificar por delante —dijo Caroline—. Es como tener un folio en blanco listo para escribir según lo que te dicte la inspiración.

Era verano, un día que Laurence describió como absolutamente perfecto para disfrutar de una comida campestre junto al río. Eligieron un lugar y sacaron las tarteras del coche. Laurence tenía el día libre. Helena también había decidido tomarse el día de descanso.

—He estado tan ocupada con los comités, y Edwin está de retiro... Me vendrá muy bien pasar un día en el campo —admitió cuando Laurence la invitó a ir con ellos—; pero no quiero molestar. Ve con Caroline y pasadlo bien juntos, por favor.

Sin embargo, pronto dio su brazo a torcer cuando también Caroline le insistió que fuera.

—Bueno, vale. Pero id vosotros dos y yo acudiré antes de comer, si me decís donde encontraros.

Le describieron la zona en la que pensaban aparcar; en la riba del río Medway, donde bordea Kent y Sussex.

Allí estaban a mediodía, tostándose deliciosamente al sol y echándole un ojo de vez en cuando al camino por si veían el coche de Helena.

Llegó a las doce y media, y a medida que bajaba dando trompicones por la carretera, vieron que llevaba consigo a dos personas: un hombre que iba a su lado, en la parte de delante, y una mujer con un sombrero negro que iba detrás.

Resultó que aquella pareja eran el barón y la señora Hogg.

Helena, que no sabía cómo los recibirían y estaba bastante atacada de los nervios, se lanzó a hablar de inmediato:

—Ha sido la mar de divertido. ¿Pues no va Willi y me llama al segundo de que os marcharais? ¿Sabíais que quería venir aquí a la primera oportunidad que se le presentara? Quiere visitar una abadía de la zona. ¿A que sí, Willi? Por eso le dije que viniera. Y me he traído también a la pobre señora Hogg: la he obligado a venir. Qué trayecto tan bonito hemos hecho. La pobre Georgina tiene jaqueca. Casualmente se acercó a casa justo después de que os fuerais, así que le dije que viniera. Pasar el día en el campo, al aire libre, te sentará de maravilla, Georgina. No nos entrometeremos en vuestros planes, Laurence. Nos hemos traído comida de sobra y podéis marcharos solos por ahí si queréis mientras nosotros nos sentamos al sol.

Daba la impresión de que Helena estaba un poco agitada. Mientras preparaban el almuerzo, aprovechó la oportunidad para hablar en privado con Caroline:

—Espero que no estés demasiado disgustada, querida, por haberme traído a Georgina. Estaba tan desconsolada cuando vino y, claro, me vio preparando la cesta del almuerzo. Se lo pregunté sin pensar y, por descontado, ella aceptó al segundo. Me sentí muy mal después, cuando me acordé de lo mal que te cae. Intenta no prestarle atención y, si te dice algo que no te gusta, quítatela de encima. Ya sé lo que piensas de Georgina; la verdad es que ni yo misma la soporto a ratos, pero una intenta ser un alma caritativa.

—¿No te parece que tienes un concepto equivocado de la caridad?

—Bueno, la caridad —dijo Helena— empieza en el propio hogar. Y Georgina ha formado parte de nuestra familia.

—La señora Hogg no forma parte de ningún hogar —dijo Caroline.

—Ay, ojalá no le hubiera dicho que viniera. Qué tonta he sido, te he estropeado el día.

—Todavía queda mucho día por delante —dijo Caroline afablemente, pues la verdad era que hacía muy buen tiempo.

—Aun así, hay otra razón por la que me arrepiento muchísimo de haberla invitado. Cuando veníamos de camino, pasó una cosa, Caroline. Algo muy inquietante. —Caroline se dio cuenta de que tenía los nervios de punta.

—Ven a echarme una mano con las botellas —dijo Caroline— y cuéntame lo que pasó.

—Antes de salir, le di a Georgina una pastilla para su jaqueca —le contó Helena— y la acomodé en la parte de atrás del coche. Cuando dejábamos atrás Londres, le dije por encima del hombro: «¿Cómo te encuentras, Georgina?» y ella me contestó que le estaba entrando el sueño. Seguí charlando con Willi y ya no me acordé más de Georgina. Supuse que se habría quedado dormida porque la oía respirar bastante fuerte.

—Ronca —dijo Caroline—. Recuerdo que en Santa Filomena la oía roncar a seis puertas de distancia.

—Esto... Sí, roncaba —dijo Helena—. Pensé que la cabezadita le sentaría bien. Al cabo de un rato dejó de roncar. Le dije a Willi: «Estaba medio muerta». Entonces el mechero de Willi se estropeó y me pidió unas cerillas. Creía que tenía algunas en la parte de atrás, pero no quería despertar a Georgina. De modo que paré. Y cuando me volví para buscar las cerillas, no vi a Georgina.

—¿Cómo? ¿Por qué, qué había pasado?

—Pues que no estaba —afirmó Helena—. Le dije a Willi: «¡Santo cielo! ¿Dónde se ha metido Georgina?», a lo que Willi respondió: «¡Demonios! ¡No está!», y justo al decirlo, volvimos a verla. Apareció de repente ante nuestros ojos en la parte trasera del coche, sentada exactamente en la misma posición y abriendo y cerrando los ojos, como si acabara de despertarse. Era como si hubiera habido un apagón, como en el cine. Habría pensado que lo había soñado, pero Willi lo vivió también. Le dijo: «¿Dónde ha estado, señora Hogg? Ha desaparecido, ¿verdad?». Ella parecía muy sorprendida y le respondió: «Estaba durmiendo, señor».

—Puede que Willi y tú compartierais una ilusión telepática —observó Caroline—. Yo no me preocuparía demasiado.

—Puede ser. No he podido comentar este asunto en privado con Willi. Ha sido una cosa extrañísima. Ojalá no la hubiera invitado a venir. A veces tengo la impresión de que puedo controlarla, pero otras veces de verdad que puede conmigo.

—Quizá cuando se queda dormida desaparece por norma —dijo Caroline con una risa cáustica para que Helena no se la tomara muy en serio.

—Qué ocurrencia tan horripilante. En fin, te juro que se esfumó. Cuando me volví lo único que vi al principio fue el asiento vacío.

—Puede que no tenga vida privada de ningún tipo —dijo Caroline, que dejó escapar una risita para quitarle el tono siniestro a sus palabras.

—Desde luego que no tiene vida privada, la pobrecilla —convino Helena, queriendo decir que la mujer no tenía amistades.

La señora Hogg devoró con ganas el almuerzo. Caroline se sentó lo más lejos de ella que pudo para no verla masticar con aquella enorme boca y escapar al recuerdo de haberla visto justamente así en Santa Filomena, cuando la había tenido delante en la mesa del comedor: masticar, parar, masticar, parar. La señora Hogg no hablaba mucho, pero su presencia se hacía notar.

Después de la comida, Caroline estaba metiendo una tartera vacía en el maletero del coche de Helena, a cierta distancia del resto del grupo, cuando el barón se le acercó.

—Qué bien te sienta el verano, Caroline de mis amores —le dijo—. Llevas un vestido veraniego precioso. El verde te favorece muchísimo y estás mucho más sanota. Qué estampa tan encantadora la tuya durante el almuerzo, tan abstraída como siempre con ese genio tan vivo que tienes y el aire tan alerta.

A Caroline le gustaban los halagos; y más aún cuando eran claramente excesivos y estaban dichos con esmero, pues según ella eso daba a entender que el halagador había puesto gran empeño en agradar. De modo que sonrió con languidez y esperó a que llegara lo demás: en absoluto le sorprendió que aquellos comentarios fueran el preludio de una de aquellas «confidencias» que tanto deseaba hacerle el barón, ya que, desde que le había prohibido que sacara el tema de la magia negra, su tristeza era manifiesta. Caroline se dio cuenta de que la había elegido como depositaria de su entusiasmo secreto precisamente por el nervio y la brusquedad con que le contestaba. Si, como sus otras amistades, hubiera reaccionado con agrado y nada más a sus aficiones esotéricas, convirtiéndolas en un parloteo alegre («Cuéntanos cómo es la fórmula para transformarte en una mosca. Sería tan útil para espiar a los amigos... ¿Te imaginas que te quedas enganchado en un bote de mermelada?»), si solo se hubiera mostrado alegre y le hubiera seguido la corriente al barón, seguro que jamás la habría importunado con sus «confidencias».

Tras allanar el camino con su lubricante discurso inicial, al segundo le estaba diciendo:

—Tengo que contarte una cosa, Caroline. Cuando veníamos en coche nos pasó una cosa extrañísima. Esa mujer, la señora Hogg...

Caroline intentó ser agradable.

—Helena ya me lo ha contado. Es obvio, Willi, que le has estado llenando la cabeza a Helena con tus fantasías. Está claro que...

—Te aseguro, Caroline, que nunca he tratado ningún asunto ocultista con Helena. Soy muy cauto a la hora de elegir en quién confío. No hay otro modo de explicar el extraño fenómeno acontecido en el coche que aceptar el hecho de que la tal Hogg es una bruja.

—No necesariamente —intervino Caroline—, aunque fuera verdad que desapareciera. Me parece una persona demasiado ignorante para ser una bruja —y añadió—; y no es que yo crea en las brujas.

—He descubierto algo curioso —siguió incansable el barón—. ¿No te das cuenta de que esta tal Hogg, no cabe duda, es la bruja con la que se casó Mervyn Hogarth? Las piezas encajan: se sabe que respondía al apellido de Hogg, como ya te conté. Mis confidentes me dicen que así se hacía llamar en su juventud. La tal Georgina Hogg es el súcubo con el que se casó.

—Tonterías. Es una vieja criada de los Manders. Creo que se casó con un primo. Tiene un hijo inválido en alguna parte.

—¿Ah, sí? ¡Entonces no cabe duda de que es ella; la bruja, la esposa! Es su hijo a quien curaron hace unos meses los encantamientos de Hogarth. ¡Tiene que ser el mismo muchacho!

—Chico, qué rocambolesco—dijo Caroline—. Oye, Willi, todo esto me aburre. —En realidad, le ponía los nervios de punta, y él se daba cuenta. Se decía para sus adentros: «Laurence reconoció el escudo de armas de Hogarth que tenía la pitillera de Eleanor. Era el mismo que aparecía en las cosas de la señora Hogg...». Decidió que lo hablaría más tarde con Laurence.

Justo en ese momento gritó Helena:

—Caroline, ¿podrías traerme mi libro? Lo eché en el fondo

del maletero con la almohadita que tengo para la cabeza. ¿Me la podrías traer también?

—¡Diantre! —rezongó Caroline.

Aquello significaba que tenía que descargar todo lo que había en el maletero. El barón ayudó a Caroline a sacar las cosas del diminuto espacio mientras le daba a la lengua sin parar, rapidísimo, como queriendo encajar cuantas más confidencias le fuera posible en los breves momentos que les quedaban.

—Es el mismo muchacho —dijo—, y te darás cuenta de que tengo razón.

—Seguro que te equivocas —dijo Caroline, que se había quedado sin resuello por el esfuerzo de mover las tarteras, las viejas latas de gasolina y demás trastos. Recordó que hacía poco Helena le había dicho: «Fíjate que le dije a la señora Hogg el otro día lo del maravilloso milagro del chico de Hogarth. Pensé que le daría algo de esperanza porque su hijo también es inválido, pero ¿te puedes creer que no lo tomó como un milagro? Me dijo que si hubiera sido un milagro de verdad, el muchacho se habría convertido al catolicismo. Por desgracia parece que el chico de Hogarth va por ahí con una mujer, una teósofa rica, por lo que me dicen. Quizá no tendría que haberle contado esa parte a Georgina».

—Seguro que te equivocas —le dijo Caroline al barón—. Helena lo sabe todo de Georgina Hogg. Pregúntaselo a Helena, ella te confirmará que la señora Hogg no tiene nada que ver con Hogarth. —De nuevo volvió a pensar en aquel escudo.

—Helena no sabe nada —respondió el barón—. Y otra cosa, Caroline. ¡Qué emoción! Esta tarde voy a ver a Mervyn Hogarth. Me han dicho que se aloja en una abadía que está a unos pocos quilómetros de aquí. ¿Por qué decidiría alojarse en un lugar sagrado? Supongo que porque se estará haciendo pasar por creyente en busca de retiro espiritual. Me aventuraría a decir que así es como roba los objetos consagrados que utiliza en la misa negra. De algún sitio los tiene que sacar, digo yo...

Caroline le tiró de la manga y con un gesto de la cabeza le señaló el seto que quedaba a unos metros de donde estaba aparcado el coche. El barón miró en esa dirección. En ese momento el sombrerito negro desapareció.

—La señora Hogg nos ha estado escuchando —dijo Caroline en voz alta.

—¿Me llamaba, señorita Rose?

La señora Hogg salió de su escondite como si jamás hubiera estado en él—. Qué bonito paraje —dijo con aquella sonrisa—. ¿Me llamaba? Creí que dijo «señora Hogg»...

Caroline se marchó de allí a gran velocidad, seguida del barón, mientras la señora Hogg huyó por el camino de sirga.

Caroline le dio el libro a Helena.

—Había ido a parar al fondo mismo del maletero —dijo—. He tenido que moverlo todo de sitio. Estoy tan cansada como si hubiera estado trabajando sin parar todo el día.

—Ay, no tendrías que haberte molestado —le dijo. Pensé que Willi se encargaría de descargar y volver a cargar las cosas. Willi, ¿por qué no has descargado y vuelto a cargar tú las cosas?

—Pero si eso es justamente lo que he hecho, Helena de mis entretelas —dijo el barón.

—La señora Hogg estaba agachada detrás del seto escuchándonos —dijo Caroline.

—Yo tengo una perspectiva más orientalista del trabajo físico —dijo Laurence. Estaba tendido a la sombra moteada de un árbol.

—Su vida está vacía —dijo Helena—, eso es lo que le pasa. Siempre le ha gustado meter las narices en los asuntos ajenos, sencillamente porque no tiene vida propia. Siento mucho haberla traído. Ya estoy temiendo el viaje de vuelta.

—Qué entrañable —gorgoteó Laurence. Helena no le había referido la espeluznante experiencia vivida con Georgina aquella mañana.

—Le he dicho que se fuera por ahí a dar una vuelta —dijo Helena, mirando a su alrededor—. Espero que esté bien. —No se veía a Georgina por ninguna parte—. No veo a Georgina por ninguna parte —anunció con inquietud.

—Tú misma le has dicho que se marchara; bueno, pues se ha marchado —dijo Laurence—. Tranquilízate un poco, anda. Relájate. Ponte a leer tu libro. Basta ya de tanta cháchara.

—¿Por dónde se ha ido? —preguntó Helena.

—Río abajo, por el camino de sirga —contestó Caroline.

—Silencio —dijo Laurence—. Nada te turbe —recitó—, nada te espante, todo se pasa...

—Dios no se muda —continuó Helena, sorprendida por haber recordado el verso.

El barón estudiaba un mapa.

—Debería estar de vuelta a eso de las cuatro —observó—. ¿Os parece bien?

—Perfecto —dijo Laurence—. Ahora ten la amabilidad de partir.

—La abadía queda al otro lado del río —dijo el barón— pero hay un puente más abajo, a poco más de tres quilómetros. Tendría que estar de vuelta un poco después de las cuatro.

Partió con la chaqueta doblada sobre el brazo. Lo miraron ociosos hasta que desapareció por una curva del camino.

—Me gustaría saber a santo de qué quiere ir a la abadía —dijo Helena—, no tiene nada de especial; por lo menos desde el punto de vista arquitectónico.

—Ha ido en busca de un hombre que se aloja en la abadía. Un hombre llamado Mervyn Hogarth —dijo Caroline con toda la intención del mundo.

Helena no pudo esconder su perplejidad.

—¡Mervyn Hogarth! Entonces ¿Willi lo conoce?

—De oídas —respondió Caroline.

—Es el padre del joven que se curó —dijo Helena—. ¿Se habrá hecho católico el señor Hogarth?

—El barón cree que es un mago —dijo Caroline—. Está convencido de que es el líder de un grupúsculo que practica la magia negra y que se aloja en la abadía fingiendo que está de retiro espiritual, cuando en realidad tiene por objetivo robar la sagrada forma.

—¡Qué horror, qué horror!

—El barón es un poco retorcido —interrumpió Laurence.

—Cierto —dijo Caroline.

—Qué historia tan disparatada —dijo Helena—. ¿Creéis que hay algo de verdad en lo que dice?

—Nada de nada —respondió Caroline—. Me sorprendería que se encontrara a Mervyn Hogarth en la abadía. Y todavía me sorprendería más que sus sospechas fueran ciertas.

—Sería horrible que fueran ciertas —apuntó Helena—. Pero ¿por qué le molestaría a Willi que lo fueran? ¿Quiere desenmascararlo?

—No, quiere escribir una monografía.

Caroline extendió las palmas de las manos al sol para que se le tostaran un poco.

—Cree que está al margen del asunto de la magia negra, que no tiene más que una simple curiosidad, cuando en verdad le despierta un grandísimo interés. «Y que mi naturaleza esté casi sometida» —citó— «como mano de copista, al trabajo que la ocupa. De mí ten piedad...».

—Willi siempre ha sido excéntrico —observó Helena.

—Forma parte de su trabajada identidad inglesa —dijo Laurence.

—Será interesante escuchar lo que tenga que contarnos cuando vuelva —dijo Helena.

—No le digáis nada de lo que os he contado —dijo Caroline—. El pobre Willi está muy susceptible.

Sintió un agradable placer al decir «el pobre Willi». Aquellas palabras aplacaban el resquemor que sentía al pensar en el «¡pobre Caroline!» con el que a buen seguro el barón habría concluido muchas de sus tertulias de la tarde en Charing Cross Road. Le sentaba especialmente bien desacreditar al barón ante Helena. A veces ella le preguntaba discretamente si estaba contenta, si había algo que la preocupase, de lo que Caroline infería que el barón se había ido de la lengua. En realidad, Helena no había dado pie a las habladurías del barón. Un día de principios de primavera, este le había preguntado sin rodeos:

—¿Laurence y Caroline ya no están juntos?

—No, creo que no. Se han dado un tiempo.

—¿Un tiempo para qué? Ni que fueran unos pimpollos —respondió el barón.

—Supongo que Caroline quiere quitarse el libro de encima. Pero no sé cuál es la situación exactamente. Me gustaría que tomaran alguna decisión, pero así está la cosa.

—¿Con el «libro» de Caroline te refieres al que está escribiendo o al libro en el que vive?

—¡Vamos, Willi! Caroline no es ninguna tonta. Ya sé que no estaba bien y que se imaginó cosas. Y luego tuvo el accidente. Pero desde entonces se ha recuperado de maravilla.

—Querida Helena, te aseguro que Caroline ha estado recibiendo mensajes de sus espectros tecleantes desde entonces.

—Tonterías. Caroline está completamente cuerda. ¿Qué caballo crees que ganará la Lincoln, Willi?

Y por eso, a veces, cuando Helena le preguntaba a Caroline: «¿Estás contenta, cariño?» o «¿Hay algo que te preocupe?» a Caroline le cambiaba el humor y le preocupaban aquellas indagaciones.

De modo que, el día del almuerzo campestre, le alegró especialmente poder hablar con Helena de la última fantasía del barón.

—Debe de haberse construido una teoría —dijo Helena— a partir de rumores y sospechas. Cómo detesto —dijo con un ímpetu insólito— las dudas y las sospechas.

Caroline pensó: Está preocupada por la señora Hogg. No se quita de la cabeza lo sucedido en el coche. ¡Pobre Helena! Quizá preferiría no ver tan claramente lo que pasa.

Laurence, tumbado, escuchaba sus voces, felizmente ajeno a lo que decían. Estaba demasiado amodorrado por el calor del sol para participar en la conversación y demasiado fascinado por la sensación de estar viviendo un día de verano para echarlo a perder durmiendo. Observó los movimientos de una mujer joven y gruesa que estaba en una barcaza amarrada no lejos de allí. De vez en cuando desaparecía dentro del camarote para ir a buscar algo. Primero, un pañuelo de vivos colores para protegerse la cabeza del sol. Después, un cojín. Más tarde pasó tanto rato dentro que Laurence tuvo la impresión de que no volvería a salir jamás. Pero lo hizo, con una taza de té. Se la tomó apoyando sus carnes gruesas en el puente de mando. Laurence dejó discurrir su placentera ociosidad de largos momentos irrelevantes observando cada sorbo que se tomaba. Deseó que la barcaza fuera suya. Se preguntó dónde estaría el hombre de la casa, pues debía de haberlo seguro, al que Rechoncha llamaría «mi amigo». Laurence deseó que fuera posible seguir tumbado perezosamente junto al río y a la vez poder fisgonear el camarote del barco, ver la disposición de la cocina, las camas, el motor. Una pequeña barquita de remos que descansaba a su lado captó la atención de Laurence.

Oyó en ese momento lo que decía Caroline:

—Voy a poner a hervir el agua para el té.

Ya había encendido el infiernillo cuando Helena dijo:

—Truena.

—No —dijo Laurence—, no puede ser. Justo estaba pensando que podríamos tomar prestada esa barca y remar al otro lado.

—Me ha parecido oír un rumor —dijo Caroline.

—No.

—Son las cuatro y cuarto —dijo Helena—. ¿Dónde se habrá metido Georgina?

—Se ha esfumado —dijo Laurence con gran acierto.

—Estoy segura de que va a llover —repitió ella.

El cielo se había ensombrecido y, a pesar de las protestas de Laurence, el rugido distante del trueno era incontestable.

—Está tronando a muchos quilómetros, más allá de los prados —dijo Laurence—. Seguro que no llega al valle. —Aun así, salió en busca de la señora Hogg, deteniéndose por el camino para contemplar la barcaza más de cerca. La chica rechoncha se había metido dentro.

Caroline y Helena empezaron a llevar las mantas y las tazas a los coches.

—Aunque evitemos la tormenta —dijo Helena—, seguro que lloverá en los próximos diez minutos.

De repente vieron al barón en la orilla opuesta. Les gritó algo, pero estaba demasiado lejos para que lo oyeran. Con las manos describió un circuito, gesto que daba a entender que iba a volver por el puente.

—Se empapará —dijo Caroline—. ¡Pobre Willi! —Pero antes de que emprendiera la marcha, agitó la mano para que se detuviera.

—Voy a preguntar por la barca —dijo— y lo traeré a remo.

—Qué amable de tu parte —dijo Helena—. ¿Seguro que podrás?

Pero Caroline, que se había echado el impermeable de Laurence sobre los hombros, ya iba de camino a la barcaza. El barón se quedó donde estaba, desconcertado, unos instantes. Vio que Caroline se agachaba y llamaba al ventanuco. Entonces entendió el plan y esperó. A los pocos minutos Caroline, mediante signos, le hizo saber que la dueña de la barquita le había dado permiso para usarla.

Había empezado a llover, pero era una lluvia fina y el río estaba en calma. Caroline llegó hasta él enseguida. El barón se subió a la barca y tomó el relevo a los remos.

—Vi a Hogarth —le dijo nada más verla—, alias «Hogg», pero iba disfrazado. Tenía un aspecto bastante distinto al del hombre que vi a cargo de la misa negra. Dadas las circunstancias, no me dirigí a él, tuve miedo.

—Entonces ¿cómo supiste que era Mervyn Hogarth?

—Se lo pregunté a uno de los hermanos legos. Me confirmó que Mervyn Hogarth se alojaba aquí y me lo señaló. Fíjate que creen que ha ido a la abadía a pescar.

—¿A pescar?

—Sí, resulta que la abadía arrenda una franja de pesca. Hospedan a los pescadores en la abadía —le dijo el barón—. Lo que no saben es a quién han dado cobijo... A Hogarth, alias «Hogg».

—Creo que te confundes, Willi. —Caroline se cubrió la cabeza con el impermeable y se atusó el pelo dándose unas palmaditas—. El hombre que estaba en la misa negra debía de ser otro Hogarth.

—No, no. Se llamaba Hogg. Hogarth es el apellido que usa de día. Sé de buena tinta que Mervyn Hogarth de nacimiento se llamaba Mervyn Hogg.

—Pues el hombre de la misa negra debía de ser otro Hogarth.

—Tengo ya hecha mi composición de lugar, cosa que tú no

—dijo—. Esta tarde, al marcharme del recinto de la abadía, vi a la bruja, la señora Hogg, entrando en él. Me volví y la seguí. Vi —con estos ojos, Caroline— que la señora Hogg se acercaba a Hogarth. En ese momento el hombre estaba ocupado con una caña de pescar. La reconoció, por supuesto. Parecía abatido. Se dijeron algo. Al poco se marchó y la dejó allí plantada. La pareja se conoce, de eso no hay duda.

Habían llegado. Caroline le dio las gracias a la mujer mientras el barón amarraba el bote.

—No hay ni rastro de Georgina —les dijo Helena cuando llegaron al coche—. Laurence ha estado aquí pero ha vuelto a marcharse para ir a buscarla. Qué pesada.

—Estaba en la abadía —dijo el barón—. La dejé allí hará una media hora.

—Qué fastidio. Bueno, tendremos que esperar. Vamos a ver si podemos seguir con el té en la parte de atrás del coche.

Los truenos seguían retumbando a lo lejos. No parecía que la tormenta que estallaba a tanta distancia fuera a llegar hasta donde estaban ellos, pero la lluvia empezaba a arreciar.

—¿Hacia dónde se ha marchado Laurence? —preguntó el barón.

—Hacia el puente.

—Cogeré su coche e iré a buscarlo. Ya veréis como me encontraré a la señora Hogg volviendo. A estas alturas debe de estar por el puente.

Arrancó y se fue. Cada pocos minutos Helena asomaba la cabeza por la ventanilla trasera del coche.

—Espero que no vayan por caminos distintos y que se encuentren —dijo—. Laurence solo lleva una chaqueta. ¡Ah, allá está Georgina!

La señora Hogg llegaba a la orilla del río por un sendero que atravesaba la arboleda de la riba opuesta. Vio a Helena y le hizo un gesto con la mano para decirle que la había visto.

Helena empezó a hacer aspavientos como una loca. La señora Hogg se quedó allí plantada con cara de boba.

—Caroline —le dijo—, hazme este favor.

—Quieres que la vaya a buscar con la barca —declaró Caroline.

—Tápate la cabeza con el impermeable, anda. —Helena estaba alterada—. Nos pasaremos horas aquí encerrados si tenemos que esperar a que cruce el puente con su paso de tortuga. Son casi tres quilómetros y medio en cada dirección. Me muero de ganas de llegar a casa.

Al ver que Caroline no le contestaba, Helena pareció darse cuenta de que le había pedido algo más que un favor.

—Ya voy yo, querida —dijo Helena de repente—. Dame el impermeable. Seguro que me las apaño con la barca.

Caroline estaba segura de que no. Saltó del coche y salió como quien se lanza contra la naturaleza.

A pesar de la lluvia y de que solo llevaba una rebeca sobre el vestido de verano, Helena fue tras ella. La alcanzó en la barcaza y le dio las gracias cortésmente a su dueña. Mientras Caroline soltaba las amarras, Helena le iba diciendo:

—Qué caritativa eres, Caroline. La pobre Georgina habría acabado calándose si hubiera tenido que dar la vuelta para cruzar el puente.

Caroline le dedicó una sonrisa afable, pues era demasiado orgullosa para revelar su miedo neurótico. Ese temor se debía a un detalle minúsculo. Sabía que tendría que ayudarla a subir a la barca. La expectativa de ese contacto físico, de tener que darle la mano a la señora Hogg aunque fuera solo un instante, la horrorizaba. Era un detalle minúsculo, pero eso era lo que temía desde el fondo de su ser.

—Ponga el pie aquí, señora Hogg. En esa piedra. Deme la mano. Cuidado, el río aquí es muy hondo.

La orilla se había llenado de barro pero había algunos puntos de apoyo firmes. Caroline, con un pie a cada lado de la barca, alargó el brazo y agarró con fuerza la mano de la señora Hogg. Ponga el pie aquí, luego allá. «No lo estoy haciendo mal», se dijo Caroline mientras agarraba con fuerza la mano de la mujer. Todo su ser era consciente del contacto con aquella mano.

La señora Hogg llevaba unos zapatos con suela de caucho que se habían embarrado mucho. A pesar de prestar mucha atención, se resbaló sobre sus talones y se tambaleó hacia atrás con la mano todavía agarrada a la de Caroline, por lo que la barca se balanceó con violencia. En apenas un instante cayó con estrépito en el agua y Caroline, todavía agarrando la mano por la necesidad compulsiva de sobreponerse al horror de la situación, cayó con ella. La señora Hogg, presa del pánico y de los gritos, empezó a chapotear con los brazos. Caroline se liberó y se agarró al costado de la barca, pero pronto algo la arrancó de allí; tenía las manos de la mujer en el cuello.

—¡No sé nadar!

Caroline la golpeó en la cara.

—¡Agárrese a mis hombros! —gritó—. ¡Sé nadar! —Pero la mujer, fuera de sí, estaba resuelta a no soltarle el cuello. Caroline vio alejarse la bamboleante barquita corriente abajo. Después apenas vio nada porque tenía una de las manazas de la señora Hogg arañándole los ojos; la otra le apretaba con fuerza la garganta. El cuerpo de la señora Hogg, incluso sus piernas, envolvía a Caroline de modo que no podía mover los brazos. Sabía que si no lograba liberarse, las dos se acabarían hundiendo.

Estuvieron bajo el agua, desaparecidas, un buen rato. Helena diría más tarde que apenas pasaron unos segundos hasta que la cabeza de Caroline volvió a emerger. Pero en ese lapso de tiempo se libró entre las dos una batalla por aguantar la respiración. Caroline tenía práctica buceando. La señora Hogg, no. La mujer se aferró al cuello de Caroline hasta el último momento. Cuando al fin la señora Hogg abrió la boca y se le llenó de agua, la soltó y Caroline pudo liberarse con los pulmones ansiando el aliento de la vida. La señora Hogg se hundió, lejos de ella. Dios sabrá adónde fue.

Caroline tuvo la sensación de ser arrastrada por una superficie abultada, y de aterrizar con un golpetazo como un pez jadeante antes de perder el conocimiento.

—Qué suerte hemos tenido de que mi amigo estuviera aquí. Yo no sé nadar.

Caroline estaba tendida en el catre de la barcaza; no tenía ni idea de dónde estaba ni le preocupaba lo más mínimo. Reconoció a Helena, después a la mujer rolliza, y vio a un desconocido quitándose toda la ropa, que le chorreaba. A Caroline la invadió una sensación infantil y cerró los ojos.

—No había ni rastro de la otra —decía el hombre—. La ha diñado seguro. ¿De la familia?

—No —dijo la voz de Helena.

—Se las ha hecho pasar canutas —dijo el hombre—. No hay más que ver cómo le ha dejado la cara. Apuesto a que le han enseñado a aguantar la respiración debajo del agua. Si no, la habría diñado también.

La mujer de la barcaza ayudó a Caroline a darle un sorbo a una taza caliente.

—¿Tiene algo que podamos ponerle en los arañazos? —Helena, de nuevo.

Al momento Caroline notó algo suave sobre la cara y el cuello, que le dolía mucho. De nuevo bebía algo caliente y dulce. Helena la sostenía por los hombros.

—Me puse a buscar a la otra, hice lo que pude. En esa zona el agua es muy profunda. Más tarde o más temprano encontraremos el cuerpo. Hace cinco veranos vivimos una tragedia así y recuperamos el cuerpo a los dos días —intervino el hombre.

—Menos mal de usted —murmuró Helena.

Antes de quedarse dormida, Caroline oyó la voz de Laurence en el exterior, después la del barón, y después otra vez la de Helena.

—Ya estáis aquí con el médico.

Sir Edwin Manders se había ido de retiro espiritual de otoño. El 24 de octubre, festividad de San Rafael Arcángel, llegaba al monasterio por la tarde, a tiempo para la bendición.

La ventana de su cuarto daba a un patio ajardinado sobre el que se esparcían las hojas. Con la vista fija en el iluminado cuadrado de hojas y hierba, se puso a pensar en los sorprendentes asuntos acontecidos en su familia.

Lo habitual era que, estando de retiro, este hombre dedicara su tiempo, bajo la batuta de un director espiritual, a contemplar el estado de su alma. En los últimos meses le habían dado motivos para preguntarse si tal vez no se había marchado de retiro a lugares como aquel demasiado a menudo. Sucesos increíbles habían tenido lugar en su hogar; unos eventos extraordinarios de los que nada supo ni oyó hasta después de acontecidos.

—¿Por qué no me dijiste nada en el momento, Helena?

—Estabas de retiro, Edwin.

Le entraron dudas sobre sus retiros. Se lo contó a su director espiritual:

—Habría hecho mejor pasando tiempo en casa. Mi familia ha tenido que hacer frente a dificultades... mi hijo... mi hermano... mi suegra... una de nuestras antiguas criadas... Más me habría valido ir a menos retiros.

—También podría haberte ido peor no viniendo —comentó el taimado cura anciano, y parecía que lo decía en serio. Era una idea humillante, lo que, a su vez, era bueno para el alma.

—Se las apañan admirablemente bien sin mí —admitió Edwin Manders.

Y así, se marchó de retiro de nuevo. Esta vez, en realidad, habría preferido no ir; pero Helena insistió. Incluso Ernest, con su ademán tímido, le había dicho: «Alguien tiene que rezar por nosotros, Edwin». Laurence también se había pronunciado: «¿Que vas a cancelar tu retiro de otoño? No, no; de ninguna manera», sin darle ninguna razón. Caroline Rose lo había llevado en coche hasta la estación.

Durante años se sintió atraído por la vida contemplativa. Para participar más en ella, había dejado Manders' Figs a todos los efectos, menos en el nombre. A Helena le enorgullecía que recurriera con frecuencia a los monasterios. De hecho, le dio apuro en ese momento darse cuenta de que su mujer había alimentado la leyenda de su «cierta santidad» con gran eficacia. Se había ido sintiendo más y más atraído por las formalidades del ascetismo. Tan solo aquel otoño, con las dudas que le habían entrado antes de partir, había tenido la sensación de que lo forzaban a marcharse.

Se le pasaron todos los recelos a su llegada al monasterio. El influjo del lugar empezó a obrar el milagro. Su austera celda era como una droga. La modulación ascendente y descendente de los cantos gregorianos de la capilla lo invitaban a entrar en un mundo puro y perdurable. Los callados y eternos hermanos legos se ocupaban de sus asuntos con buena disposición, infundiendo en Edwin Manders una humildad agradable en presencia de tan elevado grupo de elegidos. El que en los aposentos monásticos de los edificios hubiera un gran malestar porque la mitad de los dormitorios se habían inundado por culpa de una cañería rota, que uno de los hermanos legos estuviera hasta la mismísima coronilla de su vida o que al abad le preocupara un descubierto bancario eran asuntillos que piadosamente se le ocultaron a Edwin en ese momento. De modo que se vio lo suficientemente libre de cualquier distracción material para contemplar sin rodeos su tentación espiritual y, de este modo, la halló al fin y al cabo resistible —esa nostalgia exuberante, ese aturdimiento opiáceo de la devoción—, pues sabía, más o menos, que jamás habría sido buen religioso. Se dio a repasar mentalmente sus asuntos familiares.

Había dos aspectos que podían considerarse humillantes, pues ambos habían llegado a los periódicos. No sabía cuál era más penoso, si el caso de Louisa Jepp o el de Georgina Hogg. Decidió, en conjunto, que el de Georgina. Y durante una media hora generosa se concentró en Georgina, que estaba incrustada, según se creía, en el barro del Medway, pues jamás se recuperó el cuerpo. Salió un artículo en los periódicos londinenses de la tarde en los que se citaba por el nombre a Helena, Laurence, Caroline, al barón Stock y a la pareja de la barcaza. Se abrió una investigación. Pobre Helena. Recordó que en épocas pasadas el mote que tenían en la casa para Georgina era «la mortificación de los Manders».

Como supo después, pues en el momento estaba de retiro, Helena le pidió a Laurence que se interesara por el hijo de la señora Hogg. Resultó ser una persona muy desgraciada. El padre, bígamo. Helena dejó de lado sus averiguaciones cuando supo que Eleanor Hogarth estaba implicada en la bigamia; de modo inocente, sin duda, pero era socia de su hermano Ernest, otra humillación... Helena lo silenció todo. Helena era maravillosa.

—Tuvimos una especie de presagio sobre la muerte de la señora Hogg. Willi Stock y yo nos íbamos de comida campestre, con Georgina en el asiento de atrás...

Las mujeres tenían bastante imaginación, claro está. Edwin solía preguntarse si había algo de verdad en la historia de la milagrosa curación del hijo de la señora Hogg. Helena estaba convencida de ello. Nada oficial se había dicho al respecto.

El hombre en cuestión contaba con la protección de una mujer acaudalada; teísta o teósofa, algo por el estilo. En cualquier
caso, lo último que se sabía era que se había marchado de la casa
de aquella mujer rumbo a Canadá para dar conferencias sobre su
curación.

«Y a pesar de eso —pensó Edwin—, puede que el joven Hogarth sea mejor hombre que yo.»

Asimismo, cuando el pensamiento se le fue al barón Stock,
murmuró: «*Miserere mei, Deus*». El barón, probablemente mejor
hombre que él, recibía tratamiento en un manicomio privado
y, según su propio testimonio, estaba encantado. Pensó en su
hermano Ernest, tan sofisticado y sin embargo tan falto de dinero y seguramente no del todo interesado en aquella bailarina.
Se obligó a tener en cuenta a Eleanor... «Todas estas personas
padecían mientras yo engordaba con mis ayunos.» Lo decía tan
sinceramente que se vio que no era una persona tan limitada
como aparentaba.

¡Y luego estaba lo de su suegra! Meditaba, ahora, sin paños
calientes, sobre lo sucedido con Louisa Jepp. Otro caso más que
no era capaz de comprender... Contrabando de diamantes, una
banda; aquello parecía una novela de aventuras. Luego estaba la
propia insensatez de Louisa, que resultaba bastante bochorno-
sa. Se obligó heroicamente a pensar en aquel instante de sep-
tiembre en que, durante el desayuno, Helena le había entregado
una carta. Era una misiva de Louisa en la que también aparecía
un recorte de prensa de un periódico local. El titular del recorte
decía: «Boda en el ocaso». Era un artículo bastante largo. Empezaba así: «En el ocaso de sus vidas, dos ancianos de Ladylees
se han dado el sí en santo matrimonio. En la Iglesia de Todos
los Santos, el pasado sábado, doña Louisa Jepp, 78, de Puerto
Franco, Ladylees, le dio la mano en matrimonio a don J. G. L.
Webster, 77, de Old Mill, Ladylees... La novia prometió "obe-
decer"...». Lo anterior iba seguido de una extensa descripción

de Webster y de su carrera en la marina mercante, y la columna concluía diciendo: «Doña Jepp (ahora Webster) tiene una hija, lady Manders, esposa de sir Edwin Manders, presidente de la célebre empresa Higos en almíbar Manders. El reverendo R. Socket, que ofició la ceremonia, declaró: "Es un acto feliz y extraordinario. Aunque la señora Jepp no es una feligresa que acuda con regularidad a la iglesia, es una figura muy querida y respetada en la comunidad"».

La carta que la acompañaba era breve. En ella, Louisa decía lo siguiente: «No es del todo correcto decir que no voy con regularidad a la iglesia, porque el Día del Armisticio sí voy regularmente a la iglesia».

—No nos corresponde a nosotros juzgar su sensatez —dijo Helena con aire sombrío.

Edwin miraba de hito en hito el patio cuadrangular, las hojas revueltas. *Miserere nobis...* Ten piedad.

Laurence y Caroline se tomaron la noticia de la boda de Louisa con gran alegría. En el caso de Laurence, era de esperar. Siempre había sentido devoción por su abuela; y no era de extrañar porque era una mujer encantadora, la verdad sea dicha.

Edwin se preguntaba si en realidad Caroline tenía algún tipo de interés por casarse. «Está esperando a que Laurence vuelva a los brazos de la iglesia», había dicho Helena.

Le dio vueltas al asunto. Caroline era una católica de lo más peculiar; ponía muy poco corazón, era todo intelecto.

«El terrible incidente con la pobre Georgina en el río no ha tenido un efecto dañino en Caroline», dijo Helena. «Debe de tener una constitución fuerte. A decir verdad, desde entonces está mucho más despreocupada. Es como si algo la divirtiera, no sé el qué.»

Caroline había acabado su libro sobre la novela. Anunció que se marchaba fuera a pasar unas largas vacaciones. Iba a escribir una novela.

—Eso de vacaciones no tiene nada —dijo Helena—; no lo son si te las pasas escribiendo una novela.

—Son vacaciones de guardar —respondió Caroline.

—¿Y de qué irá?

—De los personajes de una novela —contestó Caroline.

El propio Edwin había dicho:

—Escribe una historia sencilla a la vieja usanza, déjate de complejidades modernas. Acábala con la muerte del villano y la boda de la heroína.

Caroline se rio y dijo:

—Sí, así será como acabará.

A las pocas semanas, el personaje llamado Laurence Manders estaba fisgoneando en el apartamento de Caroline Rose. Se había marchado a Worcestershire a escribir su novela, y él había ido al piso a recoger algunos libros que le había pedido que le enviase.

Se lo tomó con calma. En realidad, los libros fueron lo último que buscó.

Se dijo: «¿Qué estoy buscando?» y echó un vistazo a los vestidos del armario.

Encontró los libros que Caroline le había pedido, pero antes de marcharse se sentó al escritorio de Caroline y le escribió una carta:

Me he pasado 2 h y 28 min en tu apartamento [escribió él]. He encontrado los libros que me pedías y le he echado un vistazo al piso. ¿Por qué has cerrado con llave el cajón de la derecha del armario de pared? Me costó mucho abrirlo para luego no encontrar más que rulos en una caja, pañuelos en otra y tus guantes blancos. No he podido cerrarlo. Me he sorprendido preguntándome qué era lo que buscaba.

Encontré un fajo enorme de notas tuyas para tu novela en el armario, dentro de esa caja en la que pone «Conservar en un lugar frío». ¿Por qué las has dejado aquí? ¿Para qué te sirve tomar notas si luego no las usas cuando estás escribiendo el libro?

¿Quieres que te las envíe?

¿Quizá las dejaste aquí a propósito, para que yo las leyera?

Aunque recuerdo que una vez dijiste que siempre tomas muchas notas para tus libros y que luego nunca las vuelves a consultar. Me irrita.

Te diré lo que pienso de tus notas:

(1) Das una imagen falsa de nosotros.
(2) Obviamente, tú eres el personaje-mártir. «Martirio por incomprensión.» Pero la verdad es que tú no entiendes a nadie; por ejemplo, el barón, mi padre y yo mismo sufrimos el martirio de tu incomprensión.
(3) Te quiero. Creo que eres una egoísta redomada.
(4) No me gusta ser un personaje de tu novela. ¿Cómo acabará todo?

Laurence escribió una carta larga, la releyó, la dobló y la selló. Se la guardó en el bolsillo y volvió a meter las notas de Caroline en la caja y después en el armario.

La tarde otoñal se iba oscureciendo a medida que se adentraba en Hampstead Heath. La religión había cambiado profundamente a Caroline. En algún momento pensó que su vida sería más fácil y, por extensión, también la de él. «Tienes que implicarte personalmente», le había dicho Caroline en una ocasión, y las resabidas palabras de aquella premisa lo enervaron. «Por lo menos yo soy sincero —pensó—; malinterpreto a Caroline.» En su carta no había conseguido expresar sus reparos. Se la sacó del bolsillo y la rasgó en pedacitos que esparció por el parque y el viento se llevó. Vio posarse los trocitos de papel, algunos sobre el suelo cubierto de maleza, otros sobre los hierbajos profundos de la ciénaga, y un pedacito sobre una zarza; y no previó su asombro posterior, acompañado de una curiosa alegría, al ver que la carta había conseguido meterse en el libro.